저는 38세에

The Second Chance

죽을 예정입니다만

저는 38세에
The Second Chance
죽을 예정입니다만

샬럿 버터필드 지음 · 공민희 옮김

라곰

오랜 세월이 흐른 뒤 어디에선가
난 한숨지으며 말할 것입니다.
숲속에 두 갈래 길이 있었고,
나는 사람이 덜 간 길을 택했다고.
그리고 그것이 내 모든 것을 바꾸어놓았다고.

_로버트 프로스트

차례

1장

·

천국은 예상보다
훨씬 시끄럽다

1.

초인종이 울렸다. 생각보다 일찍 도착했다.

"안녕하세요. 톰, 맞죠?"

남자가 고개를 끄덕였다. "그쪽이 넬인가요?"

"네. 만나서 반가워요. 좀 무례하지만 제가 시간이 없어서요. 곧바로 침실로 갈까요?"

톰은 조금 당황하는 듯했지만 이내 넬을 따라 계단을 올랐다. 넬은 평소 같으면 남자가 뒤에 빠짝 붙어오는 것이 신경 쓰였겠지만 지금은 상황이 상황인지라 전혀 신경 쓰이지 않았다.

침실 문 앞에서 톰이 말했다. "누워봐도 되나요?"

"그러세요. 신발은 벗으시고요."

"그 정도로 야만인은 아니랍니다."

톰이 웃으며 부츠를 벗었다. 발가락이 줄무늬 장갑을 낀 듯 저마다 포근한 둥지 안에 들어앉아 있었다. 넬은 그가 예술가나 음악 분야 종사자일 거라 짐작했다. 옷깃을 덮은 곱슬머리와 엄지손가락에 낀 두꺼운 은반지도 그렇고.

"예쁜 양말이네요." 넬이 말했다.

감사의 표시로 그가 발가락을 꼼지락거렸다. 톰은 침대에 누워 양손을 몸 옆으로 가지런히 놓았다. '꼭 관에 들어간 것 같네.' 넬은 황급히 그 생각을 치워버렸다.

"편하네요. 사이즈가 퀸인가요, 킹인가요?"

"아마 킹일 거예요." 넬은 거짓말을 했다. 사실 그 침대는 모퉁이 가게에서 산 싸구려다.

"너무 이상한 요구로 들릴지 모르지만." 톰이 입을 열었다.

"말해보세요."

"제 옆에 누워볼래요? 두 사람이 누웠을 때 비좁은지 알고 싶어서요."

"애인을 데려오지 그랬어요?"

"아직 애인이 없어서요."

"일의 순서가 영 틀린 것 같네요." 넬이 말했다.

톰이 미소 지었다. "준비해서 나쁠 건 없잖아요."

"긍정적인 점은 높이 살게요."

넬은 톰 옆으로 가서 누웠다.

"자, 보세요. 둘이 누워도 거뜬해요."

거짓말이다. 이 매트리스는 킹사이즈가 아니다. 아무리 후하게 쳐도 더블 정도지. 두 사람의 몸 전체가 닿았고, 둘의 몸 바깥쪽은 매트리스 밖으로 삐져나왔다.

"안락하네요." 톰이 말했다.

그 말에 둘 다 웃음이 터졌다. "그래요, 사실 전 침대에 대해 아무것도 몰라요. 거짓말로 여기까지 오게 해서 미안해요. 사기당했다고 신고해도 이해할게요."

"사기가 아니죠. 당신은 침대를 판다고 올렸고 진짜 침대를 팔고 있잖아요."

"네, 맞아요. 킹사이즈는 크기를 말한 게 아니고, 킹(king에 담긴 '왕'이라는 뜻을 가지고 한 언어 유희–옮긴이)을 위한 사이즈라는 뜻이었어요. 아주 덩치가 작은 왕이요."

"헨리 6세는 생후 9개월에 왕위에 올랐어요. 그러니 그는 키가 아주 작았을 겁니다."

"맞아요. 그에겐 이 침대가 엄청나게 컸을 테죠."

"진짜 무지 컸겠죠. 그러니 하인들이 사방에 쿠션을 둘러 귀하신 분이 떨어지지 않도록 했을 거고요."

"아니면 안전 펜스를 쳤겠죠."

"당시에도 그런 게 있었을까요?"

"안전 펜스요?"

톰이 고개를 끄덕였다. 두 사람은 여전히 천장을 바라보고 누워 있었다.

"글쎄요."

"저기……." 톰이 입을 열었다. "어디로 이사 가요?"

지난달부터 세간을 팔면서 넬은 거의 모든 이에게 같은 질문을 들었다. 대부분 "확실히 정해지진 않았어요"라는 식으로 대충 얼버무렸다. 그런데 다른 사람과 한 침대에 누워 있어서 그런지 넬의 입에서 솔직한 이유가 흘러나왔다.

"사실 전 다음 주 월요일에 죽을 거라 이제 침대가 필요 없거든요."

"뭐라고요?" 톰이 오른쪽으로 돌아누워서 넬을 마주 보았다.

"돌아오는 월요일에 죽는다고요. 그래서 죽기 전에 모든 걸 팔아서 가족들이 뒤처리를 하지 않게 해주려고요. 아빠는 골프 치느라 바쁘고, 엄마는 운전을 싫어하거든요."

넬은 톰의 갈색 눈동자가 혼란스러운 듯이 그녀의 왼쪽 얼굴을 쳐다보는 걸 느꼈다. "그렇게 빤히 쳐다보지 말아요." 넬은 쭉 천장을 쳐다보며 말했다. "어색하니까요."

"병이 있어요?"

그녀가 고개를 저었다.

"자살할 생각이에요?"

너무 대놓고 물어보는 것이 무례하게 느껴져야 했지만 넬은 그동안 듣기 좋은 말만 하는 사람을 너무 많이 만났기에 오히려 그의 솔직함이 고맙게 느껴졌다.

"아뇨. 얘기하면 날 미쳤다고 생각할 테니 난 말하지 않을 거예요."

"말해줘요."

넬이 고개를 절레절레 흔들었다. "싫어요."

"부탁이에요." 톰이 팔꿈치로 턱을 괴고 넬을 쳐다봤다. 톰에게서 샤워 젤과 페퍼민트 향이 풍겼다. "부탁이니 말해봐요."

"알았어요. 대신 날 비난하거나 비웃거나 조롱하지 말아요."

넬은 망설였다. 사연을 제대로 털어놓은 지 꽤 오랜 시간이 흘렀다. 사실을 말할 때마다 돌아오는 건 비웃음과 조롱뿐이었다. 하지만 오늘만큼은 달랐다. 톰의 강렬하고 정감 어린 눈동자에 이끌렸다. 넬은 숨을 고른 다음 이야기를 시작했다.

무릇 예언가라면 군데군데 칠이 벗겨진 집시풍의 낡은 캐러밴에 살 거라고 생각하기 쉽다. 하지만 그녀는 소박한 시드니 교외의 평범한 방 세 개짜리 다세대 주택에 살고 있었다. 진입로에 아동용 세발자전거와 10년 된 폭스바겐 폴로가 주차된 모습이 당최 적응되지 않았다. 게다가 문제의 인물은 청바지 차림으로 나타났다. 홀치기염색 한 의상도, 헐렁한 원피스도 아닌 물 빠진 하이웨이스트 청바지에 럭비팀 티셔츠를 걸치고서.

여자는 "맨디라고 불러요"라고 자길 소개하더니 아이를 둘러업고선 입에 고무젖꼭지를 물렸다. "들어가요. 쭉 들어가서 편하게 앉아 있어요. 이 애를 재우고 올게요."

십 대인 넬과 남자친구 그렉은 그녀의 말대로 쭉 들어갔다.

살짝 열린 문 너머로 나타난 건 천장에 파이프가 고스란히 노출된 차고였다. 비싸지 않은 시폰 원단을 좀 사서 벽을 꾸미면 나을 텐데. 당시 그렇게 생각했던 기억이 났다. 벽에는 자전거 고정대가 달렸고 잡동사니 중 낡은 상자 하나에는 '놀이방', 다른 하나에는 '깨지기 쉬운 주방용품'이라고 적혀 있었다. 차고 한가운데는 캠핑용 탁자와 의자가, 그 아래 콘크리트 바닥에는 오래된 기름얼룩이 있었다.

맨디는 초조차 켜두지 않았다. 잠시 후 맨디가 잡음이 나는 베이비 모니터(원격으로 아기의 소리를 들을 수 있는 무선 시스템-옮긴이)를 들고 나타나선 수정 구슬이 놓여 있어야 할 빈 테이블 가운데에 내려놓았다.

"자, 특별히 알고 싶은 것이 있나요?" 그녀가 슬쩍 손목시계를 보며 물었다.

넬 옆에 앉은 그렉은 알고 싶은 것이 많은지 앞으로 몸을 숙였다. 그 애는 테이블 아래의 무릎을 집게손가락으로 톡, 톡 연신 두드렸다.

넬은 자기 마음은 몰라도 그렉의 표정과 안색에 대해선 잘 알았다. 열아홉 살인 그에게는 과거 행적을 보여주는 표식이 얼굴 곳곳에 있었다. 왼쪽 눈 옆에 작게 함몰된 부분은 수두에 걸렸을 때 딱지를 떼지 말라는 엄마 말을 안 들어서 생긴 흉터다. 턱에 있는 2센티미터가량의 흰 줄은 열세 살 때 스케이트보드 공원에서 잘난 척 묘기를 부리다가 긁힌 것이다.

넬은 그렉의 표정도 꿰고 있다. 그렉은 믿음직할 뿐 아니라 둘의 여행을 주도하는 인물이기도 했다. 2년도 더 전에 둘의 우정을 우정 이상으로 발전시킨 것도 그였고, 대입 시험 이후 올해 여행을 가자고 제안한 쪽도, 9월 학기에 더 좋은 대학의 법학과 진학을 목표로 하라고 넬을 격려한 사람도 그였다. 중학교 때부터 넬이 앞으로 나아갈 수 있게 뒤에서 든든하게 받쳐줬다고나 할까. 그날 맨디를 만나러 간 것도 전날 밤 호스텔에서 세상 모든 해답을 알고 있다는 이 신비한 여자에 관해 듣고 그렉이 흥분해서 계속 떠들어댔기 때문이다.

그러나 현재까진 그녀가 들려주는 대답이 어딘가 애매하다고 넬은 생각했다. 맨디는 둘에게 살면서 여행을 다닐 일이 있다고 했다. 그들이 메고 온 커다란 배낭이며 볕에 타서 껍질이 벗겨진 코와 어깨며 영국 억양도 감출 수 없으니 딱히 신통하게 느껴지지는 않았다. 그리고 알파벳 M, B, L, P, S, A, E, T와 어쩌면 C, H, G가 둘의 인생에 아주 중요하다고도 말해주었다. 어머니는 아니지만 어머니 같은 존재, 어쩌면 이모나 할머니나 여자 형제 혹은 사촌이 이번 생이나 다음 생에 옆에 있어준다고도 했다. 흥분한 그렉은 넬을 향해 고개를 끄덕이며 입 모양으로 "우리 엄마 이름이 패티(P)잖아!"라고 말했다.

맨디가 눈을 감고 살짝 콧소리를 흥얼거리며 몸을 좌우로 움직였다.

넬은 이건 아니란 생각이 들었다.

"난 마음이 바뀌었어." 넬이 그렉 쪽으로 몸을 기울이며 속삭였다. "그만 가자. 난 알고 싶지 않아."

그렉이 아무 반응이 없어서 넬은 자기 무릎으로 그의 무릎을 쳤다. 그렉의 커다란 눈동자는 경외심에 빠져 맨디를 바라보았고 최면에라도 걸린 듯 그녀를 따라 몸을 움직였다. 베이비 모니터에서 살짝 지직거리는 소리가 났다.

할 수 없이 넬 혼자 배낭을 집어 들었다. 바로 그때 맨디가 크게 눈을 뜨고는 곧장 십 대 둘에게 죽을 날짜를 알려주었다. 그렉은 2089년 7월 29일, 넬은 2024년 12월 16일이라고.

이제 넬은 톰 쪽으로 몸을 돌리고 누워서 둘은 몇 센티미터를 사이에 두고 코가 닿을 정도로 가까이 있었다.

"그냥 그렇게 말했다고요?" 톰은 눈이 휘둥그레졌다.

"그래요. 그곳에 가면 안 됐어요. 전날 밤 맥주 세 병을 마시고 마리화나를 한두 개 피웠을 땐 근사한 아이디어 같았죠. 그런데 이후 모든 게 달라져버렸어요……."

"하지만 그 여자가 다른 건 전혀 못 맞혔다면서요. 그런데 어째서 그 날짜는 믿는 거죠?" 톰이 물었다.

넬은 잠시 말이 없었다. 기억을 떠올리니 가슴이 아팠다.

"난 백 살까지 살아!"

둘이 낡은 배낭을 집어 들고 차고에서 나올 때 그렉이 신나서 소리쳤다. 두 사람은 한쪽으로 비켜섰고 소피와 헤일리가 발걸음을 옮겼다. 호스텔에서 만난 더블린 출신의 소피와 헤일리도 신비로운 예언을 듣기 위해 이곳을 찾았던 것이다.

"난 서른여덟까지라잖아." 넬이 그렉에게 말했다.

"넬, 아직 한참 남았어. 우린 지금 열아홉이고 앞으로 19년 동안 넌 걱정할 필요가 없잖아!"

"아무튼 이걸 믿어야 할지 모르겠어." 넬이 허리에 배낭끈을 매며 말했다. "저 여자는 그리 신통하지 않은 것 같아."

"뭘 기대한 건데? 알록달록한 호박 마차라도 타고 있을 줄 알았어?"

"아니거든." 살짝 분노한 넬이 대꾸했다.

둘은 맨디의 뒷마당에 있는 늙은 단풍나무 그늘에 앉아 헤일리와 소피를 기다렸다. 10분쯤 지났을 때 차고 문이 활짝 열리고 벽 너머로 시끄러운 목소리들이 쏟아졌다.

"순 거짓말이야, 소피."

"돈을 내고 이런 말이나 듣다니."

"저런 잡소리를 퍼뜨리게 놔둬서는 안 돼." 헤일리가 화를 냈다. "저 여자는 사이코야."

그렉과 넬은 좁은 인도를 걸어가는 두 사람과 합류했다.

"너희 둘은 몇 살까지 산대?" 드디어 침묵을 깨고 헤일리가 입을 열었다.

"난 서른여덟." 넬이 침울하게 대꾸했다.

"난 백." 그렉이 덧붙였다. 지금은 좋아할 때가 아니라는 걸 감지했는지 전보다 의기양양한 느낌은 줄었다. 그래도 넬은 그가 신났다는 걸 눈빛을 통해 알 수 있었다.

"아일랜드 사람이라 운이 좋은지 난 마흔까지 산대." 헤일리가 말했다.

소피는 말이 없었다.

"소피 너는?" 그렉이 물었다. "네 사망일은 언젠데?"

"다음 달." 소피가 조용히 말했다. "1월 17일."

"다 헛소리잖아." 헤일리가 재빨리 말했다.

"당연하지." 모두가 동의했다.

이후 며칠 동안 그 누구도 맨디의 예언에 대해 말하지 않았다. 하지만 넬은 헤일리와 소피를 살피면서 그날 일을 떨쳐버리지 못한 사람이 자기만은 아니라는 걸 알았다.

땅거미가 내려앉은 어느 날 넬과 그렉은 해먹에 나란히 누워 있었다. 넬은 그렉의 가슴에 머리를 묻고 자신의 속마음을 털어놓았다.

"슬퍼."

"어째서? 여행이 재미없어?"

"맨디의 말이 계속 생각나."

"맙소사, 넬. 생각하지 마. 난 생각 안 해."

"넌 요양원에서 대소변 못 가리고 기저귀 찰 때까지 사는데 난 마흔도 못 넘긴다고!"

"절대 안 그래! 다 터무니없는 소리야! 그 말이 진짜라고 생각하는 건 아니지?"

"넌 그 여자 말을 꽤 믿는 것 같던데."

"아니, 안 그랬어. 그냥 즐겼던 거지. 제발 좀, 넬. 허튼 생각하지 마. 자, 이제 키스해줘."

네 친구는 해변에서 갓 잡아 올린 생선을 구워 먹고 맥주를 마시며 크리스마스를 보냈다. 다른 여행객이 호스텔에 우쿨렐레를 두고 간 덕분에 그렉은 농담이 바닥나면 밝은 곡을 연주해서 모두가 잠시나마 빠르게 흐르는 시간을 잊게 했다.

1월 17일이 다가올수록 소피는 오히려 삶에 더욱 자신감을 드러냈다.

"절벽에 다이빙하러 가자." 어느 날 아침에 소피가 말했다. "한 시간 거리에 있다는데 호주 최고의 관광 명소래."

"내일은 좀 그렇지 않아?" 넬이 불안하게 웃었다.

"어째서? 종일 날씨가 화창하댔어."

"하지만 17일이잖아."

"그러니까 가자는 거야. 그 사기꾼이 틀렸다는 걸 확실하게 보여주자고."

"18일에 가도 되잖아." 헤일리가 말했다. "맨디가 순 엉터리 사기꾼이라는 건 알아. 하지만 내일은 그냥 호스텔 주변에서 노는 게 좋을 것 같아."

넬은 자기 생각을 헤일리가 대신 말해줘서 고마웠다. 자신이 소피라면 내일 밤 12시까지 침대에서 꼼짝도 하지 않을 것이다. 맨디의 예언을 믿어서가 아니라 17일에 잠에서 깨어나 기지개를 켜고 속 편한 아침을 먹고 시간을 보내면서 그 여자가 거짓말쟁이라는 걸 입증할 수 있는데 굳이 깎아지른 절벽에서 바다로 몸을 던질 필요가 있을까. 그러나 소피는 고집을 부렸다. 그 애는 맨디에게 자신이 어떤 사람인지 보여주려고 했다.

넬은 어느 부분에서 울음을 터뜨렸는지는 몰라도 어쨌든 생판 모르는 남자 옆에 누워서 눈이 빠지도록 울고 있었다. 심지어 자신의 가장 사적인 비밀을 털어놓으면서.

톰이 청바지 주머니에서 고이 접어둔 깨끗한 티슈를 꺼내 넬에게 건넸다.

"소피는 어떻게 됐어요, 넬?"

넬이 코를 훌쩍였다. "사고 이후 헤일리는 호스텔로 돌아오지 않았어요. 그 애가 호스텔로 연락해 저와 그렉한테 자신과 소피의 배낭을 아일랜드로 보내달라고 했어요."

"소피는 죽었나요?"

넬이 고개를 끄덕였다.

"세상에나."

"그러니 당신이 내 침대를 사줬으면 해요."

2.

우스운 일이다. 당장 죽을 운명이 아니라면 넬이 절대로 하지 않을 일이 아주 많았다. 침대를 사러 온 남자와 잠자리를 갖는 것이 그랬다. 넬은 사회적 시선이나 거리낌 따윈 날려버리고 충동과 변덕을 고스란히 받아들였다.

톰이 10파운드 지폐 여덟 장을 세어 협탁에 내려놓고는 트럭에 싣기 쉽게 드라이버로 침대를 분해하기 시작했을 때 넬은 해방감과 더불어 자신이 타락했다는 느낌도 받았다.

"색다른 오후였어요." 넬이 현관문 빗장을 여는 동안 톰이 줄무늬 스카프를 목에 감으며 말했다.

넬도 고개를 끄덕였다. "맞아요."

"당신은 이런 일이 꽤 있었을 테죠." 갑자기 그 말이 어떻게 들릴지 깨닫고 톰은 얼굴이 빨개졌다. 그는 재빨리 덧붙였다. "그러니까 내 말은…… 순간을 놓치지 않고 현재를 즐긴다, 뭐 그런 말이에요. 당신이 자주 이런다는 게 아니라. 내 말은…… 다들 각자 사정이 있으니까. 그냥 내 말은……."

넬이 문을 활짝 열었다. "잘 가요, 톰. 내 인생의 마지막 오르가슴을 안겨줘서 고마워요."

"꼭 그럴 거란 확신이 안 드는군요. 당신한텐 아직 6일이 더 남았잖아요."

"안녕히 가세요, 톰."

6일. 인생 최후의 날은 뭘 하며 보내야 할까. 넬은 계획을 세우는 데는 젬병이라 지금껏 미뤄왔던 일을 하기로 했다.

넬은 인생 처음이자 마지막으로 버킷리스트를 쓰기로 했다. 그녀는 바닥에 앉았다. 집 안은 고요했다. 텔레비전을 즐겨 보는 사람이었다면 지금쯤 침묵을 덮으려고 전원을 켰을 것이다. 하지만 그녀는 해외에서 너무 오래 지냈기 때문에 텔레비전에 누가 나오는지도 몰랐다. 당연히 집에 텔레비전은 없었다.

넬에게 영국에 돌아왔을 때 달라진 도시의 모습은 큰 충격이었다. 도시의 경계가 시골까지 넓어진 것도, 물가가 다섯 배 이상 오른 것도. 무엇보다 가족의 달라진 모습이 충격 그 자체였다. 언니는 이제 엄마가 되었고, 엄마는 퇴직할 나이를 훌쩍 넘겼다. 넬은 자신이 고국에 돌아온 것을 가족에게 알리지 않았다. 그러면 가족이 그녀를 보고 싶어 할 테고 다음에 만날 기약이 없다는 사실을 아는 상태로 작별 인사를 나누긴 너무 힘드니까.

넬은 한숨을 쉬고 휑한 방을 둘러보았다. 자신의 삶이 행복했던 건지 궁금했다. 한 직장에 다니며 가정을 꾸려서 같은 배우자와 함께 살고 같은 빵집에서 빵을 사고 같은 이웃에게 손을 흔들고 매일 같은 문을 여닫는 삶이었으면 행복했을까?

다 지난 일이라고 넬은 스스로를 타일렀다. 가장 먼저 할 일은 춤추러 가는 것이다. 넬은 춤을 사랑했다. 음악이 몸의 세포 하나하나로 흘러들어 눈을 감아도 팔다리가 알아서 움직였다. 다음 주 월요일 전에 춤을 다시 춰보고 싶다. 월요일. 어째서 월요일에 죽어야 하는 걸까? 진짜 별 볼 일 없는 날인데. 그리고 감기가 기승을 부리는 12월이라서 장의사들은 주말에 밀린 일을 처리하느라 바쁜 날이기도 하다.

두 번째 할 일은 웃기. 그녀는 웃고 싶었다. 배를 잡고 눈물이 쏙 빠질 정도로 아주 크게.

세 번째 할 일은 치킨 차우멘(중국식 볶음국수-옮긴이) 먹기. 진짜 한 그릇 먹고 싶다. 이번 주에는 먹고 싶은 음식을 미리 골라 둘 것이다. 그래야 전자레인지용 간편식으로 귀중한 식사 시간을 낭비하지 않을 테니까.

참, 가족도 만나러 가야 한다. 꼭, 꼭, 꼭. 아직 6일이 남았으니 가족을 놀라게 해줄 겸 남부 해안으로 여행을 다녀와도 되겠다. 다시 만나는 모습을 상상하면서 그녀는 아랫입술을 잘근거리며 웃었다. 그러다 어쩔 수 없는 작별의 순간을 떠올리고는 재빨리 생각을 바꿨다. 아니, 이번 주는 작별 주간이 되어선 안 돼. 축제 주간이 되어야 한다고.

현재 런던의 상황을 알아보면 계획을 세우는 데 도움이 될 것 같아 넬은 휴대전화를 켰다. 화요일은 아주 조용했다. 다들 주말을 열심히 달린 탓에 아직 피로에서 벗어나지 못한 게 분명하다. 하지만 다행히도 내일부터는 일정이 많다.

우선 인생의 마지막 주에 가보고 싶은 클럽과 공연의 이름을 쭉 써봤다. 오늘 밤만은 냉동실에 남은 마지막 전자레인지용 간편식으로 저녁을 때워도 괜찮다. 그냥 썩히기도 아깝고, 내일 아침에 전자레인지를 가져갈 사람이 올 테니까. 전자레인지를 떠나보내기 전 마지막 만찬은 치킨 카레다.

다음 날 저녁, 넬은 한 번도 가본 적이 없던 런던 밸엄의 펍에 자리한 코미디 클럽으로 향했다. 넬은 미지의 지역을 탐험하길 좋아하고 혼자 다니는 데도 익숙하지만 앞뒤로 줄 선 사람들을 살피다가 불현듯 자신만 이곳에 혼자 왔음을 깨달았다. 다들 연인이나 친구와 함께였다. 갑자기 외로움이 엄습했다. 하지만 자신에게도 친구가 있고 단지 친구들이 여기에 살지 않는 것뿐이라고 그녀는 자신의 마음을 단단히 추슬렀다. 페이스북 친구만도 700명이 넘는다. 모든 대륙에서 찍은 사진에 그녀가 태그되어 있다.

공연이 시작되었다. 처음 나온 코미디언은 무난했지만 욕을 너무 많이 해서 넬의 취향에는 맞지 않았다. 두 번째 사람은 첫 번째보다 나았다. 코웃음이 나오는 정도였지만. 넬은 다음 무대가 시작되기 전에 뒤쪽으로 가서 맥주 한 병을 더 산 다음 계산을 했다. 그때 세 번째 코미디언이 등장했다.

"전 어제 침대를 사러 갔다가 침대를 판 여자와 근사한 섹스를 하게 됐습니다."

넬은 무대를 등진 채로 얼어붙었다. 클럽 안의 모두가 웃음을 터뜨리고 함성, 휘파람, 박수를 보냈다.

"자, 자, 이건 제가 얼마나 정력적이고 매력적인가 하는 이야기가 아니에요. 그래도 감사드립니다. 오늘은 제가 꽤 매력적이고 남자답다고 느껴지네요. 등 근육이 뻐근하긴 합니다만 그럴 가치가 있었습니다."

객석에서 더 많은 박수와 함성이 쏟아져 나왔다. 넬은 거스름돈을 제대로 확인하지 않고 그냥 주머니에 넣었다. 손이 후들후들 떨렸다.

"그 여자는 굉장했어요. 숨이 턱 멎을 정도로 매력적이었죠. 곱슬머리에 근사한 녹색 눈동자. 게다가 얼마나 쿨한지. 몇 년 만에 경험한 최고의 오후였어요. 그녀가 너무 멋져서 결국 제 키에 맞지도 않는 싸구려 침대를 80파운드나 주고 샀죠. 그런데 뭐가 문제인지 여러분이 한번 물어봐 주시겠어요?"

"그래, 뭐가 문제죠?" 넬 오른쪽 근처에 있던 한 남자가 소리쳤다.

"감사합니다. 정확히 뭐가 문제냐고요? 제 이상형인 그 멋진 여자가 다음 주에 죽는다고 하네요."

모든 관객이 놀라서 헉 소리를 냈다. 넬은 맥주병을 꽉 잡은 채 여전히 무대를 등지고 서 있었다.

"죽음을 앞둔 사람과 하룻밤을 보냈다고 여러분이 비난하기 전에 말씀드릴 것이 있어요. 우선 그녀는 괜찮습니다. 그녀가 십 대일 때 어떤 점쟁이가 죽는 날짜를 예언했다고 합니다. 그녀는 평생 그걸 믿으며 살아왔고요. 그래서 전 기뻐요. 왜냐하면 그녀가 자신이 죽을 거라고 믿지 않았다면 저랑 자지 않았을 테니까요. 그러니 점쟁이님, 고맙습니다. 당신이 절 도왔어요."

더 많은 박수와 휘파람 소리가 났다.

"이 일로 전 우리 삶에 대해 생각해보게 되었습니다. 살날이 일주일밖에 남지 않았다는 걸 알게 되었다면 여러분은 무얼 할 건가요? 우선은 런던의 펍에서 별 볼 일 없는 아저씨가 인생 최고의 섹스에 대해 떠드는 소릴 듣고 있지는 않겠죠? 아마 리츠 호텔에서 차를 마시거나 산을 오르겠죠. 양털을 깎거나 일몰을 그릴 수도 있겠군요."

넬은 참을 만큼 참았다. 톰은 그녀의 인생을 코미디 소재로 만들어서 모르는 이들이 그녀를 비웃게 했다. 넬은 바 위에 맥주병을 요란하게 내려놓았고 그 소리에 모두가 뒤를 돌아보았다. 톰은 말을 멈추고는 어둑한 조명 사이로 쳐다보았다. 넬은 사람들을 밀치며 출구로 걸어 나갔다.

"제가 뭘 잘못 말했나요?" 톰이 무대에서 웃으며 물었다.

"신경 쓰지 말아요." 넬은 무대까지 들릴 만큼 큰 소리로 말했다. 그러자 스포트라이트가 그녀를 비췄다. "집에 가서 양을 그려야 해서요."

넬은 지하철을 타고 집으로 향했다. 차츰 아드레날린과 분노가 사그라들자 자신이 무슨 말을 했는지가 실감났다. '양을 그려야 해서요.' 넬은 그날 밤 처음으로 배를 잡고 깔깔 웃었다. 지하철 안의 다른 사람들이 뭐라고 하든 상관없었다.

이틀 뒤인 금요일 오후 톰이 전화를 했을 때 넬은 리츠 호텔에서 애프터눈 티를 즐기고 있었다. 평생 해본 적이 없는 일이었다. 이런 일을 알려준 톰이 고마웠다. 넬은 침대를 판 돈 80파운드를 찻값으로 단번에 썼다. 세간 판 돈을 전부 지역 아동 단체에 기부하려던 결심이 깨진 것이 좀 아쉬웠지만 죽기 사흘 전에 자신을 사랑하기 위해 돈을 쓰지 않는다면 언제 또 쓰겠는가.

그래도 막상 리츠에 들어가면서 "한 명이요"라고 말할 때는 조금 쑥스러웠다. 자리에 앉은 넬은 사방을 둘러보았다. 연인, 아버지와 딸, 어머니와 아들, 친구끼리 이곳을 찾은 사람들이 보였다. 넬은 자신과 같이 마카롱을 먹어줄 누군가가 있다면 좋았겠다고 생각했다. 하지만 곧 다른 사람들이 자신을 흘끔거리는 것은 동정해서가 아니라 부러워서라는 걸 깨달았다. 3단 트레이에 잔뜩 놓인 맛있는 디저트를 평화롭게 혼자 즐기는 넬을 대놓고 질투하는 것이었다. 넬은 이 시간을 만끽하며 마카롱을 전부 먹어치웠다.

집으로 돌아와 보니 현관에 메모가 꽂혀 있었다.

내가 천하의 몹쓸 인간이에요. 당신이 얼마나 사랑스러운데. 부탁이니 당신 최후의 만찬을 내가 사줄 수 있게 해줘요. 톰.

넬은 메모를 찢어 쓰레기통에 던져버리고는 클럽용 옷으로 갈아입었다.

디데이를 이틀 정도 남겨두고 넬은 분주히 움직였다. 집에 남은 약간의 잡동사니를 자선단체에 기부하고, 집주인에게 열쇠를 돌려주고, 휴대전화를 해지하고, 은행 계좌를 없애고, 테스코 적립카드에 남은 포인트를 소진하고, 빌어먹을 편지를 썼다.

인생의 문을 닫는 마지막 단계이기에 편지는 꼭 써야 했다. 몇 주간 미루고 미루다가 그녀는 우선 엄마에게 편지를 쓰기로 했다. 엄마의 사랑과 지지에 감사하고 곁에 있어주지 못하고 자리를 비웠던 점을 사과했다.

엄마를 사랑하는 법도, 떠나는 법도 몰라서 그냥 멀리 있었어요. 죄송해요. 아빠가 떠난 뒤에 상심한 엄마를 저 역시 볼 수 없었어요. 엄마는 항상 아주 강한 엄마였고 다시 그런 엄마가 될 수 있어요. 행복을 위해 곁에 꼭 남자가 있을 필요는 없어요. 엄마만으로 충분하니까.

넬은 눈물을 닦으며 감상에 빠지는 대신 자신을 화나게 한 사람에게 편지를 썼다.

아빠에게.
잘 있어요, 이기적인 인간.

넬이 하고 싶은 말이 여기 전부 담겼다. 솔직함이 넬의 장점이지만 확실히 유창한 말발과 열정도 들어 있어야 했다. 그래서 다시 쓰기 시작했다.

아빠 보세요.
아빠의 선택이 늘 이해되지는 않았어요. 그러다 아빠가 모든 걸 직접 결정한 것은 아니란 점을 깨달았어요. 이제부터 제 비유를 아빠가 이해하길 바라요.
아빠는 누군가와 골프를 치러 갔다가 그의 골프 실력이 형편없다고 생각하고는 그를 숲 한가운데 버려두었어요. 그러고는 다른 팀 사람과 함께 카트를 타고 클럽 하우스로 가버렸죠. 원래 파트너가 어두운 숲에서 상심한 채 홀로 죽어가도록 내버려두고 말이죠. 죽는다는 말이 나와서 말인데 아빠가 이 편지를 읽을 때쯤 전 이 세상 사람이 아닐 거예요. 아빠는 골프를

시작하기 전 첫 30년 동안은 제 인생에서 정말 훌륭한 아빠였
어요.

이 정도면 완벽하다. 너무 날카롭지도, 무례하지도 않다.

다음 편지는 언니 폴리에게 쓴다. 가장 꺼려지던 대상이다.
어떻게 털어놓아야 할까? 넬이 지금껏 갖고 있던 가장 큰 비밀
이다. 이걸 무덤까지 가져갈 순 없다. 넬은 고심하며 테이블에
펜을 두드렸다.

폴리 언니에게.

나랑 나쁜 짓도 같이해주고 어린 시절 내내 가장 좋은 친구였
던 언니. 언니에게 작별 인사를 하는 것이 내겐 가장 어려운
일이야.

난 우리가 함께 늙어갈 줄 알았어. 그런데 우주는 우리를 위해
다른 계획을 세워뒀더라고. 화상 통화를 할 때 언니가 베아(베
아트리스의 애칭-옮긴이)와 같이 있는 모습을 보면 가슴이 터질
것만 같았어. 언니가 아주 훌륭한 엄마라서 너무 자랑스럽고
베아가 자라는 모습을 볼 수 없어서 정말로 슬퍼.

지금부터 내가 할 말이 언니의 세상을 완전히 무너뜨릴 거라
는 사실을 알아. 그래도 난 언니의 동생이고 언니를 사랑하니
말해야겠어. 형부에 관한 거야.

넬은 무너지는 가슴으로 편지를 마쳤다. 이제 넬의 머릿속은 말끔해졌다. 앞의 두 편지에서 안 좋은 말을 다 털어놓았으니, 나머지 두 사람에겐 가벼운 마음으로 마무리할 수 있었다.

그렉에게.
네 이름을 써본 지도 20년이 넘었네. 마지막이 크리스마스카드였던 것 같아(너한테 주지 않았지만). 그 카드에 난 네가 내 영혼의 단짝이고 남은 생을 너와 함께 보내고 싶다고 적었어. 이 잔인한 운명의 장난이 아니었다면 우리는 지금도 아주 행복하게 잘 지내고 있을 거야. 열한 살 때부터 하루도 빼놓지 않고 널 생각했어.

너무 과한가? 지난 한두 해 동안 두어 달에 한 번 정도 그가 생각났다. 그러니 하루도 빼놓지 않고 생각했다는 말은 사실이 아니었다. 그래도 이름이 그렉인 사람을 볼 때마다 생각이 나긴 했다.

혹시 알아? 상황이 다르게 흘러 우리가 여전히 함께 여행하고 있을지. 넌 내 평생의 사랑이야.

넬은 톰의 메모가 마음에 걸렸다. 그의 사과는 진심인 듯했고, 사실 공연에서 그는 넬을 칭찬했으니까.

톰, 천국에서 안부를 전해요. 아니면 지옥이거나.

마지막 편지를 불과 일주일 전에 만나 총 세 시간을 함께 보낸 사람에게 쓴다는 게 좀 이상하네요. 하지만 누구든 마음만 열면 단 한순간 만에 인생을 바꿀 수도 있지 않겠어요.

당신을 정말 좋아했어요, 톰. 그리고 우리가 정말로 교감했다고 느꼈죠. 당신은 내 인생을 코미디 소재로 써버렸지만 당신에겐 친절한 눈빛과 영혼이 있어요. 상황이 달랐다면 난 그 둘을 좀 더 들여다보고 싶었어요.

그리고 당신 말이 맞아요. 섹스는 환상적이었어요. 내가 죽기 6일 전에 당신과 인연이 닿은 건 잔인한 운명의 장난이군요. 인생을 제대로 즐겨요. 그리고 다른 곳에서 만나요. 그땐 우리가 떠난 그 지점에서부터 다시 시작할 수 있을지도 모르죠.

넬은 편지 다섯 통을 마트 앞에 있는 우체통에 넣었다. SNS 계정에는 마지막 글을 올리지 않기로 했다. 해가 지는 사진 한 장을 올릴까도 생각했지만 그런 사진은 예전에도 아주 많이 올렸었다. 아마도 사람들은 그녀가 다시 여행을 떠났다고 생각할 것이다. 그래서 파티에서 말없이 빠져나오듯 소셜 미디어에서도 그렇게 빠져나오기로 했다.

3.

넬은 양초 앞에서 딜레마를 느꼈다. 촛불을 켜두고 죽고 싶었지만 촛불 '때문에' 죽는 건 절대 안 되었다. 그리고 이 스위트룸에는 불붙을 만한 천이 아주 많았다. 자신으로 인해 호텔 전체가 화마에 휩싸이는 꼴은 보고 싶지 않았다. 호텔 측으로서는 내일 시신을 보는 것만도 괴로울 텐데, 소방서나 보험사와 몇 달간 옥신각신하게 만드는 건 정말로 부당한 일이었다.

넬은 지금 막 마지막 식사를 마쳤다. 채소 케사디야(멕시코 요리 중 하나—옮긴이). 솔직히 가장 먹고 싶었던 건 아니다. 새우가 가장 먼저 떠올랐지만 식중독의 주범인 해산물을 먹고 화장실 바닥에서 위아래로 동시에 쏟아낸 꼴로는 발견되고 싶지 않았다. 그런 이유에서 치킨도 제외했다. 크림도. 씹기 힘든 음식과

기관지를 막을 만한 것을 제외하니 케사디야와 클럽 샌드위치 중에서 골라야 했다. 이번 생에 먹는 마지막 음식으로 차마 샌드위치를 주문할 수는 없었기에 채소 케사디야로 결정했다.

넬은 19년 동안 완벽한 죽음을 준비해왔다. 이따금 해변, 숲, 초원 등을 마지막 장소로 고민했지만 결국 강이 내려다보이는 런던 최고급 호텔의 디럭스 룸을 선택했다. 또한 근사한 옷을 입기로 했다. 비싼 호텔 방에서 명품 드레스를 입은 채로 발견되는 것만큼 잘 살았던 티를 내는 방법은 없을 테니까. 빌린 드레스에는 수천 개의 비즈가 한 땀 한 땀 박혀 있었다. 엄청나게 화려한 드레스여서 넬이 체크인할 때 몇몇이 눈을 크게 뜨고 쳐다보았다. 너무 무겁고 비실용적이었지만 그래도 드레스 안에서 움직이는 매 순간이 좋았다. 옷이 내일 무사히 반환되도록 안단에 대여한 상점의 이름과 주소를 잘 붙여두었다.

옷장 문에 달린 거울에 자신을 비춰보면서 살짝 빙그르르 돌아보았다. 그 순간, 넬은 자신이 한 번도 자신만의 옷장을 가져본 적이 없다는 사실을 떠올렸다. 옷장은 여행 가방에 들어가지 않으니까. 주름이 가는 옷은 한 번도 사지 않았기에 다리미도 사본 적이 없다는 것도 깨달았다. 지금 생각해보니 사지 못한 일상용품이 많았다. 옷장, 다리미, 진공청소기. 그것들이 없다고 인생이 가난한 건 아니지만 그것들은 평범한 사람들이 '반드시 사야 할 물건'이었다.

'반드시'는 넬이 가장 혐오하는 단어다. 그 말에는 기대와 비난이 가득 담겨 있다. 네 나이에는 '반드시' 정착해야 해, '반드시' 한곳에 자리를 잡아야지, 엄마한테 '반드시' 전화를 더 자주 해. '반드시'라는 말이 없는 나라는 없을까. 그런 곳이 있다면 '반드시' 이주할 것이다.

난 어떻게 죽을까? 넬은 침대에 누워 천장을 바라봤다. 곰팡이 자국이 없는 걸 보니 위층의 욕조가 천장을 뚫고 내려와 그녀를 뭉개진 않을 것 같고, 샹들리에는 침대 위에 있지 않으니 자는 동안 몸 위로 떨어질 리가 없었다. 그럼 대체 어떤 식으로 죽을까? 그런 생각을 하니 미칠 것 같았다. 이 방을 나갈 마음이 없으니 교통사고일 리는 없고, 방 안 모든 가전제품의 코드를 뽑았으니 감전사도 아니다.

일단 씻기로 마음먹었다. 욕조에서 익사하지 않을 자신은 있지만 만일을 대비해 목욕 대신 샤워를 하기로 했다. 욕조 옆의 커다란 유리 물병에 가득 담긴 신선한 장미 꽃잎을 욕조에 뿌리면 엄청 근사할 것 같기는 했지만.

샤워 후에 넬은 다시 드레스를 입고 창가를 걸었다. 창 쪽에 너무 붙지 않도록 주의하면서. 창문을 부수고 8층 아래의 런던 거리로 추락하고 싶진 않았다. 커튼을 걷고 밖을 내다봤다. 자동차, 소음, 사람. 수백 명의 사람이 저녁에 뭘 먹을지, 내일 무슨 영화를 볼지, 주말에 누구를 만날지, 내년 여름 휴가는 어디로 갈지 고민하고 있었다. 시간은 그들 앞에 무한히 펼쳐져 있기에 그들은 게으르게 일상을 걷고 있었다. 스카이라인 너머에는 도시에서 휴가를 만끽하는 관광객을 가득 태운 런던아이가 천천히 돌았다.

"내가 같이 있지 않아도 정말 괜찮겠어?" 넬이 이틀 전에 작별 인사를 하려고 연락했을 때 헤일리가 물었다. 소피의 죽음을 같이 극복해나가면서 둘의 우정은 아주 단단해졌다. 둘은 수년이 넘게 정기적으로 특이하고 근사한 곳에서 만났다.

"괜찮아. 예상 못 한 일은 아니잖아." 넬이 말했다. "무섭진 않아. 그냥 일어나는 일인걸. 난 엄청난 인생을 살았어. 보통 사람들보다 훨씬 더 어마어마하게. 그리고 이제 끝나는 거지."

"둘이 밤새 영화를 보고 잔뜩 취해도 돼."

"매년 영국에서 술 때문에 죽는 사람이 대략 2만 5000명이야." 넬이 말했다. "아무튼 네가 같이 있으면 너의 호텔비까지 내가 내야 하니까 가장 비싼 방을 고를 수 없잖아."

헤일리가 한숨을 쉬었다. "알았어. 혹시 마음이 바뀌면 내일 점심 전까지 전화해. 그래야 제시간에 비행기를 탈 수 있어."

"마음은 안 변할 거야. 아무튼 고마워."

"그리고 장례식을 줌으로 생중계해주는 거 맞지?"

"응. 내가 준비한 패키지에 다 포함돼 있어."

"알았어. 잘 가. 한두 해 뒤에 다른 세상에서 만나. 사랑해."

이 작별 인사가 가장 힘들었다. 이 일을 이해하는 유일한 사람이 헤일리라서 그런 걸까. 헤일리는 이게 넬의 운명임을 알았다. 넬은 작별 인사는 물론 어떤 감정도 표현하지 않았다.

4.

넬은 35시간째 스위트룸에 머물렀고 그 시간의 대부분을 깨어 있었다. 시드니 시간으로 16일에 체크인했다. 혹시나 맨디의 예언이 호주 시간일 경우에 대비한 것이었다. 지금 호주는 12월 17일이고 넬은 아직 살아 있었다. 예언은 호주 시간이 아닌 영국 시간에 맞춰진 모양이었다.

저녁 7시. 이제 다섯 시간 남았다. 드레스 때문에 피부가 좀 따끔거렸다. 혹시 이 드레스가 죽음의 원인은 아닐까. 화장실에 가려고 드레스를 들어 올리다가 비데 위로 넘어지는 바람에 왼쪽 허벅지에 멍이 들었고, 코르셋이 흉곽을 너무 조이는 바람에 딸꾹질할 때마다 움찔했다. 넬은 한숨을 쉬었다. 처음에는 케사디야가 그녀를 실망시키더니 이번에는 옷이다. 그렇지만 이 옷을 입은 채로 발견되고 싶으니 참기로 했다.

텔레비전을 켰다. 10분 동안 아스널과 어느 스페인 팀의 축구 경기를 보다가 미국에 살 때 보던 시트콤 재방송을 틀었다. 하나도 안 웃기는 데다 가끔 터져 나오는 녹음된 웃음소리가 상당히 거슬렸다. 결국 텔레비전을 끄고 리모컨을 침대 옆에 던진 다음 다른 리모컨을 집어 들었다. 오른쪽을 향한 화살표 버튼을 누르자 창문의 암막 커튼이 움직였다. 천천히 런던의 야경이 가려졌다가 왼쪽을 향한 화살표 버튼을 누르니 다시 도시가 눈에 들어왔다. 엄지로 번갈아 두 화살표를 누르면서 보였다가 안 보이는 런던 야경을 보았다.

저녁 8시가 되었다. 하품이 나왔다. 인터넷으로 호텔을 예약할 때 특별 요청란에 크리스마스 장식을 원하지 않는다고 썼다. 크리스마스를 싫어해서가 아니라(사실 좋아한다) 이번 크리스마스를 맞지 못할 거라는 사실이 너무 힘들게 느껴져서였다.

올해도 엄마는 크리스마스를 축하할까. 거의 20년간 엄마와 함께 보낸 크리스마스는 채 다섯 번이 되지 않는다. 아버지가 떠나고 엄마와 함께 맞이한 첫 크리스마스는 정말 우울했다. 왜 매년 크리스마스에 집에 가서 엄마와 함께해주지 못했을까?

맨디가 알려준 죽을 날짜는 넬에게 세상을 열어주고 독립할 핑계가 되어주었다. 죽을 날짜를 몰랐다면 삶이 어떤 모습이었을지 자주 생각해봤다. 아마 호주 여행에서 돌아와 학교에 복학하고 그녀의 인생에서 가장 흥미로운 시절을 보냈겠지.

넬은 시계를 봤다. 8시 30분이었다. 밑도 끝도 없이 글로리아 게이너가 떠올랐다. 음악. 그녀에겐 음악이 필요했다. 곧 천국의 문을 통과해야 한다면 거기까지 데려다줄 음악이 필요하다. 음악을 듣다가 목숨을 잃은 사람이 있을까. 소리가 너무 크면 그럴지도 모른다. 안전하게 볼륨을 중간쯤인 15에 맞췄다. 최고급 호텔이라 그런지 자체 아이패드에 스포티파이도 깔려 있었다. 넬은 한 시간 동안 70년대의 모든 음악을 찾아 들었다. 드레스 차림으로는 몸을 비틀거나 흔들기가 힘들었다. 그녀는 그냥 펄쩍펄쩍 뛰면서 아래층 객실이 비어 있길 바랐다.

한참 춤을 추다가 미니바를 열었다. 지난 37시간 동안 이 미니바를 그냥 쳐다만 보았던 이유를 모르겠다. 어쩌면 음주로 인한 사망 통계 때문에 머뭇거렸을 수도 있다. 호텔 미니바에서 작은 병 네 개와 샴페인 반병을 마시기로 했다. 뭐 어때.

숨이 차고 삭신이 쑤시는 상태로 침대에 누웠다. 재밌었다. 넬은 하품을 하고 다시 시계를 봤다. 10시 30분이다. 대략 한 시간 30분이 남았다. 맨디가 미국 대서양 표준 시간으로 말했다면 추가로 여덟 시간이 더 남아 있었다.

앞으로 아홉 시간 30분 동안 넬이 깨어 있을 도리는 없었다. 눈앞의 사물이 두 개로 보이기 시작했다. 정말 피곤했다. 그녀는 앞으로 아홉 시간 30분이 더 남아 있다면 잠시 눈을 붙여도 되겠다고 생각했다. 그래서 다시 하품을 하고는 서서히 잠에 빠지며 천천히 웅얼거렸다. 난 나인걸.

5.

천국은 넬이 생각한 것보다 훨씬 시끄러웠다. 하프 소리가 아닌 드론 소리가 났다. 마치 잔디 깎는 기계나 진공청소기 소리 같았다. 그래, 진공청소기가 벽에 부딪히는 소리다. 끊임없는 진동 소리와 날카로운 쾅 소리가 몇 초마다 들리다니 이건 분명 고문이었다.

넬은 조심스럽게 눈을 떴다. 흰 구름에 덮인 엄청나게 밝은 빛이나 불타는 화염이 펼쳐질 거라고 생각했다. 그런데 웬걸, 눈앞은 완전히 캄캄했다. 어쩌면 하늘에서 그녀의 파일을 검토하는 동안 중간 지대에 갇힌 걸지도 모른다. 무인 가판대에서 잡지 두 권을 챙기고 한 권 값만 낸 일도 살펴보고 있겠지. 〈빅이슈〉 잡지를 파는 노숙자에게 잔돈이 없다고 말하고는 3.5파운드를 내고 몇 분 뒤에 캐러멜 라테를 사 마신 일도.

넬은 오른쪽으로 몸을 틀었다. 해변에 밀려온 물고기처럼 어둠 속에서 절박하게 손을 허우적대다가 바닥에 놓인 무언가와 부딪혔다. 커튼용 리모컨이었다. 아니야. 천국 사람들은 리모컨이 필요 없다. 넬은 거침없이 손을 뻗어 리모컨을 집어 들고는 더듬더듬 버튼을 찾아 눌렀다. 이내 모터 소리가 나면서 전동 커튼이 열렸다. 밝은 빛이 고급스러운 스위트룸으로 맹렬하게 쏟아져 들어왔다.

여긴 천국이 아니다. 그녀는 죽지 않았다는 생각에 호흡이 거칠어졌다. 넬은 살아 있었다. 그녀는 밤을 버텨냈다. 넬은 재빨리 텔레비전을 켜고 화면 속의 시간을 확인했다. 12월 17일 오전 10시 30분. 확실히 내일이 맞았다.

"객실 청소하러 왔습니다."

문을 두드리는 소리가 났다. 넬은 얼어붙었다. 이렇게 되면 안 되는데. 객실을 청소하는 사람이 문을 따고 들어와서 이집트 면실로 직조한 시트 위에 오리털 베개를 베고 고요히 누워 있는 넬을 발견해야 하는데. 그러면 연락을 받은 넬의 가족이 엄청나게 슬퍼하면서 이 사태를 받아들이지 못해야 하는데. 호텔 측은 불운한 장면을 목격한 가여운 청소부에게 오늘은 그만 쉬라고 돌려보내고 그렇게 청소부에게는 친구들에게 들려주고 또 들려줄 이야깃거리가 생겨야 하는데.

"객실 청소 담당입니다. 안에 계세요? 체크아웃 시간이 지났습니다, 손님."

문을 따는 소리에 넬은 곧바로 침대에서 튀어나와 삐져나온 한쪽 가슴을 서둘러 옷 안에 밀어 넣었다. 그 순간 청소부와 관리 직원이 들어왔다.

"방해해서 정말 죄송해요, 그레이엄 양. 체크아웃 시간은 10시이고 저희는 다음 손님을 위해 방을 정돈해야 합니다."

"어머나, 정말 죄송해요." 넬은 얼른 사과하고는 곧바로 몸을 숙여 바닥에 놓인 핸드백을 집어 들었다. "늦잠을 잤나 봐요. 몇 분만 주시면 옷을 갈아입고 짐을 챙길게요."

객실 담당자가 미소를 지었다. "물론입니다. 전 이만 내려가서 숙박비 정산을 준비하겠습니다. 그럼 아래층에서 뵙죠."

"천천히 하세요, 손님." 객실 청소부가 친절하게 속삭였다. 넬은 안도했다. "이 방 앞에 정돈해야 하는 방이 세 개 더 있답니다."

두 사람이 자리를 비우자 즉시 극심한 공포가 밀려왔다. 갈아입을 옷도, 정산할 현금이나 카드도 없다. 절박하게 8층 창문 밖을 살폈지만 탈출할 방법은 없었다.

누군가에게 연락해야 하는데 휴대전화도 없었다. 호텔에는 유선전화가 있지만 외우고 있는 번호라고는 엄마 집 전화번호 뿐이다. 넬은 서둘러 호브에 사는 엄마에게 전화를 걸었다. 벨이 세 번 울리더니 자동 응답으로 넘어갔다.

넬은 세차게 수화기를 내려놓았다. 제기랄. 빌어먹을. 이제 어떡하지? 몸을 움직일 때마다 휙휙 소리가 나는 드레스를 입은 채로 호텔비를 내지 않고 여길 빠져나갈 방법이 있을까? 좋은 생각이 떠오르지 않았다. 일단 나가는 수밖에 없었다.

넬은 드레스에서 소리가 덜 나길 바라면서 맨발로 복도를 걸어갔다. 지나가던 노신사가 윙크하고는 말을 건넸다. "파티가 즐거웠나 봐요?"

신사가 지나간 뒤에 넬은 치마를 들어 올리고 뛰었다. 모퉁이마다 멈춰 서서는 벽에 기대어 다른 사람이 없는지 살폈다. 영화 〈미션 임파서블〉의 테마곡이 머릿속에서 흘러나왔다.

넓은 로비로 곧장 떨어지는 엘리베이터보다 계단이 훨씬 안전한 선택지였다. 머리는 산발이 되어 어깨로 흘러내렸다. 넬은 손에 구두를 든 채로 계단실 앞에 도착했다. 20여 년 전이던 고등학교 2학년 때의 기억이 떠올랐다. 학교 축제를 마치고 부모님한테 들키기 전에 집으로 돌아가려고 그렉의 호텔 방에서 몰래 빠져나왔던 너무나 익숙했던 기억이 불현듯 떠올랐다. 그때는 지금보다 훨씬 싸구려에 노출이 심한 드레스 차림이었지만 잡힐까 봐 두려웠던 마음은 변함없었다.

넬은 계단을 내려갔다. 마지막 세 계단은 한 번에 뛰었다. 계단 아래쪽에서 한 여자가 아침 식사에 신선한 수박 주스가 없었다고 불평하는 목소리가 들렸다. 그러자 한층 낮은 남자의 목소리가 리뷰를 남기겠다고 말하는 것이 들렸다. 넬은 잠시 멈춰서는 도로 올라갈지, 계속 내려가서 둘과 마주할지 고민했다. 두 사람의 목소리가 차츰 가까워졌다. 5초 안에 결정해야 했다. 그래서 머리카락을 최대한 추스르고 길게 숨을 내쉰 다음 고개를 들고 가슴을 모으고 풍성한 드레스를 펼치고는 세상에서 가장 자연스러운 태도로 계단을 내려갔다.

"좋은 아침이에요." 두 사람이 자신들의 옷차림을 너무 간소하다고 느끼길 바라면서 넬은 높은 톤으로 인사했다.

"좋은 아침입니다." 여자가 초췌한 미소를 지었다. 남자는 고개만 끄덕였다. 그들을 세 걸음쯤 지나쳤을 때 그녀의 이름을 부르는 소리가 났다.

"넬? 넬 그레이엄?"

넬은 천천히 뒤로 돌았다. 남자는 그녀를 아는 듯했지만 넬은 누군지 짐작도 되지 않았다. 키가 크고 잘생겼으나 혈색이 창백하고 눈 밑이 불룩해서 대략 40~50대로 보였다. 검은 양복에 회색 넥타이로 깔끔하게 차려입은 그는 확실히 넬이 알 만한 사람은 아니었다.

여자가 그의 팔을 당겼다. "서둘러요, 그렉. 늦겠어요."

"그렉?" 넬이 못 믿겠다는 목소리로 물었다. "그렉 게이지? 나의 그렉?"

여자가 남자의 팔을 더 꽉 잡았다. "당신의 그렉이요?"

그렉의 얼굴에 활기가 돌더니 환한 미소가 떠올랐다. 넬에게 익숙한 표정이었다. "세상에, 넬. 대체 여기서 뭐 하는 거야?"

"이럴 수가. 그렉, 넌 긴 머리에 수염이 덥수룩했는데."

그렉은 깔끔하게 면도한 턱을 손으로 스윽 만졌다. "수염을 민 지 꽤 됐어. 넌 하나도 안 변했네." 그가 웃으면서 눈앞에 서 있는 넬을 살폈다. 넬의 모습은 총체적 난국 그 자체였다. "화요일 아침에 드레스라니…… 멋져, 넬." 그렉이 윙크하며 웃었다.

"이유가 있어." 넬이 말을 꺼내는 순간 여자가 그렉의 팔을 세게 잡고는 헛기침을 했다.

"아, 넬, 이쪽은 데이지 애쉬퍼드, 내……."

그렉이 '동료'라고 말하는 순간 데이지가 '여자친구'라고 했다. 넬은 움찔했다. 그렉의 팔을 잡은 데이지의 손이 느슨해졌다.

그렉이 계속 말했다. "데이지, 넬과 난 학교를 같이 다녔어요. 와, 벌써 20년 가까이 지났네."

"정확히는 18년이야." 넬의 말에 둘은 그때의 기억 속으로 돌아갔다. 복도에 잠시 정적이 감돌았다.

넬이 다니던 요크의 대학과 그렉이 다니던 리즈의 대학 중간 지점에서 둘이 함께 살 때였다. 둘이 함께 와인을 마시다가 넬이 죽는 날짜에 대해 이야기를 시작했다. 두 병째엔 막연한 우울함을, 세 병째에는 절박한 슬픔을 느꼈다. 문제는 그렉의 말이 상황을 악화시켰다는 것이었다.

"그러지 마, 넬. 예언이 이루어지지 않으면 넌 앞으로의 18년을 낭비한 셈이 되잖아!"

"넌 내 맘을 몰라!" 넬이 소리 질렀다. "넌 오래 사니까 머리 위에서 스톱워치가 빠르게 움직이며 날짜가 줄어드는 느낌이 어떤지 모른다고."

그렉이 고개를 저었다. "알지도 못하는 이상한 사람이 한 말 때문에 네 인생을 송두리째 버리겠다는 거야?"

"그렇지만 소피가……."

"소피는 스스로 멍청한 선택을 한 거야. 예언이랑은 아무 상관이 없다고. 그 애가 저지른 실수를 근거로 네 삶을 정해선 안 돼."

"하지만 예언대로 된다면……." 넬이 반박했다.

"그대로 되는 게 아니라니까!" 그렉이 소리쳤다. "건강한 스무 살짜리가 침대에서 책을 읽다가 죽는 일이 얼마나 될까? 하나도 없어. 절벽에서 몸을 던졌다가 죽는 숫자는? 확실히 많지. 소피는 이상한 여자의 예언을 마치 증명이라도 하려는 것처럼 위험한 짓을 벌인 거야. 멍청한 거지."

그렉이 화를 내며 고개를 저었다. "난 네가 그러는 걸 옆에서 지켜보지 않을 거야. 널 사랑하니까. 네가 이 일로 네 인생을 망치려는 꼴을 보니 너무 화가 나. 앞으로 18년 동안 그 예언이 널 갉아먹는 모습을 지켜볼 자신이 없어."

"그러니까 뭐야, 날 떠나겠다는 거야?" 넬이 눈을 번뜩이며 쏘아붙였다.

"아니. 널 떠나지 않을 거야. 네가 평생 내 옆에 있길 바라. 하지만 네가 이 쓰레기 같은 주제로 너 자신을 괴롭히는 모습을 지켜볼 자신이 없다고. 우리가 함께한다면 다시는 이 이야기를 꺼내지 않았으면 해. 날짜는 아무 의미가 없어. 우린 우리 인생을 살아가야지. 결혼도 하고 아이도 갖고……."

그는 반박을 예상하고 미리 손을 들었다. 아이 이야기가 나올 때면 넬은 엄마 없이 자랄 자식들이 걱정되고 그런 애들이 눈에 밟힐 것 같다면서 아이를 원하지 않는다고 했다.

"나랑 같이 살 거라면 이 이야기는 그만해."

"그럴 수 없어." 넬이 슬픈 목소리로 말했다. "난 그 생각만 하거든. 잊을 수가 없어. 그리고 네가 이해 못 한다면……." 넬은 천천히 숨을 내쉬었다. "어쩌면 우리는 각자의 길을 가야 할 것 같아."

그렉은 믿을 수 없다는 듯 고개를 저었다. "우리 관계보다 점쟁이의 이상한 말이 중요하다는 거야?"

"그렉, 넌 앞으로 80년을 더 살잖아. 무려 80년을!" 넬은 그렉의 손을 잡고 눈을 똑바로 쳐다보았다. "넌 함께 늙어갈 근사한 여자를 찾아 가족을 일궈야지. 그리고 증손자도 봐야 하고! 참 근사한 일이지. 네가 그렇게 살게 되어 기뻐. 하지만 내 인생은 아니야." 넬의 목소리가 갈라지기 시작했다. "네가 하늘나라로 날 만나러 올 때쯤이면 난 이미 거기서 60년 이상 지냈을 거라고!"

그렉은 눈에 눈물이 가득 고였다. 하지만 넬의 손을 놓고 싶지 않은지 눈물을 닦으려고 하지 않았다. "그러니까 이렇게 끝이라고? 우리가 같이 지낸 세월은 어쩌고 이렇게 쉽게?"

넬이 고개를 끄덕이고는 그를 끌어당겨서 마지막으로 포옹했다. 10년 가까이 나란히 왔던 길이 이제 반대 방향으로 갈라졌다.

세 사람이 호텔 계단실에 서 있는 동안 그렉이 기억났다는 표정을 지었다.

"넌 죽지 않았구나." 마침내 그가 말했다. "어제였지, 안 그래?"

"난 죽지 않았어." 넬이 말했다.

"그러니까 오늘이 네 남은 인생의 첫날인 거야?" 그렉이 물었다. "그렇다면 확실히 차려입을 만하네."

6.

"만나서 반가웠어요, 넬. 저희는 회의에 늦어서요. 이제 정말 가봐야 해요."

데이지는 그렉의 어깨가 빠질 만큼 팔을 아주 세게 잡아당겼다.

"아, 붙잡아서 미안해. 그만 가봐." 넬이 옆으로 비켜섰다. "다시 만나서 반가웠어."

"잠깐만. 난 첫 시간은 빠져도 괜찮아. 데이지, 당신이 먼저 가는 게 어때? 내가 가레스한테 메시지를 보낼게. 나중에 합류하겠다고."

데이지가 가고 나서 그렉이 짧은 머리를 손으로 쓸어 넘기며 말했다.

"세상에, 이런 일이. 라운지에서 커피나 한잔할까?"

넬이 잠시 머뭇거리다 대답했다. "안 돼. 난 안내 데스크 앞을 지나갈 수 없어."

"어째서?"

그렉이라면 이해할 것이다. 넬보다 더 규칙을 지키지 않는데다가 늘 반항적이었으니까. 그는 젖꼭지에 피어싱도 했었다.

"난 여기서 이틀 밤을 보냈어. 근사한 곳에서 죽고 싶었거든. 베개 위에 비싼 초콜릿이 놓여 있고 열 가지 맛의 커피 캡슐이 있는 그런 곳. 그런데 난 죽지 않았고 이제 6000파운드를 내야 하는데 돈이 없어. 다 써버렸거든." 넬은 숨도 한 번 안 쉬고 단번에 설명한 다음 그렉이 어떤 반응을 보일지 얼굴을 살폈다.

"네가 어쨌다고?"

"어느 부분에서 이해를 못 했는데?"

"맙소사, 넬. 체크인할 때 신용카드 안 긁었어?"

넬이 고개를 끄덕였다. "긁었지. 그러고 나서 결재를 취소했으니 돈이 빠져나가지 않을 거야."

"그러니까 공짜로 호텔에서 잘 계획을 세웠다고? 당연히 넌 룸서비스도 시켰을 테고. 그런 다음에 가여운 청소부가 네 시신을 발견하게 하려고 한 거야? 그리고 이건······?" 그렉이 손가락으로 넬의 드레스를 가리켰다.

"빌린 거야."

그렉이 한숨을 쉬었다. "이 옷값도 내지 않으려고 했던 거야?"

"이건 선불로 냈어." 넬은 뺨을 잔뜩 붉힌 채로 말을 이었다.

"그래서 지금 계획은 뭔데?"

"그런 거 없어. 가진 건 모조리 팔거나 기부했어. 그래서 아무것도 없어."

"너에게는 두 가지 선택지가 있어. 첫째, 솔직하게 할부로 호텔비를 갚겠다고 말하는 거지."

"앞으로 100년간 갚아야겠네. 다른 선택지는 뭐야?"

"내가 대신 내주고 네가 할부로 내게 갚는 거야."

통장 잔고가 6000파운드나 된다는 게 놀라웠다. 하지만 넬은 내색하지 않았다. "둘 다 솔깃하지 않은데. 항상 세 번째 선택지가 있기 마련이지."

"그게 뭔데?"

"호텔 뒷문으로 탈출하는 거."

"그건 최악의 선택지라서 안 되겠는데."

"아, 왜 이래. 넌 우리가 갔던 모든 커피숍과 레스토랑에서 소금통이랑 후추통을 훔쳤잖아."

그렉이 몸서리를 쳤다. "난 그런 적 없어!"

"없긴 뭐가 없어! 스케이트보드 타는 여우 그림이 있는 커피숍에 네가 제일 좋아하는 후드를 놓고 온 뒤로 더 많이 훔쳤잖아."

"무슨 말도 안 되는 소리야!" 그렉이 발끈하다가 계단을 내려오는 노부부를 보고는 얼른 표정을 바꾸었다. 그러고는 자신을 지나치는 노부부에게 인사했다. "안녕하세요. 좋은 하루 보내세요."

넬은 노부부가 지나가도록 벽에 몸을 붙였다.

"예쁜 드레스군요. 즐거운 파티 보내길 바라요."

넬이 웃으며 말했다. "어머, 감사합니다. 모자가 참 잘 어울리세요."

계단실의 문이 닫히길 기다렸다가 그렉이 말했다. "호텔에선 널 찾기 시작했을 거야. 예약 정보를 보고 네가 어디 사는지 알아냈을 거라고."

"난 아무 데도 안 살아. 여기 체크인 하기 전인 일요일 아침에 방을 뺐어."

"그래서 이제 어디로 가려고?"

넬이 어깨를 으쓱였다. "몰라."

"너희 어머니가 집을 비우셔서 지금 그리로도 못 가."

"네가 어떻게 알아?"

"나한테 보낸 크리스마스카드에 그렇게 적으셨던데."

"너한테 뭘 보냈다고?"

"크리스마스카드. 지난주에 왔어. 3주간 크루즈 여행을 가신다던데."

"우리 엄마가 왜 너한테 크리스마스카드를 보내는 거야?"

"매년 보내셔. 나도 보내고. 내 생일도 기억하시고 카드 안에

10파운드를 넣어 보내주시는데.”

“잠깐만. 우리 엄마가 네 생일마다 10파운드를 보낸다고? 넌 서른여덟이야.”

“나도 알아.”

“우린 대략 20년 전에 헤어졌고.”

“맞아. 너희 어머닌 내가 꼭 당신 아들 같다고 하셨어.”

“엄마는 나한테는 10파운드를 보낸 적이 없는데.”

“네가 어디 사는지 모르시니까. 더 자주 전화를 드렸어야지.”

넬은 그렉이 얼마나 짜증나는 인간인지 잊고 있었다. “난 그만 가볼게. 만나서 반가웠어, 그렉. 데이지랑 잘해봐. 그녀는…….” 넬이 적당한 말을 찾느라 고민했다. “유능한 것 같아.”

“어디로 갈 건데? 넌 돈도 휴대전화도 옷도 없잖아. 이 괴상한…….”

“근사한.” 넬이 끼어들었다.

“……드레스 말곤. 호텔에서 벌써 경찰에 연락했을 거야.”

“언제부터 그렇게 졸보가 된 거야? 잘 있어, 그렉.” 넬이 허리춤에 손을 올리고 자신만만한 표정으로 말했다. 그러곤 비상계단 쪽에 있는 직원용 엘리베이터 버튼을 눌렀다.

“잠깐만. 네가 세 번째 선택지를 골랐다면 도움이 필요할 거야.”

그렉은 넬과 함께 엘리베이터에 재빨리 올라 지하 1층을 눌렀다. 엘리베이터는 서비스 전용 복도에 둘을 내려주었다. 그렉은 아무도 없는지 재빨리 복도 양쪽을 확인한 다음 음식 냄새와 각종 소음이 들리는 주방을 향해 뛰었다. 한쪽 팔로 넬의 어깨를 감싸고 다른 손으로 귀의 이어폰을 잡은 척하면서. 두 사람은 점심을 준비하는 요리사들, 설거지 구역, 식품 저장소를 재빨리 지나쳤다. 그렉은 길을 막은 직원들에게는 "비켜주세요"라고 말했다. 그렇게 둘은 햇살이 들어오는 활짝 열린 문으로 나갔다.

"고마워." 넬이 거친 숨을 몰아쉬었다. "굉장했어. 길은 어떻게 안 거야?"

"우리가 헤어지고 1~2년 뒤에 결혼식 피로연 업체에서 일했어. 여기도 한두 번 와봤지."

"굉장하다. 우리가 탈출했다니 믿기지 않아."

"넌 날 공범으로 만들었어. 깨끗하던 38년 인생에 오점이 생겼다고."

"맞아. 내친김에 버스 정류장까지 같이 가줘."

"그런 차림으로 버스를 탈 순 없어. 대체 어디로 가려고?"

넬은 망설였다. 엄마는 집에 없고, 폴리 언니의 주소는 기억나지 않는다. 친구들은 다른 대륙에 있다.

"어디라도 연락을 해보지 그래?"

"휴대전화가 없어."

"자." 그렉이 주머니를 뒤적거렸다. "이걸 써."

"아는 번호가 없어."

넬은 비참한 상황에 숨이 가빠왔다. 꽉 조이는 코르셋 때문에 더욱 불편했다.

"음, 난 목요일까지 여기 있을 거야. 이 호텔에서 콘퍼런스가 있거든. 하루 이틀 정도는 우리 집에 머물러도 돼." 그렉이 주머니에서 열쇠를 찾았다. "받아. 볼펜이 있으면 내가 주소를 적어 줄게."

넬은 풍선 같은 드레스를 가리켰다. "주머니가 있겠니?"

"아, 그래. 그럼 외울 수 있지?" 그렉이 주소를 알려주며 택시비로 50파운드 지폐를 쥐여줬다. "냉장고에 먹을 게 좀 있어. 손님방 옷장에 깨끗한 이불이 있고."

"옷장도 있어?" 넬은 감격했다. "너 다 컸구나."

그렉은 이 말이 농담인지 아닌지 파악하려고 고개를 갸웃거렸다.

"그래도 이건 못 받겠어. 너무 과해."

"넌 다른 선택지가 없어."

그렉의 말이 맞다. 넬은 당장 입을 옷조차 없는 처지다.

"이틀이야. 목요일 아침까지 집을 비워줘. 열쇠는 식탁 위에 두고. 내게 여분의 열쇠가 있거든."

"알았어." 넬은 팔을 뻗어 지나가는 택시를 세웠다.

놀랍게도 그렉은 빅토리아 테라스에 살고 있었다. 이곳은 런던의 상당한 부촌이다. 평범한 이층집이 아니라 통창이 달린 강가의 복층 아파트. 날렵한 맞춤 정장, 반짝이는 구두, 부자인 여자친구, 고급 호텔에서 열리는 콘퍼런스가 이해되었다.

넬은 현관문을 열었다. 넓은 흰 복도가 거실로 이어지고 벽난로 위에는 커다란 평면 텔레비전이 달려 있었다. 맞은편의 남색 벨벳 소파에는 호화롭고 푹신한 쿠션과 잘 어울리는 풋 스툴이 함께 놓여 있었다.

넬은 서재로 들어갔다. 넓은 책상 위에 모니터 세 대가 마치 극장 분장실의 화장대 거울처럼 놓여 있었다. 대체 무슨 일을 하기에 모니터가 세 대나 필요하지? 어쩌면 그렉은 컴퓨터 화면에서 한 번에 여러 개의 창을 여는 법을 모르는 것일 수도 있다. 벽에는 그림 액자가 하나 걸려 있었다. 맨디를 만나기 한두 달 전에 둘이 함께 앨리스스프링스에 놀러 갔을 때 샀던 호주 원주민의 작품이었다. 2주 치의 호스텔비에 맞먹는 금액이었지만 벽에 못을 박을 가치가 있다고 생각한 유일한 그림이었다.

주방은 초현대적인 광택을 뽐냈다. 반짝이는 스테인리스스틸 위에는 진짜 원두가 담긴 커피 머신이 있었다. 냉장고에는 따지 않은 레드페퍼 후무스(병아리콩으로 만든 중동 지역의 소스에 매운맛을 첨가한 것-옮긴이), 올리브 병, 가지런히 정리된 간편식 등이 있었다. 동네 마트 냉동 코너에서 파는 것들이 아니라 장인이 만든 갈색 상자에 담긴 것들이었다. 넬은 냉장고를 닫으면서 이제는 그렉이 어떤 사람인지 모르겠다고 생각했다.

넬은 위층으로 올라갔다. 크기가 같은 방 두 개가 있었다. 똑같이 흰색 페인트를 칠한 방에는 똑같은 가구와 침대가 있었다. 넬이 톰에게 판 침대의 두 배는 되는 킹사이즈 침대였다. 앞쪽 길이 내려다보이는 방에는 침대 옆의 협탁에 물병이 놓여 있었다. 그 덕분에 넬은 어디가 그렉의 방이고 어디가 손님방인지 알아볼 수 있었다.

넬은 샤워를 하며 다음에 할 일을 생각했다. 잠에서 깬 뒤로 다른 생각을 할 겨를이 없었다. 호텔에서 빠져나올 방법, 런던 시내로 나올 방법, 옷을 벗을 방법을 고민하느라 운명의 아침에 잠에서 깨어났다는 이 중대한 사태가 머리에 들어오지 않았던 것이다.

하지만 곧 이 사태가 절절히 인식될 것이다.

7.

어젯밤 실망 가득한 케사디야를 먹은 이후 아무것도 못 먹었음에도 공복보다 고통스러운 일은 따로 있었다. 사흘째 착용하고 있는 팬티와 구두가 그녀가 가진 전부라는 점이었다.

그렉의 손님방 안 옷장에는 겨울 코트가 잔뜩 있었다. 그 옆에는 가죽 옷이 걸려 있었다. 오토바이를 탈 때 입는 것들로 보였다. 넬은 그렉의 방에 가서 옷장 맨 위 서랍을 열어봤다. 그렉의 것이라서 전혀 죄책감이 들지 않았다. 트렁크 팬티가 대략 열다섯 개쯤 곱게 접혀 있었다. 그중 하나를 입으면 될 것 같았다. 그리고 세탁소에서 찾아오면서 비닐 커버도 벗기지 않은 분홍색 셔츠도 옷장에서 꺼냈다. 비싼 티가 났다. 모니터를 세 개나 써야 하는 직업 덕분에 돈도 엄청 많이 버나 보다. 넬은 셔츠를 입고 손이 보이게 소매를 걷은 다음 청바지도 찾았다. 청바지는 길어서 바짓단을 몇 번이나 접고 벨트도 차야 했다. 넬은 옷장 문에 붙은 거울을 슬쩍 살폈다. 그녀는 마치 빨아서 줄어든 사람처럼 보였다. 상관없었다. 그녀는 가죽 재킷 하나를 챙겨 밖으로 나왔다.

런던에서 넬이 여태껏 살던 지역은 모퉁이마다 중고 상점이 있었다. 반면 그렉의 동네에는 골동품 가게와 사워도(유산균과 효모로 발효시킨 것-옮긴이) 빵집이 많았다. 다행히도 드레스를 빌린 곳은 도보로 15분 거리에 있었다.

"즐거운 파티였나요?"

넬은 고개를 한쪽으로 기울이며 곰곰이 생각했다.

"뭐랄까……." 넬이 잠시 뜸을 들이며 적절한 말을 찾았다. "인생을 바꿔줬어요."

"어머, 굉장하네요."

옷을 반납한 넬은 몇 킬로미터쯤 걸은 뒤에야 중고 상점인 버나도즈를 찾았다. 이 가게에서라면 택시비를 내고 남은 30파운드로 충분할 것이다.

넬은 티셔츠 세 장, 카고바지 한 벌, 청바지 한 벌, 커다란 데이지꽃이 그려진 스웨터 하나, 더플코트, 운동화 한 켤레를 집어 들고 계산대 앞에 섰다. 넬은 속옷이 있는지 물어봤다. 자원봉사자는 중고 속옷은 인기가 없다면서 바로 옆에 있는 1파운드 상점에서 속옷을 판다고 친절하게 알려주었다.

계산대에 놓인 작은 바구니 안에는 공정무역으로 만든 새 양말이 들어 있었다. 톰이 침대를 사러 왔을 때 신었던 것과 똑같은 양말이었다. 톰과의 비현실적인 경험이 떠오른 넬은 웃음이 나왔다. 넬은 양말을 집어서 여전히 미소 짓고 있는 자원봉사자에게 건넸다.

총 65파운드였다. 물건을 고르면서 가격표를 보지 않은 것이 문제였다. 여긴 기부받은 물건을 파는 곳이라서 뭐든 싼 줄 알았다.

"있잖아요." 넬이 계산대 앞으로 몸을 숙이며 말했다. "전 지금 옷이 하나도 없어서 전 남자친구의 옷을 입고 있어요. 그냥 옷이 없는 정도가 아니라 정말로 걸칠 게 하나도 없어요. 제가 어제 죽을 거라고 생각해서 모조리 팔았거든요. 그런데 죽지 않았어요."

"어머, 책에서 그런 이야기를 읽은 적이 있어요. 형제자매 네 명이 모조리 죽을 날짜를 받았는데 한 명은 그 날짜에 죽지 않았다는 이야기요."

"맞아요. 저한테 그런 일이 일어났어요!" 넬이 흥분했다. "전 죽을 줄 알고 다 정리했는데 이제 다시 시작하게 생겼어요. 그러니 제발 이것들을 20파운드에 사게 해주세요. 지금 가진 돈이 30파운드밖에 없는데 어제부터 밥도 못 먹었거든요."

자원봉사자의 입술이 일그러졌다. 그녀는 고민하고 있었다.

"이렇게 하죠. 당신이 입고 있는 그 셔츠는 폴 스미스 제품이에요. 그거면 30파운드는 받을 수 있어요. 그 셔츠를 기부하면 20파운드에 이걸 모두 드릴게요."

"이 셔츠가요?" 넬이 셔츠 앞쪽을 잡으며 물었다.

자원봉사자가 고개를 끄덕였다. "1, 2주 전에 비슷한 걸 하나 팔았어요. 쇼윈도에 걸어두니 한 시간 안에 팔렸죠."

그렉이 아까워할 것 같지는 않았다. 그의 옷장 안에는 비닐 커버에 담긴 이런 셔츠가 최소 스무 벌은 있었고 그중에는 분홍색도 몇 개 있었으니까. 넬은 아랫입술을 깨물었다. 고민하던 넬은 선반 꼭대기에 올려둔 책을 봤다. 좋은 생각이 떠올랐다. "저 책도 같이 준다면 당신 말대로 할게요."

넬은 자원봉사자들이 기부 물품을 정리하는 작은 방에 들어가 셔츠를 벗었다. 새 셔츠는 완전히 잘 맞았고 데이지 스웨터는 귀엽고 부드러웠다.

쇼핑은 성공적이었다. 넬은 1파운드 상점에서 1파운드에 다섯 장, 한 세트인 팬티를 샀다. 시장 가판에선 흠 있는 과일과 채소를 잔뜩 샀다.

그렉의 집에 거의 도착해보니 거실 창문에 불이 켜져 있었다. 제대로 불을 다 껐다고 확신했기에 넬은 이상하다고 생각했다.

현관문을 여는데 안에서 크게 윙윙거리는 소리가 들렸다. 아침에 잠에서 깰 때 들었던 진공청소기 소리와 비슷했다. 넬은 소음이 나는 곳으로 향했다. 원두 로스팅 향과 비싼 남자 화장품 냄새도 함께 진해졌다.

"돌아왔구나." 커피 머신 앞에 서 있는 그렉을 보고 넬이 소리쳤다. "왜 왔어? 콘퍼런스가 있다며?"

"오후 시간을 뺐어. 네가 여기 있는데 도통 집중할 수가 있어야지."

"뭘 그렇게까지. 난 괜찮아. 쇼핑을 좀 했어."

"그런 것 같네. 스웨터 예쁘다."

"고마워. 난 지금쯤 죽어 땅에 묻혀야 하는데 살아 있다는 게 아이러니해서 이걸로 골랐어. 네가 나보다 더 데이지를 싫어하겠지만……."

넬은 그렉의 여자 동료를 농담거리로 써먹은 것이었지만 그렉은 반응이 없었다.

"아, 그리고 너한테 줄 게 있어." 넬이 자선 상점에서 들고 온 쇼핑백을 뒤적거렸다. 그리고 책을 꺼내 그렉에게 건넸다. "고마워서 주는 거야."

그렉이 책을 손에 들고 살폈다. "《은하수를 여행하는 히치하이커를 위한 안내서》라."

"차 한잔이면 내 평정심을 되찾을 수 있어." 넬이 책 구절을 인용했다.

"커피를 타는 중인데, 넌 차가 더 좋아?"

"이건 책에 나오는 구절이야. 아침마다 눈을 뜨면 이 말을 하곤 했잖아."

"그랬어?"

"네가 제일 좋아하던 책이야. 퀸즐랜드의 그곳에 이 책을 두고 왔을 때 넌 정말 슬퍼했다고."

그렉이 고개를 저었다. "기억 안 나. 아무튼 고마워. 요즘 책 읽을 시간이 없긴 하지만."

그렉이 조리대 위에 책을 내려놓았다. 넬은 갑자기 이 집에 무엇이 없는지 깨달았다. 책이었다. 한 권도 없었다.

넬이 밝은 목소리로 말했다. "어릴 때 좋아하던 책부터 읽으면서 네 활자 중독증에 다시 시동을 걸면 되겠네."

"그러니까 넌 차를 마시고 싶다는 거지?"

"커피도 좋아. 고마워. 그런데 책을 안 읽으면 뭐 하면서 살아?"

"거의 일을 해. 아니면 러닝을 하거나."

둘 다 넬이 가장 싫어하는 것이었다.

"무슨 일을 하는데?"

"금융."

"할 만해?"

그렉이 어깨를 으쓱였다. "난 주택담보대출은 없고 자산관리 계좌는 여러 개 있어. 그걸 묻는 거야?"

넬은 미소만 지으며 그가 건넨 커피를 고맙게 받았다. 그러고는 뜨거운 커피를 후후 불면서 그렉을 따라 거실로 향했다.

"데이지는…… 괜찮은 사람 같아. 동료를 빙자한 여자친구가 된 지는 얼마나 됐어?"

"여자친구 아니거든."

"데이지 말은 다르던데."

"우리는 프로젝트를 같이하는 사이야."

"넌 그렇겠지."

넬이 웃었다. 그렉은 잠시 혼란스러운 표정을 짓다가 말했다. "그건 그렇고, 음, 넌 어쩔 생각이야?"

넬이 어깨를 으쓱였다. "모르겠어. 지난 18년간 내가 했던 모든 일이 어제를 위한 거였거든. 난 당장 오늘 일도 생각해보지 않았어."

"진짜야? 그 예언에 따라 살 만큼 그 여자를 믿었던 거야? 내 말은, 그래서 우리가, 음, 각자의 길을 가게 되었던 건데, 넌 그 믿음을 계속 가지고 있었다고?"

넬이 고개를 끄덕였다. "맞아. 한 치의 의심도 없었어. 그래서 난 인생을 특이하고 신나는 경험으로 가득 채운 거야. 여행도 잔뜩 하고. 젊은 나이에 죽을 운명이라면 버킷리스트에 있는 걸 모조리 해보고 싶었거든."

"그래서 원하는 걸 다 했어?"

"응. 아이를 갖는 것만 빼고. 자식이 있으면 죽기 힘들잖아."

"어떤 점에서?"

"사랑하는 사람을 떠나기는 어려우니까."

"그럼 네 가족은? 그들도 널 사랑해."

"당연히 그렇겠지. 가족이 슬퍼할 걸 알아. 하지만 난 집에 자주 들르지 않았으니 늘 집에 있었던 것만큼 슬퍼하진 않을 거야."

"죽는 날짜를 몰랐다면 가족을 더 많이 찾아갔을 것 같아?"

"모르겠어. 아마 아니겠지. 난 누군가와 결혼했을 거야. 어쩌면 너랑 아직도 함께일지 모르지. 상상해봐!"

그렉은 중고 상점에서 산 옷을 입고 맨발로 다리를 꼰 채 비싼 소파에 앉아 있는 넬을 가만히 쳐다봤다.

"넌 이게 무슨 의미인지 알잖아, 그렉? 내 예언이 실현되지 않았다면 너도 103세까지 살지 못할지도 몰라. 짜증나겠다. 물론 네가 믿는다면 말이지. 그런데 넌 안 믿잖아."

넬은 커피잔 아래를 꽉 붙잡은 채 그렉의 얼굴에서 핏기가 사라지는 걸 가만히 지켜보았다.

8.

"콘퍼런스의 주제가 뭐야?" 별로 흥미는 없었지만 넬은 무슨 말이라도 해야 했다. 그렉의 안색이 좋아지지 않았기 때문이다.

"정책과 주가의 관련성에 대한 이질적 접근." 그렉이 멍하게 대답했다.

"아."

"무슨 말인지는 알아?"

그 말에 넬은 짜증이 났다. 누가 버린 옷을 입고 있고 다른 사람의 집에 머무는 신세지만 바보는 아니니까.

"알아."

이어진 그렉의 긴 침묵은 설명해보라는 의미인 것이 분명했다.

"경제 상황에 영향을 미칠 법 개정에 따라 주식 시장의 접근법을 어떻게 다양화하느냐를 다루는 거야."

그렉이 낮게 휘파람을 불었다. "놀라운데."

"난 책을 읽거든. 네 집엔 없지만. 너 같은 사람이 스스로를 아주 중요한 인물로 포장하기 위해 그런 용어를 쓰잖아. 사실 그런 용어는 그저 잘난 척하기 위한 불필요한 짓일 뿐인데."

그렉이 웃었다. "나 같은 사람?"

넬이 고개를 끄덕였다. "응. 너 같은 사람."

"나 같은 사람이 어떤 사람인데?" 그렉의 목소리에는 익숙한 장난기가 묻어 있어 넬은 계속 말할 수 있었다.

"넌 과 수석으로 졸업하고 투자 회사에 들어가 너만의 매력으로 상당히 빨리 승진했겠지. 시내에 있는 다른 금융 회사로 이직할 수도 있었지만 그러지 않았겠지. 지금 있는 곳에서 널 높게 평가하니까. 넌 태엽 인형처럼 배터리가 다 떨어질 때까지 앞으로만 전력 질주하는 스타일이야."

"내가 그런 사람이라고?"

"오늘 본 모든 면이 그랬어."

"네가 본 전부가? 여기서 말이야? 내 집에서?"

"그래. 이 집은 기능적인 럭셔리의 전형이야. 모든 게 고급스러운데 어느 것도 즐겁지 않아. 네 정신을 고취해주는 물건은 어디 있어?"

"커피 머신이 있잖아. 냉장고에 샴페인도 있고."

"카페인과 술은 해당 안 돼. 난 책과 예술을 말하는 거야. 아, 그 그림이 있었지. 네가 아직 갖고 있어서 기뻤어."

"곰팡이 얼룩을 가리려고 걸어뒀어. 벽을 손볼 시간이 없어서." 그렉이 말했다. 넬의 착각인지 몰라도 그림 이야기를 할 때 그렉의 얼굴이 살짝 붉어졌다.

"이유가 뭐든 넌 그림 하나를 가지고 있고 이제 책도 한 권 있지. 넌 문화인이라는 걸 입증했어. 축하해."

"난 문화생활을 엄청 하고 있어. 항상 예술 영화와 작품을 즐기지……." 그렉이 벽난로 위에 달린 커다란 텔레비전 쪽으로 고개를 끄덕였다.

"저 텔레비전은 어디에도 연결되지 않았던데. 아까 켜니까 곧장 초기 설정으로 들어가더라고."

"난 텔레비전은 별로 안 봐. 대신 영화관에 가지. 공연장에도."

"마지막으로 본 연극이 뭐야?"

"잠깐만. 지금 전부 다 읊어보라는 거야?"

"전부는 아니고, 마지막 딱 하나만."

그렉이 머뭇거렸다. "〈해밀턴〉!"

"뮤지컬 〈해밀턴〉을 봤어?"

그렉이 고개를 끄덕였다.

"내 말 취소할게. 넌 확실히 예술을 즐기는 사람이야."

"나에 대한 인신공격이 끝났다면 이제 네 이야기를 해보자.

우리가 살던 집을 떠나 넌 어디로 갔어? 대학교에도 돌아오지 않았잖아."

"네가 어떻게 알아?"

"요크에 갔었어. 네 교수와 이야기도 했고. 넌 그냥 사라졌지."

"네가 우리 학교에 갔었다고?"

"응. 내 전화도 안 받고 너희 부모님도 네가 어디 있는지 모르시길래 요크에 갔지. 그리고 몇 주 동안 날마다 네 강의실 밖에서 기다렸어. 넌 누구에게도 한마디 말도 없이 사라졌어."

넬은 살짝 겸연쩍게 어깨를 움츠렸다. "결국에는 법대를 나와봐야 소용없다고 생각했어."

"그러면 뭐가 소용 있었는데?"

"세상을 둘러보는 일."

"거의 20년을?"

"세상은 워낙 넓잖아."

"한 장소에 가장 길게 머문 게 얼마야?"

"발리에 한두 해 있었어."

"뭐 때문에 그렇게 오래 있었는데?"

"거기가 천국이거든."

"그런데 왜 거길 떠났어?"

넬은 잠시 말을 멈췄다. 오래 머물렀던 다른 곳을 떠날 때와 같은 이유였다. 그녀가 아끼는 사람들과 그녀를 아끼는 사람들이 생기면 떠났다.

"비가 진절머리 나서." 넬이 대답했다.

"그래서 다시 영국으로 돌아왔다고? 말도 안 돼."

"그게 쉽잖아. 모두에게. 여기서 죽는 거 말이야."

"아, 그래, 그렇겠지. 참 마음 씀씀이도 깊지."

그렉의 말과 억양에는 가시가 있었다.

"괜찮아?" 넬이 물었다.

"괜찮아. 왜?"

"피곤해 보여서."

"피곤해." 그렉은 자신이 진심을 말한다고 알려주듯 하품을 했다. "어젯밤에 술을 많이 마셨는데 오늘 아침 식사 때문에 일찍 일어났거든."

"넌 아침밥 먹고 나오다가 10시 45분에 나랑 만났잖아."

"난 아침 식사 전에 헬스장에 가서 16킬로미터를 뛰었어."

"난 사람들이 왜 그러는지 이해가 안 되더라. 기계 위에 서서 벽을 멍하게 바라보고 달리다니. 밖에서 신선한 공기를 마시며 달리지 그래? 공원을 도는 쪽이 더 재미있지 않을까?"

"재미있으려고 달리는 게 아니라 심혈관 건강을 지키려고 뛰는 거야."

"즐기려고 달리는 것도, 책을 읽는 것도 아니라면 넌 뭘 하면서 즐기는데?"

그렉이 소파에서 일어났다. "이런 이야기는 하고 싶지 않아.

갑자기 내 인생에 들어와서 내가 선택한 삶의 방식을 트집 잡지 마. 난 완전히 행복하거든. 감지 않은 머리에 얼토당토않은 꽃 스웨터를 입은 네게서 잘 사는 삶이 뭔지 훈계 따윈 듣고 싶지 않아. 내가 보기에는 너는 절대 잘 사는 것 같지 않으니까."

넬은 그렉이 나간 뒤에 아랫입술을 깨물며 소파에 가만히 있었다. 지난 20년간 지구를 떠돌며 배운 것이 있다면 모두가 다르다는 점이다. 항상 자신의 의견을 누군가에게 강요하지 않으려고 노력했다. 그런데 이 애는 그렉이다. 그리고 둘은 늘 서로에게 허심탄회하고 솔직했다. 이제는 그렇지 못하지만.

"미안해." 넬은 주방 싱크대에서 커피잔을 씻고 있는 그렉에게 천천히 다가갔다. "네 인생에 대해 이러쿵저러쿵 입을 댈 의도는 아니었어. 넌 네가 원하는 대로 확실하게 네 인생을 만들어나갔고 그건 굉장한 일이야. 내가 상관할 바도 아니고. 하지만 분명히 말하는데 난 두 시간 전에 머리를 감았고 이 스웨터는 터무니없지 않아."

"네가 씻지 않았다고 말해선 안 됐는데. 넌 늘 깨끗했잖아." 그렉은 여전히 등을 돌린 상태로 말했다.

"저기, 우리는 각자의 선택에 확실히 행복해하고 있으니 서로 비교하는 건 그만두고 그냥 같이 있는 시간을 즐기자."

그때 조리대에 놓인 그렉의 휴대전화가 진동했다. 두 사람 다 반짝이는 화면을 흘끔 쳐다봤다. 데이지다.

"난 올라가서 짐을 풀 테니 전화 받아." 문 앞에서 넬이 몸을 돌렸다. "농담이야. 난 풀 짐이 없어. 그래도 위층에 있을게."

"그러지 마. 전화 안 받을 거야. 회의장을 나온 뒤로 벌써 열두 통째거든."

"중요한 일일지도 모르잖아."

"중요한 일 아니야."

"그 여잔 좀 사이코 같아."

"또 시작이구나."

"뭘?"

"내가 선택한 인생에 대한 지적질."

"그냥 동료 사이라며? 다들 동료 뒷담화 정도는 하잖아. 그녀가 단순한 동료라면 넌 그렇게 발끈하지 않겠지."

"누가 발끈했어? 난 안 그랬거든. 미안하지만 네가 그 스웨터 차림으로 하는 말은 진지하게 못 받아들이겠어. 네 옷을 좀 더 사야겠어."

"아니, 넌 해줄 만큼 했어. 지금부턴 내가 알아서 할게."

"뭘 가지고? 네 이름으로 된 게 하나도 없잖아. 어떻게 인생을 다시 시작할 건데?"

"지금 당장 그 모든 정답을 알 필요는 없어, 그렉. 난 아직 생각 중이라고."

"목록을 작성해봐."

"난 목록을 만드는 사람이 아니야." 넬은 지난번에 목록을 작성하고 곧장 코미디 클럽에 갔다가 모욕당했던 일이 떠올라 몸서리를 쳤다. "네 노트북을 빌려주면 친구들한테 이메일을 보내서 계획을 세울 거야."

그렉이 고개를 끄덕였다. "좋은 생각이야. 주방에서 내 컴퓨터를 써."

넬은 이메일 아이디와 비밀번호를 세 번이나 넣어보았지만 소용없었다. 그녀는 일요일 아침 호텔로 가기 전에 PC방에서 모든 계정을 삭제한 것이 기억났다.

"안 돼애애애!" 넬이 책상 위로 고개를 떨구며 흐느꼈다.

"왜 그래?" 거실에서 텔레비전을 설치하던 그렉이 달려왔다.

"저번에 계정을 삭제한 걸 까먹고 있었어."

"왜 그랬어?"

"천국엔 와이파이가 없을 것 같아서."

"페이스북이나 인스타그램 계정은? 그걸로 연락할 순 없을까?"

"없어. 전부 사라졌어. 지구상에서 내 존재를 완전히 지워버렸거든."

"다시 시작하면 돼. 새 프로필을 만들고 인물을 검색해서 디엠을 보내면 되잖아. 찾는 데 몇 분도 안 걸릴 거야."

"맙소사, 넌 천재야."

그렉은 자기도 안다고 대놓고 뻐기지 않았다. 하지만 거실로 돌아가는 그의 표정은 의기양양하기 그지없었다.

9.

"넬, 죽지 않았구나!"

헤일리가 너무 크게 외치는 바람에 넬은 그렉의 휴대전화를 귀에서 멀찌감치 떨어뜨렸다.

"맞아. 아직 여기 있어."

"세상에나." 헤일리의 아일랜드 억양이 기쁨에서 충격으로 바뀌었다. "그러니까 나도 안 죽는다는 말이지? 난 2년밖에 안 남았거든."

"모르겠어." 넬이 솔직하게 대답했다. "그렇지만 맨디가 즉석에서 날짜를 생각해낸 게 아닐까 하는 생각이 들어."

"그러면 소피는?"

아까 중고 상점을 찾아다닐 때 넬은 소피 생각을 많이 했다.

어쩌면 수년 전에 그렉이 했던 말이 맞을지 모른다. 소피의 죽음은 그 애가 자초한 것일 수 있었다.

"모르겠어. 하지만 확실한 건 네 물건을 모조리 팔진 말라는 거야."

"맙소사, 넬. 넌 어쩔 거야?"

"사실 그래서 전화한 건데, 난……."

"세상에! 난 아이를 가질 수 있어!" 헤일리가 소리쳤다. "당장 딘에게 연락해서 결혼하자고 할 거야. 우린 아이를 가질 거야!"

"저기, 우선 생각을 좀 해보는 게 어떨까. 목록을 작성하거나."

"이제 난 아이를 가질 수 있어. 넬, 정말 고마워! 그만 전화 끊고 그에게 연락해야겠어. 사랑해. 좋은 소식 고마워. 금방 다시 전화해줄 거지? 안녕!"

그렇게 전화가 끊겼다.

"헤일리에게 같이 지내고 싶다고 말했어?" 그렉이 거실로 걸어 나온 넬에게 말했다.

"아니, 헤일리는 좀 바쁠 것 같아."

"헤일리가 기뻐했어?"

"펄쩍 뛸 정도로 좋아했지. 나에 대한 예언이 틀린 걸 보고 헤일리는 아이를 가져야겠대."

"우와. 차원이 다른 수준의 행복이구나."

사형 집행이 유예된 이후 헤일리가 제일 먼저 생각한 것을 떠올리니 넬은 웃음이 났다. 하지만 놀랍진 않았다.

"텔레비전을 어떻게 설정하는지 알아?" 그렉은 한 손을 화면 뒤에 놓고 다른 손으로는 버튼을 찾았다.

넬이 리모컨 버튼을 몇 개 누르자 화면이 켜졌다. "좋았어. 네 비밀번호를 넣으면 끝이야. 근데 보지도 않을 거면서 왜 이렇게 큰 텔레비전을 샀어?"

"모든 집에는 텔레비전이 있어야 해. 일요일 오후에 고전 영화나 스포츠 경기를 보려고 했는데 항상 일이 있었어."

"주말에 일을 한다고?"

"넌 이해 못 하겠지. 하지만 내 일은 정말 중요해." 그렉이 채널을 넘기며 새로 생긴 장난감에 진심으로 기뻐했다.

"넌 일을 즐기는 거야?"

"일이 내게 가져다주는 걸 즐기지."

"그걸 물은 게 아니야. 아침에 일어나서 '좋았어! 일하러 가야지!' 하고 생각하냐고."

"아무도 그러지 않아. 그러니까 일이지."

"넌 교사가 되고 싶어 했잖아."

"그러면 수입이 10분의 1로 줄어드는데?"

"돈이 전부가 아니야. 엄청난 은행 잔고가 없어도 정말 근사한 삶을 살 수 있어. 날 봐."

"그래도 돈이 있으면 좋지. 휴학했을 때 우리는 늘 라면으로 저녁을 때웠잖아. 스테이크나 농어를 먹었다면 더 근사하지 않앗을까?"

"우린 라면을 좋아했잖아! 게다가 날마다 신선한 코코넛 워터를 마시고 직접 망고도 따 먹었지."

"형편없는 호스텔 대신 근사한 호텔에서 머물렀으면 더 좋지 않았을까?"

"그랬더라면 우리가 알게 된 모든 사람을 만날 기회가 없었을 거야."

"붐비는 버스나 열차보다는 택시가 낫다는 걸 부정하는 건 아니지?"

그땐 그렉도 그 일들을 좋아했다. 호스텔에서 대화로 동지애를 다지고, 길거리 음식을 먹고, 열 시간 동안 기차에서 그 지역 사람들과 이야기를 나누었던 일들. 그랬던 그렉이 이제는 에어컨이 나오는 택시 뒷자리에서 둘만의 여행을 했으면 더 좋았을 거라고 말하고 있었다.

"몇 시에 호텔로 돌아갈 거야?" 넬이 물었다. 더 이상 이런 이야기를 나누고 싶지 않았다.

"안 갈 거야. 같이 저녁 먹을까?"

"난 정말 피곤해, 그렉. 넌 호텔로 돌아가. 난 수프를 먹고 열 시간 동안 잘 거야. 내일부터 내 인생을 어떻게 다시 시작할지 계획을 세워야 하거든."

그렉의 얼굴에 실망한 표정이 스쳤지만 이내 그는 미소를 지었다. "물론, 당연하지. 수프를 시켜줄까?"

"수프를 시킨다고? 시장에서 채소를 좀 사 왔어. 내가 직접 만들 거야."

"수프를 만든다고?"

"맞아, 그렉. 수프를 만들어. 집에 냄비는 있지?"

그렉이 주방으로 가더니 찬장에서 냄비를 꺼냈다.

"도와줄까?"

"네 동료들이 널 기다릴 거야."

그렉은 동료들이라는 말에 담긴 속뜻을 제대로 이해했는지 이렇게 말했다. "데이지는 나랑 같이 일하는 사람일 뿐이야."

"있잖아." 넬이 채칼을 집어 들어 그에게 흔들었다. "데이지는 널 좋아해. 동료로서 말고. 관심 없다면 확실히 의사를 전해. 인생은 너무 짧아서……." 넬은 말을 멈췄다.

넬에게 인생은 너무 짧아서 머뭇거리면 진심을 말할 시간도, 행복을 누릴 시간도, 멋진 경험을 할 시간도 없었다. 하지만 그렉에게는 인생이 짧지 않았으니 달랐을 것이다. 지금 당장 정할 필요가 없으니까. 앞으로 시간이 창창하게 많으니까. 남아메리카 군도는 나중에 여행을 가도 되니까 지금은 은행에 돈을 차곡차곡 쌓으며 미래를 준비한 것이다. 갑자기 모든 것이 이해되었다. 두 사람은 각자 선택을 하고 그 길을 따랐다. 그들에게 죽음이라는 예언이 있었기 때문이다. 맨디가 자격이 없다고 그렉이 그토록 화를 냈던 건 그도 넬만큼이나 예언을 믿었기 때문이라는 사실이 분명해졌다.

"괜찮아?" 그렉이 물었다.

"그래, 괜찮아. 미안. 자, 네가 내 부주방장이 되겠다면 일단 손부터 씻고 옷도 갈아입어. 네가 그러고 있으면 난 네 오랜 친구가 아니라 주방 도우미 같으니까."

그렉은 웃으면서 위층으로 올라갔다. 그리고 청바지와 티셔츠로 갈아입으면서 옷장의 빈자리를 눈치챘다. 셔츠 하나가 사라졌다. 내일 세탁소에 연락해봐야겠다고 머릿속에 메모해두었다. 지금은 오랜 친구와 수프를 만들어야 하니까.

혀에 닿는 샴페인 방울의 톡 쏘는 느낌은 넬의 암담한 미래를 연상시키는 동시에 샴페인을 마시게 되어 얼마나 운이 좋은지도 깨닫게 했다. 안 어울리는 감정들이 뒤섞였다. 공포감과 함께 느껴지는 안도감.

"무슨 생각을 하는 건지 원."

"하고많은 날 중에 하필 오늘 널 우연히 만나다니, 얼마나 운이 좋은지. 오늘 도와줘서 정말 고마워."

"별말씀을."

"날 모른 체하고 지나갔어도 널 탓하지 않았을 거야."

"내 머리가 반응하기도 전에 입술이 먼저 네 이름을 불렀는걸. 넌 부서진 껍데기만 남기고 떠났지만 그래도 내 인생에서 가장 중요한 사람이야."

"미안해."

그렉이 고개를 저었다. "그러지 마. 내가 떠나라고 했잖아. 널 그 생각에서 벗어나게 하기보다는 네 감정을 지지해줬어야 했는데."

"꼭 상담 치료라도 받은 사람처럼 말하네." 넬이 웃었다.

"상담을 받은 건 아니고 거의 20년간 생각해보고 내린 결론이야."

"그때 우린 너무 어렸잖아."

"난 그때 이후로 맨디 얘긴 떠올리지 않았어."

"네가 그렇다면 그런 거지."

"무슨 뜻이야?"

"날 봐. 당시에 넌 나와 똑같았어. 우리는 같은 생각을 하고 같은 말을 하고 같은 꿈을 꾸고 같은 옷을 입었어. 우리는 계획도 없이 하루 하루를 살면서 아주 많은 즐거움을 누렸어."

"맙소사, 그때 우린 열아홉이었어."

"그런데 넌 알아보지 못할 정도로 변했어. 난 맨디의 예언이 널 그렇게 만들었다고 생각해."

"어떻게?" 그렉이 긴 다리를 앞으로 뻗었다. 둘은 나란히 바닥에 앉아 소파에 몸을 기댔다.

"의식적으로든 무의식적으로든 넌 결혼하지 않았고 아이도 낳지 않았지. 그건 아마도 올바른 동반자를 선택하면 그 결정이 수십 년간 이어진다는 걸 알고 쭉 미뤄왔던……."

"너도 마찬가지잖아."

"넌 은퇴 후 40년에 대비해 돈을 모으려고 뼈 빠지게 일하고 사소한 유흥도 즐기지 않아. 건강이 보장됐다고 생각하니까 자신도 돌보지 않는 거잖아."

"난 또래 남자들보다 훨씬 건강해. 매일 아침 16킬로미터를 뛴다고."

"맞아. 하지만 넌 식사를 자주 거르고 수면제로 잠을 이루잖아. 욕실 수납장에서 봤…….."

그렉이 의심하듯 고개를 한쪽으로 기울였다.

"핸드워시가 떨어져서 찾다가 그래, 거길 봤어. 그리고 넌 커피 아니면 샴페인으로만 목을 축이는 것 같아. 그리고 오늘 몇 년 만에 처음으로 집밥을 먹은 거지, 맞지?"

"수프는 맛있었어. 그리고 중학교 첫날 네 모습이 생각났어."

그렉이 샴페인 잔에 집게손가락을 넣어 그녀에게 튕겼다.

"저기, 난 장난치는 게 아니야." 넬이 말을 이었다. "맨디의 말은 내 인생을 바꿨어. 그리고 어쩌면 네 인생도 바꾸지 않았는지 되돌아보라는 거야."

그렉은 침묵했다.

"아직 문신이 있어, 아니면 지웠어?" 넬이 물었다.

"그대로 있어."

"보여줘."

그렉이 집게손가락을 들어 첫마디와 관절에 작게 그린 C자를 보여주었다. 넬이 손가락으로 글자를 훑었다. 그녀의 집게

손가락에 거꾸로 새겨진 C자가 그의 손가락과 만나서 작은 하트 모양이 완성됐다. 둘은 고3 밸런타인데이에 같이 문신을 새겼다. 사랑의 징표였다.

"인생을 즐기는 법에 관해서는 내가 조언해줄 수 있어."

"그럼 난 경제적 독립에 관해 내가 아는 모든 걸 가르쳐줄게."

넬이 얼굴을 찡그렸다.

10.

그렉의 집은 이중창이었지만 호텔만큼 방음이 잘되지 않았다. 다음 날 아침 넬은 사이렌 소리와 고함 소리를 들으며 자신이 어디에 있는지 바로 알 수 있었다.

"일어나, 이 잠꾸러기야."

넬이 눈을 떴다. 그렉이 김이 모락모락 올라오는 뜨거운 찻잔과 토스트 접시를 들고 서 있었다.

"몇 시야?" 친구에게서 아침 식사를 받아들며 넬이 물었다.

"11시가 다 되었어."

"11시라고? 오전?"

그렉이 웃었다. "그래 오전이야. 우린 자정 넘어서까지 깨어 있었으니 네가 피곤한 게 당연해."

둘은 어젯밤 인생의 선택 혹은 죽음에 대해 다시는 말을 꺼내지 않기로 하고 즐거운 밤을 보냈다. 둘은 보지 않은 영화를 골라 감상했다. 아무 생각 없이 보기 좋은 액션에 예상 밖의 해피 엔딩이라 두 시간이 완벽했다. 그렉이 길모퉁이 슈퍼로 뛰어가 캐러멜맛 팝콘, 레드 와인과 화이트 와인 한 병씩, 씨 없는 포도 한 송이를 사 왔다. 둘은 다 먹고 마시고 제대로 즐겼다.

"좀 더 일찍 깨우지." 넬이 하품했다. "할 일이 많단 말이야."

"넌 좀 쉬어야 해. 아무튼 나한테 계획이 있어."

"일하러 가야 하는 거 아니야?"

"집에 일이 있다고 했어."

"그럴 필요는 없는데. 네가 곤란해질 수도 있잖아."

"16년 동안 난 하루도 쉬어본 적이 없어, 넬. 하루쯤 쉰다고 잘리지 않아." 아래층 우편함에서 댕그렁 소리가 났다. "난 가서 우편물을 챙길 테니 넌 아침 먹고 옷을 입어. 그런 다음 함께 네 인생을 해결해보자."

넬은 고마운 마음에 미소를 지은 다음 삼각형 모양의 토스트를 한 입 베어 물다가 갑자기 이틀 전 호텔로 가면서 부친 편지들이 생각났다. 온몸에 소름이 끼쳤다. 넬은 이불을 차고는 맨발에 티셔츠 차림으로 층계참으로 뛰었다. 그렉이 현관 옆 계단 밑에서 우편물을 넘겨보고 있었다.

"안 돼!" 넬이 고함을 지르며 계단을 뛰어내려와 온몸으로 그렉의 등을 덮친 뒤 자신의 손 글씨가 적힌 편지를 빼앗으려고 애썼다.

"지금 뭐 하는 거야?"

"그거 읽지 마! 나한테 줘! 그렉! 그 편지 달라고."

그는 넬의 손에 닿지 않게 편지를 높이 들었다. "네가 보낸 거야?"

"부탁이야, 그렉. 나한테 줘. 열어보지 마."

"언제 보낸 건데?"

"전에. 맙소사, 제발 나한테 주고 잊어주라." 넬은 한쪽 팔로 그의 몸에 매달린 채 다른 손을 쭉 뻗어 편지를 잡으려고 했다.

"분명 중요한 내용이겠네."

"아니야. 그냥 정신 나간 여자가 쓸데없이 주절거린 거야. 제발, 나한테 넘겨줘."

그렉이 어깨를 으쓱거리자 넬은 등에서 미끄러졌다. 그녀는 그가 엄지로 봉투를 뜯고 내용물을 펼치는 모습을 절망적으로 바라볼 수밖에 없었다. 그렉이 미소를 지으며 그녀를 향해 눈썹을 들어 올렸다. "자, 무슨 내용이 담겨 있을까?"

넬은 두 번째 계단에 침울하게 주저앉아 왼쪽에서 오른쪽으로 움직이는 그의 눈동자를 쳐다보았다. 첫 장을 반쯤 읽었을 때 그렉이 처음으로 고개를 들어 그녀를 쳐다봤다. 넬은 그렉이 어떤 내용을 읽었는지 알아차렸다.

"네 영혼의 단짝이 나야?"

넬이 움찔했다. 편지를 쓸 때는 상대의 반응을 절대 살아서는 못 볼 거라고 확신했기에 완벽하게 맞는 말이었다. 그리고 그렉을 사랑했었고. 넬은 이 편지로 그렉이 자신에게 얼마나 중요한 사람이었는지 알려야 한다고 느꼈다. 이렇게 자신이 여전히 이 세상에 살아 있는 가운데 그가 편지를 읽게 될 거라고는 상상도 못 하고 말이다. 계획대로라면 그는 이 편지를 읽은 다음 세상에 없는 그녀를 향해 애석한 한숨을 쉬었어야 했다.

"네가 아직도 이런 감정인지 몰랐어." 편지를 넘기며 그렉이 말했다. "내 말은, 세상에는 이상한 일이 일어나기도 한다고. 첫사랑이 몇 년 뒤에 재결합하기도 하고. 나도 지난 세월 네 생각을 자주 했어. 물론 너랑 같은 감정인지는 모르겠지만 앞으로는 그럴지도 모르겠네. 그게 네가 바라는 거야?"

넬은 아랫입술을 깨물고 무릎을 가슴 쪽으로 당겼다.

"아, 미안해. 바로 받아들이기가 너무 벅차서 그래. 네 감정을 솔직하게 말해줘서 고마워. 덕분에 나도 생각할 게 많아졌어."

넬은 계단에 앉아서 주방으로 향하는 그렉을 바라봤다. 상당히 의기양양해진 걸음걸이를 보니 속이 메스꺼웠다. 저 애를 좀 진정시킬 방법을 찾아야 한다. 그런데 그보다 더 걱정인 건 일요일에 보낸 다른 네 통의 편지도 오늘 아침에 도착할 거란 점이었다…….

2장

·

때로는 일상의
평범함에 설렌다

1.

뷔페 테이블에는 스물일곱 가지 디저트가 있었다. 제니는 어째서 스물일곱 가지인지, 주방장의 선택이 특이하다고 남자친구 레이에게 말하려다가 그만두었다.

제니는 작은 바닐라 치즈 케이크 한 조각을 골라 테이블로 돌아왔다. 크루즈에서는 2인용 테이블에 앉거나 다른 커플들과 더 큰 테이블에 합석할 수 있었다. 제니 커플은 늘 둘만 앉았다. 첫 번째 크루즈 때는 꽤 낭만적이라고 생각했다. 나일강을 굽이굽이 돌았던 5년 전에는. 그런데 카나리아 제도, 그리스의 섬들, 노르웨이 피오르, 카리브해를 도는 동안 둘만 앉은 테이블은 전혀 낭만적이지 않았다. 오히려 지독히 외로웠다.

제니는 몇 미터 떨어진 큰 원탁에 앉은 네 커플을 부럽게 쳐다봤다. 며칠 전 에메랄드 프린세스 호에 오르기 전에는 전혀 모르던 이들이 지금은 함께 웃고 떠들며 세계를 돌고 있었다.

"우리도 내일 다른 사람들과 합석해볼까요?" 레이가 디저트 와인을 마저 마시고 브랜디로 넘어가는 완벽한 타이밍에 제니가 물었다.

"왜 그래야 해? 다시 볼 일 없는 사람들 틈에 끼어서 시시한 대화나 하려고? 난 됐어."

"마지와 베리는 크루즈에서 만난 사람들과 여전히 연락하고 지내요. 이번 여름에는 같이 캠핑하러 가서 좋은 시간을 보냈대요."

"당신은 캠핑을 질색하잖아."

"캠핑하자는 말이 아니잖아요. 그냥 다른 사람들과 사이좋게 지내고 친구가 될 수도 있다는 거예요."

"친구는 지금도 차고 넘쳐."

제니가 한숨을 쉬었다. 이 남자는 가끔 사람을 짜증나게 한다. 그녀는 요즘 자주 자신에게 묻곤 했다. 토니가 떠난 뒤로 혼자 지내는 쪽이 더 행복했을지도 모른다고. 혼자 크루즈에 올랐다면 적어도 지금 다른 테이블에서 불꽃이 일렁이는 여러 종류의 칵테일을 맛보고 있을 테니.

"우리는 내일 안티과과테말라에 도착할 거야." 레이가 말했다. "솔직히 난 배에서 내리고 싶을지 모르겠어. 스노클링을 하기엔 우리 나이가 좀 많고 카리브 제도를 봤으면 다 본 거 아닐까?"

제니는 언짢은 듯 대꾸했다. "그건 프랑스랑 스페인이 똑같다는 말과 같아요. 두 나라는 문화, 역사, 민족이 완전히 다르잖아요."

레이가 씩씩거리면서 의자에 몸을 기대고 고개를 저었다.

"당신 생각이 그렇다면 왜 이 크루즈를 타자고 했어요?" 제니가 물었다.

"지난 석 달간 매일 영국에 비가 내려서 아침에 일어나도 어둡고 차 마실 때도 어둡고 집은 빌어먹게 추웠으니까. 당신은 입김이 보일 정도가 되어야만 난방을 틀잖아. 그리고 당신은 크리스마스를 싫어하고."

"난 크리스마스를 싫어하지 않아요. 대체 어디서 그런 생각이 나왔어요?"

"작년 크리스마스 식사로 당신은 라사냐를 만들었어."

"당신이 라사냐를 좋아하니까요."

"그건 맞지만 크리스마스에 먹는 건 아니지."

"세 그릇이나 먹어놓고선."

"라사냐가 문제가 아니야, 제니. 크리스마스에는 영국을 떠나 있는 게 좋을 것 같았어. 폴리와 애들이 오지 않으니 당신은 트리를 살 생각도 하지 않았잖아."

"크리스마스는 아이들을 위한 날이에요. 우리 둘밖에 없는데 무슨 크리스마스트리예요."

"맞아. 하지만 평범한 다른 날처럼 굴면서 라사냐를 만드니까 문제지."

"라사냐를 만들려면 시간이 아주 많이 들어요. 우리에게 구울 콩이 있는 것도 아니고. 소스를 만드는 데 두 시간이나 걸렸다고요."

"실례합니다. 그레이엄 부인이신가요?"

제니가 고개를 오른쪽으로 돌렸다. 웨이터가 작은 봉투를 들고 서 있었다. "급한 전화가 왔습니다."

제니는 사무실로 걸어가는 내내 다리가 후들거렸다. "여보세요? 폴리니? 무슨 일이야?"

폴리가 제대로 말하려고 숨을 천천히 들이마시는 소리가 들렸다. "엄마한테 넬이 편지를 보냈어요."

"그런데?"

"엄마가 집으로 와야 할 것 같아요."

토니가 시계를 확인했다. 8시 45분. 다섯 친구는 첫 번째 홀에서 티오프를 준비하고 있을 것이다. 골프 여행이 다섯 살 딸아이가 참가하는 첫 성탄극과 날짜가 겹친다는 사실을 알았을 때 그는 최대한 침착하게 골프 여행에 대해 이야기했다. 하지만 아내의 눈빛이 험악하게 변하는 것을 보고는 자신에게 하나의 선택지밖에 없다는 것을 깨달았다.

"준비 다 했어요?" 케이티가 한쪽 팔을 펴 조끼에 끼우고 부츠의 지퍼를 올리며 밝은 목소리로 말했다.

"응. 공연은 얼마나 걸려?"

"몰라요. 작년에는 한 시간 정도 걸렸어요."

"한 시간이나!"

"그래요, 토니, 한 시간이요. 어디 달리 가고 싶은 곳이라도 있어요?"

"학교에서 9시 반에 나서면 정오에 비행기를 탈 수 있을 거야. 그럼 난 연극도 보고 골프도 칠 수 있지."

케이티가 차갑게 말했다. "차에서 기다릴게요."

케이티가 조수석에 앉아 있는데 집배원이 쾌활하게 토니에게 우편물을 건넸다. 토니는 대시보드 위에 우편물을 던져놓은 뒤 운전석에 올라 시동을 걸었다.

학교에 도착한 토니는 분주한 학교 강당을 둘러보았다. 케이티는 토니가 모르는 다른 엄마들과 이야기를 나누었다.

"그쪽 손녀는 누구예요?"

토니는 최면 상태에서 벗어나 플라스틱 강당 의자에 바짝 붙어 앉은 백발 남자를 쳐다봤다. "뭐라고 하셨죠?"

"1학년 제이콥이 내 손자예요." 남자가 웃으며 말했다. "참 귀여울 때죠. 그래도 오늘 저녁에 집으로 돌려보낼 생각을 하니 기쁩답니다."

토니는 자기 의자에서 불편하게 들썩였다. 이런 불편한 오해가 처음이 아닌데도 설명하는 일이 도무지 익숙해지지 않았다.

"음, 저희 루비도 1학년이에요. 그 애는 제 딸이랍니다."

"아, 이런, 와, 대단하시군요. 넘겨짚어서 죄송합니다."

"아니, 괜찮아요. 자주 그런걸요. 제 나이 쉰여덟에 저 애를 가졌으니까요."

"이야, 덕분에 젊게 사는 건가요?"

토니는 사실 정반대라는 점을 자각하며 웃었다. 다시 아빠가 되는 일은 그를 훨씬 늙게 만들었다.

"이제 시작하나 봐요." 케이티가 기대에 찬 표정으로 자리에 앉아 휴대전화의 동영상 녹화 버튼 위로 손가락을 올렸다. 토니는 팔짱을 끼고 눈을 감았다.

폴리는 다른 사람의 우편물을 뜯어보는 악취미가 없었지만 동생의 글씨를 곧장 알아보았다. 폴리는 편지를 대신 읽어도 엄마가 개의치 않을 거라고 여겼다. 그녀는 그 편지가 평소처럼 안부 편지일 거라고 생각했다. 최근에 다녀온 이름도 생소한 장소들, "언니도 여길 좋아했을 텐데", "바다가 얼마나 파란지 보여주고 싶어" 어쩌고저쩌고하는 상투적인 말이 담겼을 거라고. 그런데 아니었다. 진솔한 편지에 적힌 작별 인사가 폴리의 가슴을 찢어놓았다.

폴리는 넬이 이 편지를 쓸 때 죽음이 찾아올 거라고 믿어 의심치 않았다는 걸 알 수 있었다. 동생은 지난 몇 년간 그 이야기를 했다. 특히 그렉과 헤어진 뒤에 자신의 결정이 옳다는 점을 인정받으려고 자주 입에 올렸다. 폴리가 알지도 못하는 호주 여자의 말을 믿는 건 미친 짓이라고 알려줬음에도 말이다.

폴리는 곧바로 전화를 찾아 넬의 번호를 눌렀다. 없는 번호였다. 심장이 조금씩 빨리 뛰기 시작했다. 페이스북과 인스타그램에 들어가 봤지만 동생의 계정은 사라지고 없었다. 머리가 살짝 띵해진 폴리는 자리를 찾아 앉았다. 그러지 않으면 다리가 그대로 풀려버릴 것 같았다. 편지는 나흘 전 날짜로 되어 있었다. 그 애가 죽지 않았다면 가족에게 연락해서 편지는 뜯지 말고 그냥 버리라고 했을 것이다.

폴리는 크루즈로 연락부터 했다. 엄마와 레이 아저씨의 크루즈 여행이 엉망이 될 거라는 생각은 하지 못했다. 그저 앞으로 벌어질 일을 혼자 감당할 수 없다는 생각만 했다.

폴리는 빠른 걸음으로 엄마 집에서 10분 거리인 자기 집으로 가면서 매일 아침 넬과 학교 가는 길에 들르던 버스 정류장을 지나쳤다. 둘이 용돈을 쪼개서 연예인이 나오는 잡지와 군것질거리를 사던 신문 가게도 지났다. 넬이 토요일에 근무하던 미용실, 폴리가 자전거를 타다가 넘어졌던(다리와 팔꿈치가 끔찍하게 쓸리는 바람에 넬에게 업혀 와야 했다) 날카롭게 굴곡진 도로도. 폴리는 눈물이 맺히지 않도록 계속 눈을 깜박였다.

다음 모퉁이에는 폴리가 결혼식을 올린 교회가 있었다. 아이슬란드의 화산재로 영국행 비행기가 모두 결항되는 바람에 넬이 결혼식에 불참했던 것이 기억나면서 슬픔의 파도는 익숙한 실망감에 자리를 내주었다. 넬의 잘못은 아니지만, 결국 넬의 잘못이다. 하루 전이 아니라 며칠 혹은 일주일 전에 비행기를 예약할 수도 있었는데 동생은 언제나 그랬듯 마지막까지 모든 걸 미루다가 결국 오지 못했다.

베아트리스의 세례 때도 마찬가지였다. 폴리가 한 달 전에 날짜를 알려줬지만 넬은 영국의 코로나 방역 요건을 정확히 살피지 않아서 엉뚱한 증명서를 들고 오는 바람에 공항에 발이 묶였다. 제대로 준비했다면, 하루 더 일찍 나섰다면 대모로서의 역할을 다할 수 있었을 텐데. 결국 폴리의 친구 로렌이 대신해주었다. 로렌은 베아트리스의 생일이나 크리스마스를 결코 빼먹지 않았고 베아트리스를 위해 보통 예금 계좌까지 만들어주었다. 넬은 한 번도 그런 적이 없었다. 게다가 넬은 형부인 데미안을 좋아한 적이 없다. 그를 믿지 못하겠다고 험담했다.

폴리는 집으로 갔다. 이제 그녀의 슬픔에 또 다른 감정이 섞였다. 자신이 항상 뒤처리를 도맡아야 한다는 분노였다. 그렇게 그녀의 기분은 엉망이 되었다. 그녀는 도어매트에 놓인 우편물을 집어 들어 넘겨보다가 한 편지를 보고선 복도에서 얼어붙었다.

톰은 냉장고에 붙은 당번표를 보고 한숨을 쉬었다. 목요일은 그가 주방을 청소하는 날이 아니었다. 그런데 보라색 젤펜으로 '대신해달라'고 적혀 있었다. 하이디의 글씨였다. 톰은 멀쩡한 어른 네 명이 사는 집에 당번표가 왜 필요한지 처음부터 이해되지 않았다. 그 정도는 상식 아닌가. 냄비를 썼으면 설거지해둬야 뒷사람이 쓸 수 있지. 기본적인 물건들도 그렇다. 우유, 티백, 휴지 같은 것은 돈을 모아 사자고 제안했고 다들 동의했지만 넉 달 동안 모금통에 돈을 넣은 사람은 톰밖에 없었다.

톰은 아들 알로가 다녀간 뒤에는 자신의 인내심이 낮아진다는 걸 알고 있었다. 주방에서 바퀴벌레가 나오는 집에 어떤 아이가 오고 싶겠는가. 톰은 이곳을 알로가 오고 싶은 장소로 만들고 싶었다.

특히 지난주는 참기 힘들었다. 그는 침대를 판 여자에 대한 생각을 떨쳐버릴 수 없었다. 넬. 사흘 전에 죽었겠지. 그녀의 성도 모르니 장례식이 언제인지 알 수조차 없었다. 코미디 클럽에서 있었던 일을 떠올리면 아직도 속이 메슥거린다.

넬은 레아 이후 잠자리를 가진 첫 여자였다. 그녀는 괴짜지만 착한 사람이라는 걸 톰은 알 수 있었다. 그런데 지금 그녀는 세상에 없고, 더 끔찍한 점은 그를 증오하며 죽었다는 것이었다.

"톰?" 복도에서 하우스메이트 한 명이 그를 불렀다. "편지가 왔어. 빵 통 옆에 둘게. 그리고 화장실 휴지가 떨어졌어."

2.

"안 돼, 안 돼⋯⋯."

넬은 털썩 무릎을 꿇고는 천천히 앞뒤로 몸을 흔들었다. 뭐가 더 끔찍한지 감이 안 왔다. 엄마에게 보내는 편지에는 격한 감정과 눈물로 얼룩진 작별 인사와 함께 남자친구 레이는 진짜 지루한 사람이니 여생을 더 행복하게 보냈으면 좋겠다는 내용이 담겼다. 아빠에게는 모든 걸 탓하는 십 대 딸의 신랄한 비난이 가득한 편지가, 톰에게는 '상황이 달랐다면'으로 시작하는 오그라드는 사랑 편지가 갔다. 언니한테는 형부가 자신에게 키스하려고 했으며 지금은 언니 친구인 로렌과 바람을 피울 거라는 가혹한 진실을 알렸다.

"커피 마실래?" 그렉이 주방에서 상냥하게 물었지만 넬에겐 들리지 않았다.

가족에게 편지를 열어보지 말고 버리라고 연락할 수조차 없었다. 연락처가 담긴 휴대전화를 팔아버렸으니까. 부모님은 SNS를 할 줄 모른다. 톰은 성을 모른다. 그가 침대를 옮기려고 밴을 부를 때 주소를 알려주는 것만 들었을 뿐이다.

어쩌면 톰은 편지를 받지 않았을 가능성도 있다. 우체국이 수신인란에 쓰인 '곱슬머리 톰'이라는 글자를 보고는 장난 편지라고 배달하지 않았을 수도 있다. 게다가 그렉은 엄마가 크루즈 여행을 갔다고 그러지 않았나? 엄마에게 보낸 편지는 현관 앞에 몇 주간 놓여 있다가 날아가 버릴지 모른다. 아빠는 어디 골프 리조트에 가 있을 거고 케이티는 아빠가 없을 때 대신 편지를 열어볼 사람이 아니다.

넬은 상황을 수습할 수 있다고 생각하며 조금씩 기운을 차렸다. 네 통의 편지 중 세 통을 가로챌 기회가 있다. 폴리 언니의 것만 빼고. 폴리 언니가 아직 편지를 열어보지 않았을 가능성은 높지 않다. 하지만 아이들을 학교에 데려다주고 학부모들과 커피를 마시고 그다음에 에어로빅 수업을 가야 하니 전혀 희망이 없는 건 아니었다.

"있잖아, 그렉. 넌 이미 날 위해 많은 걸 해줬어." 넬은 정신적, 육체적으로 의지할 곳이 필요해 주방 문틀에 기댔다. "근데 기차표를 살 돈도 좀 빌려주면 안 될까?"

"어딜 가려고?"

"호브에."

"너희 어머니는 안 계신다니까. 새해 전엔 돌아오지 않으실 거야."

"폴리 언니를 만나려는 거야."

"폴리?"

"우리 언니 말이야. 엄마 집 근처에 살거든. 한번 간 적이 있어. 내가 최대한 빨리 가봐야 할 것 같아."

"오늘?"

넬이 고개를 끄덕였다.

"회사에 연락해서 하루 쉴 수 있어. 늘 공휴일에 일해서 연차가 많이 남아 있거든."

"솔직히 네가 같이 갈 필요는 없어. 그냥 날 역에 내려줘."

"있잖아, 어떤 알 수 없는 이유로 운명이 우리를 다시 만나게 했어. 콘퍼런스는 그 호텔에서 열릴 예정이 아니었거든. 내가 말했던가? 회사에선 빅토리아에 있는 호텔을 예약했는데 연회장에 누수가 생겨서 막판에 급하게 장소를 바꿨어. 이런 게 우연한 행운이 아니면 뭐겠어. 네게 도움이 필요한 순간에 내가 나타났다니 이상하지 않아? 난 정말 이상하다고 생각하는데."

"부탁이야, 그렉. 중요한 일이라서 지금 당장 호브에 가봐야 해."

"그럼 내가 데려다줄게. 내 차로 가자."

넬은 애매하게 고개를 끄덕였다. 어떻게든 폴리 언니의 집에 들어가 편지를 없애야 한다는 생각밖에 나지 않았다.

"어제 세차한 거야?" 넬은 티끌 하나 없는 아우디 뒷좌석을 어깨 너머로 살피며 그렉에게 물었다.

"아니, 차를 쓸 일이 별로 없거든."

"새로 뽑았어?"

"3년 된 거야."

"오토바이가 있는데 차는 왜 샀어?"

"뭐? 내가 오토바이를 갖고 있는 걸 어떻게 알았어?" 그렉이 사이드미러를 보면서 코를 찡긋하더니 차를 뺐다.

"네 옷장에 가죽옷이 있길래."

"여기저기 뒤져본 거야?"

"옷장만. 드레스 대신 갈아입을 옷이 필요했거든."

"아, 드레스. 그 옷을 입은 이유를 다시 말해줄래?"

"완벽한 죽음을 맞이하기 위해서지. 화제 돌리지 마. 우린 오토바이 이야기를 하고 있었잖아. 넌 늘 오토바이를 죽음의 덫이라고 부르면서 싫어했잖아. 마음을 바꾼 이유가 뭐야?" 말을 하다 보니 넬은 알 것 같았다.

"아하! 네가 죽을 날짜를 듣고 마음이 바뀐 거구나?"

"말도 안 되는 소리야."

"맨디의 말 때문에 네가 하거나 하지 않은 일이 또 뭐가 있는데?"

"그 여자의 말은 내 인생에 티끌만큼도 영향을 미치지 않았어."

넬은 창밖으로 고개를 돌렸다. 그가 편지 이야기를 다시 꺼내지 않아서 다행이었다. 넬은 상황이 반대여서 자신이 그렉에게서 영혼의 단짝이었다는 편지를 받았으면 기분이 어땠을지 생각해보았다.

그렉이 슬쩍 넬을 쳐다봤다. "무슨 생각해?"

"넌 호브에 자주 가?" 넬은 언젠가 둘이 함께일 때 돌아가고 싶은 곳이 호브인지 궁금했다. 둘의 자녀가 가장 행복해할 곳이 어딘지 묻는다면 당연히 둘이 바다의 공기를 마시며 함께 자라고, 쇼핑몰에서 10펜스짜리 냄비를 산 곳이 아닐까. 화창한 날에는 학교를 마치면 오후 시간 대부분을 해변 오두막에서 보낼 테고.

"두어 달에 한 번씩."

"요즘 해변 오두막은 얼마나 해?"

"2만 5000파운드 정도? 불티나게 팔려."

"2만 5000파운드라고?" 넬이 씩씩거렸다. "난 일 년에 그 절반의 돈을 내는 월세에 살았어!"

"아이가 있으면 아주 유용해. 모래 양동이나 삽을 보관할 수 있어서 해변에 갈 때마다 짐을 가득 챙겨 가지 않아도 되고……. 해변 오두막은 날씨가 변할 때 쉬기 좋아."

"날씨가 변하면 뭐 하러 해변에 있어? 집에 가야지."

"오두막 안에 간이 주방을 설치하면 언제든 커피나 샌드위치를 만들어 먹을 수 있거든."

"해변에는 카페가 수두룩한데 뭐 하러 오두막에서 커피를 만들어?"

"왜 나한테 화를 내는 거야?"

"화내는 게 아니야. 그냥 해변 오두막이 2만 5000파운드나 한다니 이해가 안 가서 그래."

그렉이 어깨를 으쓱이고는 백미러와 신호를 살피고 앞선 트럭을 추월했다. "늘 해변 오두막이 하나 있으면 좋겠다고 생각했어. 아이가 있다면 말이야."

"그럼 지금 얼른 하나 사둬. 말을 들어보니 미친 듯이 잘 팔리나 본데."

"왜 화가 났어?"

"화난 거 아니라니까." 넬이 대꾸했다.

"그럼 짜증난 거네."

"짜증난 것도 아니거든. 그냥 좀 빨리 호브에 도착했으면 좋겠어."

"서두르는 이유가 뭐야?"

"난 다른 데도 편지를 보냈거든. 그래서 편지를 읽기 전에 가로채려는 거야."

"뭐라고 썼는데?"

"생각하고 싶지 않아. 죽음을 앞둔 여자가 마지막으로 남기고 싶은 말을 주저리주저리 읊었지."

"넬…… 뭐라고 썼냐니까?"

"오늘 살아서 여기 있을 줄 알았다면 절대로 하지 않을 말들을 썼어. 그렇게만 알고 있어."

"그런 심정으로 나한테 편지를 쓴 거야? 아무 의미 없이?"

넬은 그녀가 대수롭지 않게 던진 말에 상처를 받은 그렉이 책가방을 한쪽 어깨에 휙 걸치고 화를 내며 가버렸던 학창 시절의 수많은 순간을 떠올렸다.

"당연히 아니지. 평소만큼 솔직하지 않았을지는 몰라도 의미 없이 한 말은 아니야."

"우리가 이렇게 맞닥뜨린 건 우연이 아냐." 그렉이 말을 이었다. "어쩌면 네 말이 맞을지도 몰라. 우리에게 다시 한번 기회를 줘야 해."

도로 표지판을 지나치면서 넬은 자연스럽게 화제를 바꿀 수 있었다. "와, 벌써 크롤리(영국 웨스트서식스주에 있는 도시-옮긴이)네." 넬이 신나게 말을 쏟았다. "차에 노래는 없어?"

그렉이 한숨을 쉬었다. "내 휴대전화를 스포티파이에 연결해봐."

"우와." 넬이 그렉의 플레이리스트를 넘겨보았다. "나이를 먹어도 음악 취향은 나아지지 않는구나."

"무슨 소리야? 우린 같은 음악을 좋아했잖아."

"그건 20년 전 일이지. 내 취향은 한결 고급스러워졌거든."

106

수많은 노래가 그렉의 플레이리스트에 들어 있었다. 둘이 처음 춤을 췄을 때 들었던 노래마저도. 그렉은 자신을 고문하는 걸 즐기는 걸까, 아니면 단지 그 중요성을 기억하지 못하는 걸까? 넬은 곡을 재생하며 그의 반응을 곁눈질로 살폈다. 에어로스미스의 〈아이 돈 원 투 미스 어 씽〉의 씁쓸한 멜로디가 자동차 스피커를 통해 흘러나오자 그렉이 운전대 위를 손가락으로 두드리기 시작했다.

"아, 나 이 노래 좋아해. 안 들은 지 한참 됐어. 탁월한 선택이야."

그렉이 가사를 따라 흥얼거렸다. 심지어 신호 대기 때는 눈까지 감고 큰 소리로 열창했다. 넬은 믿기지 않는다는 듯 그를 쳐다보았다. 우리가 졸업 무도회장에서 춤을 출 때 흘러나오던 그 노래를 모른단 말이야?

넬은 한동안 둘의 이름을 합쳐서 넥이라 불렀던 게 떠올랐다. 그렉이 머물던 자리를 채우기까지 몇 년의 시간이 걸렸다. 그의 애프터셰이브 향이 나거나 이 노래를 들으면 떠오르는 그를 지워버리려고 엄청나게 노력했다. 그런데 지금 그렉은 아무렇지 않게 감성에 젖어서 이 노래를 듣고 있었다.

"뭐 때문에 한숨을 쉬는 거야?" 그렉이 물었다.

"아무것도 아니야. 언니가 집에 있으면 뭐라고 할지 생각하고 있었어."

"회사 안 다닌데?"

"모르지. 좀 서먹한 사이라."

"네 탓이야, 아니면 언니 탓이야?"

"언니 탓이지. 나한테 조금 원인이 있을 수도 있고. 아니, 내 과실이 더 클지도 몰라. 하지만 언니도 잘한 건 없어."

절대로 언니의 잘못이 아니라는 걸 넬은 알고 있었다. 수년 간 언니가 여러 가족 행사에 초대할 때마다 넬은 자신이 뒤처 졌다는 생각에 고통스러웠다. 넬은 집안의 부끄러운 존재였다. 유행 지난 옷차림에다 미용실에 가본 지도 20년이 넘었기에 촌 스러웠다. 한번은 언니가 넬의 차림새에 대해 친구들에게 변명 하는 소리를 들었다. "저 앤 자유로운 영혼이야." 맞는 말이었 다. 하지만 세월이 흐르면서 호브와 폴리 언니는 점점 멀게 느 껴졌다.

그래서인지 날짜에 맞추기 위해 곧바로 비행기를 예약할 수 도 있었지만 결국 그녀는 그러지 않았다. 초대장을 보낸 것은 그저 같은 DNA를 공유한 사이이기 때문이지, 그녀와 함께 그 순간을 나누고 싶다는 갈망 때문은 아니니까.

"속도 좀 내줄래?"

"제한 속도가 50킬로미터야. 과속은 위험해."

"아, 그래, 맞아. 그러면 네가 며칠 전까지만 해도 눈곱만큼 도 신경 안 쓰던 죽을 확률이 높아지니까."

"그 생각은 그만해. 슬슬 짜증나기 시작하거든."

"그게 아니라면 앞 차를 추월해보든가. 증명하라고." 넬이 노래를 불렀다.

"그만해. 안 그러면 난 차를 세울 거고 넌 히치하이킹을 해야
할 거야."

넬은 속으로 웃었다. 저 애를 놀리는 재미를 그동안 잊고 있
었다.

넬은 스스로 기억력이 좋다고 자부했다. 몇 년 전에 가본 서
울시 지하철역도 몽땅 다 외웠으니까. 그런데 폴리 언니의 집이
있는 도로로 들어와 똑같이 생긴 집들을 보면서 그 자부심이 흔
들렸다. 언니한테 보낸 편지 봉투에 적은 주소를 떠올려보려고
했지만 기억나지 않았다. 두 자리 숫자이고 두 번째에 0이 들어
간다는 건 기억났지만 전체 주소가 떠오르지 않았다.

"여기 차를 세워줘. 걸어갈게." 넬이 말했다.

그렉이 같이 간다고 차에서 내렸다. 10번지에서 현관 창문
너머로 매섭게 으르렁거리는 반려견을 마주쳤을 땐 그렉이 옆
에 있어서 다행이라는 생각이 들었다. 20번지는 위층 창문 두
개에 모두 성 조지의 깃발이 달려 있고 주차된 자동차 범퍼의
스티커 문구가 꽤나 공격적인 걸로 봐서 엄청난 애국자인 영국
인의 집이 확실했다. 30번지는 진입로에 타일 세 개가 깨졌고
현관 앞에 죽은 전나무 화분이 있었다. 모두 언니의 집은 아닌
게 확실했다.

50번지에 도착했을 때 비에 젖지 않은 빈 주차 공간을 발견

했다. 도로가 다 젖었는데 거기만 마른 것을 보면 얼마 전에 차를 뺀 듯했다. 진입로 타일은 티 없이 깔끔했고, 거실 창문 앞에는 예쁜 화분들이 놓여 있었다. 창문은 깔끔한 흰색 베네치아 블라인드로 꾸몄다.

"여기다." 넬은 인도에서 집을 올려다보며 말했다.

"어떻게 알아?"

"우리 언니가 어떤 사람인지 아니까."

"잠깐만!" 그렉이 넬의 코트 소매를 끌어당겼다. "링 도어벨이 있어."

"어쩌라고? 그게 뭔데?"

"현관 앞의 움직임을 감지하는 장치야. 더 가까이 다가가면 집 안 사람이 우릴 보게 될 거야."

"그럼 뒤쪽으로 갈까?"

"그다음에는?"

넬이 어깨를 으쓱였다. "잠그지 않은 창문이 하나쯤 있지 않을까? 아니면 도어매트 아래 열쇠라도?"

둘은 살금살금 뒤로 돌아갔다. 넬은 주방 창문 안을 살폈다. 확실히 폴리 언니의 집이었다. 스튜디오에서 찍은 가족사진이 벽에 걸려 있었던 것이다. 폴리 언니와 데미안 형부와 베아트리스가 바닥에 엎드려서 손으로 꽃받침을 한 부자연스러운 포즈를 하고 있었다.

"화분 밑에 열쇠가 있는지 살펴봐." 넬이 말했다.

"이거 불법 아니야? 난 크리스마스를 유치장에서 보내고 싶지 않은데."

주방 벽에는 가족의 일정표가, 그 옆 냉장고에는 여행지에서 사 모은 조악한 자석들이 붙어 있었다. 언니의 페이스북에서 휴가 때 찍은 사진을 간혹 본 적이 있다. 그때마다 '좋아요'를 누르고, 가끔은 "재미있어 보여!" 혹은 "즐거운 시간 보내!"와 같은 댓글도 달며, 끊어질 듯한 둘 사이의 실낱같은 관계를 유지하려고 애썼다. 주방 테이블로 시선을 돌리니 식탁 매트가 눈에 들어왔고 바로 옆에 가지런히 정리된 종이들이 있었다.

맨 위의 봉투에 삐져나와 있는 것은 넬의 편지였다. 벌써 읽은 것이 분명했다.

3.

"메모라도 남겨야지."

"뭐라고 해? 사실 난 죽지 않았고 내 말은 전부 거짓이라고?" 넬은 언니네 뒷마당 입구의 계단에 앉아 양손에 머리를 파묻었다.

"내 편지 때문에 속상했다면 미안해. 좋은 소식은 그건 거짓이라는 거야. 난 아직 살아 있고 우리 관계를 다시 회복하고 싶어.' 이렇게 쓰면 어떨까?"

"형부가 나한테 키스하려고 했고 언니 친구랑 형부가 같이 있는 걸 본 적도 있다고 했는걸."

"왜 그랬어!"

"사실이니까! 그런 비밀을 무덤까지 가져가고 싶지 않았어."

"이번 생에 네가 남긴 이별의 말이 언니의 결혼 생활을 파탄 내도 괜찮다는 거야?"

"아니. 그냥 언니가 알아야 한다고 생각했어."

"어째서? 너희 언니가 왜 그걸 알아야 하는데?"

"형부가 언니의 동생인 나와 언니의 절친한 친구에게 수작을 걸었다면 다음엔 누구겠어? 난 좋은 의도로 그런 거라고."

"언니가 좋은 의도로 받아들일지 모르겠다. 편지가 언니에게 미칠 영향은 생각했겠지?"

넬은 바로 대답하지 못했다. 슬프게도 그 생각까지는 못 했기 때문이다. 언니 결혼식에 참석도 못 했으면서 데미안 형부를 비난한 자신을 탓했다. 화산재 구름은 결혼식에 빠지기에 좋은 핑계였다. 뉴스마다 나왔으니까. 하지만 넬은 그때 파리에 있었다. 유로스타를 탔으면 될 일이었다. 하지만 그녀는 가고 싶지 않았다. 자신을 술집 화장실로 몰아놓고 "걱정 마. 네 언니는 절대 모를 테니까"라고 하고는 옆문으로 언니의 신부 들러리 한 명과 나간 남자가 언니와 결혼하는 걸 축복해주는 척하고 싶지 않았다.

옆문에서 금속이 딸깍 하는 소리가 났다. 그렉과 넬은 서둘러 창고 뒤로 뛰어갔다. 때마침 폴리 언니와 반려견이 나타났다. 닥스훈트가 두 사람이 숨어 있는 곳을 향해 맹렬하게 짖었다. "세이디, 그만." 언니 목소리였다. "그냥 두라고." 목소리에는 연약함과 슬픔이 묻어났다. 걸어오느라 가쁜 숨을 내쉬면서 흐느낌과 울음 사이에서 헉헉대는 그런 목소리였다.

넬이 모퉁이를 슬쩍 넘겨다보니 언니가 집 뒤의 테라스에 손을 축 늘어뜨린 채 멍하게 서 있었다. 얼굴이 벌겋게 부어오르고 화장이 다 지워졌다. 언니는 넬이 기억하던 것보다 덩치가 작아 보였다. 언니를 떠올리면 늘 떠오르던 침착함과 우아함이 완전히 사라졌다.

"폴리 언니……."

넬은 자기도 모르게 헛간 뒤에서 걸어 나와 언니를 향해 두 팔을 쭉 뻗었다. 언니는 넬을 보고 겁에 질려 비명을 지르며 집 안으로 뛰어 들어가더니 무거운 이중 빗장을 잠갔다.

"음, 상황이 술술 풀리는 것 같네." 그렉이 전나무 덤불에서 나오며 몸을 털었다.

넬은 창가로 기어가서 창문을 톡톡 두드렸다. "폴리 언니." 넬은 큰 소리로 언니를 불렀다. "나야, 넬." 아무 반응이 없었다. 격려가 필요해진 넬은 그렉을 쳐다봤다. 그는 한두 차례 열정적으로 고개를 끄덕이면서 계속해보라는 듯 손을 휘저었다.

넬이 다시 창문을 두드렸다. "폴리 언니? 할 말이 있어."

"가버려!" 집 안에서 떨리는 고함 소리가 울렸다.

"언니, 난 아직 살아 있고 모든 게 엄청난 실수였어. 제발 문 좀 열어줘."

침묵이 흘렀다.

"편지를 보내지 말았어야 했어." 넬이 유리창 앞에서 외쳤다.

"정말 미안해. 언니를 속상하게 하려던 의도는 아니었어. 내가 무슨 생각이었는지 몰라……. 언니가 문을 열어줄 때까지 한 발짝도 움직이지 않을 거야." 넬이 간청했다.

그 순간 하늘에서 물방울이 떨어졌다.

"넬, 그만 가자. 너희 언니가 진정되면 다시 오자."

그 말에 넬이 휙 몸을 돌려 그렉을 쳐다봤다. "아니, 이렇게 갈 수 없어." 그리고 다시 창문을 두드렸다. 이제 굵어진 빗방울이 더욱 빠르게 얼굴과 목으로 흘러내렸다. "폴리 언니!"

그때 쾅 하는 문소리와 함께 집 앞에서 자동차 엔진 소리가 났다. 두 사람이 정문 쪽으로 뛰어왔을 때 이미 차는 길모퉁이를 돌아 사라진 뒤였다.

"언니는 절대로 날 용서하지 않을 거야."

"아니, 용서해. 네 앙심은 킷캣 하나 먹을 시간만큼만 지속되잖아."

넬이 몸을 돌리고 그를 마주 봤다. "대체 아직도 날 속속들이 안다고 자부하는 이유가 뭐야? 내가 지난 20년 동안 변하지 않았을 것 같아?"

"왜냐면 넌 그대로니까."

"난 숨길 만큼 깊은 감정이 없다는 말이야?"

"그렇게 말하지 않았어. 그런 뜻도 아니고. 그저 넌 마음속에 앙심을 담아두지 않는다고 했지. 맞다, 너희 어머니 댁에 가볼까?"

넬이 힘없이 고개를 끄덕이며 그렉의 차로 향했다.

한두 시간 전엔 이 계획이 흥미로웠고 심지어 재밌기까지 했다. 하지만 자신이 벌인 행동의 결과가 눈앞에 나타나자 그녀는 자신이 다른 사람의 감정과 삶을 가지고 놀았다는 사실을 깨달았다. 게다가 그들은 그녀가 사랑하는 사람, 그녀를 사랑해준 사람들이었다. 속에서 신물이 올라왔다. 그렉은 글로브박스에서 껌 한 통을 꺼내 넬에게 건넸다. 글로브박스가 닫히기 전에 넬은 그의 자동차 스피커에 연결된 전화기와 똑같은 모델의 휴대전화를 보았다.

"어째서 전화기가 두 대야? 차에서 지저분한 거래라도 하는 거야? 아니면 다른 가족이라도 있어?"

"꼭 알아야겠다면, 내 전화기의 복제품이라고 말해줄게. 전화기를 잃어버리거나 도난당하거나 클라우드를 해킹당했을 때 연락처, 사진, 파일을 지키는 용도지. 난 주 단위로 백업을 해서 모든 내용물을 취합해둬."

"굉장하네."

그렉이 어깨를 으쓱였다. "난 절대로 너 같은 상황에 처하지 않을 거야. 모조리 다 저기 들어 있으니까."

"복제 집, 현금 가방, 여권 복사본도 있는 거야?"

"나한테 그런 게 왜 필요한데? 날 비웃는 거야? 놀리는 거면 협조 못 해."

"그냥 궁금해서. 백업은 잘못된 상황에 대비한 보험이잖아.

그건 세상을 바라보는 상당히 부정적인 시각이 아닐까? 최악을 대비하는 일이고."

"최악을 대비하는 게 아니라 준비하는 거지."

넬이 계속 압박했다. "앞으로 5분 뒤에 무슨 일이 벌어질지 모르는데 준비해봐야 무슨 소용이야?"

"무슨 소용이냐고? 널 봐. 네가 예상치 못한 상황을 조금만 준비했더라면 지금과 같은 곤경에 빠지지 않았을 거야."

"난 곤경에 빠진 게 아니야."

"맞거든. 그리고 어쩌다가 나까지 이 일에 끌어들였지."

"내가 끌어들인 게 아니야, 그렉 게이지. 네가 같이 오자고 했잖아!"

"너한테 내 도움이 필요한 줄 알았어."

"네 도움은 필요 없어, 그렉. 네가 옆에 있어서 좋은 거라고. 이건 다른 문제야. 모든 걸 나 혼자 해결할 수 있지만 네가 옆에 있으면 살짝 더 즐겁다는 거지."

그렉이 슬쩍 입술을 씰룩거렸다. "살짝 더 즐겁다고? 그러면 얼른 일을 해결해볼까? 그리고 껌 포장지를 시트 옆에 찔러 넣지 말아줄래? 저기 밖에 개똥 버리는 통이 있잖아."

이웃에 사는 줄리 아주머니에게 엄마의 집 열쇠가 있었다.

"제니는 열흘 후에 집에 올 텐데." 줄리 아주머니가 이렇게 말하면서 열쇠를 찾아 건네주기까지 시간이 영원처럼 길게 느

꺼졌다. "그때까지 있을 거니?"

그 순간 넬은 그러면 이 모든 문제가 해결되리라는 생각이 들었다. 어린 시절 거의 토요일 밤마다 자신을 돌봐준 노부인에게 미소를 지으며 아직은 잘 모르겠다고 대답했다.

"그렇구나." 부인이 친절하게 대꾸했다. "너희 엄마가 늘 네가 여행 중인 신기한 곳들에 대해 이야기해준단다. 넌 정말 근사한 인생을 사는구나!"

넬이 미소 지었다. "또 올게요, 줄리 아주머니. 열쇠 감사해요. 건강하시고요."

넬과 그렉은 줄리 아주머니에게 받은 열쇠로 엄마 집에 들어갔다. 익숙한 엄마의 향수 냄새가 났다. 한때 책가방, 운동화, 하키 스틱, 아빠의 골프채 등으로 복잡하던 복도가 지금은 깔끔해졌다. 엄마와 남자친구의 커플 방수 재킷만 달랑 걸려 있었다. 침묵이 불안을 가중시켰다. 그 순간이었다.

-삐이이이이이. 삐이이이이이. 삐이이이이이.

경보기였다. 그렉은 손으로 귀를 막고는 큰 소리로 외쳤다. "젠장 너희 어머니, 언제 경보장치를 다신 거야?"

"나도 몰라!" 넬이 고함쳤다.

"열쇠를 받은 옆집에 가서 비밀번호를 물어봐. 난 장치가 어디 있는지 찾을 테니까."

넬은 엄지를 들어 올린 뒤 옆집으로 갔지만 아무도 없었다. 경보기 소리는 길에서도 크게 들렸다. 넬이 재빨리 돌아왔다.

"아주머니가 안 계셔."

"비밀번호를 아는 다른 사람은?"

폴리 언니. 넬은 곧장 거실로 뛰어가 증조부가 물려주신 에드워드 7세 시대의 책상 맨 위 서랍을 열었다. 엄마는 늘 거기에 손때 묻은 주소록을 넣어두었다. 폴리 언니의 번호를 찾았다. 엄마 집의 전화로 언니의 전화번호를 누르는 손가락이 떨렸고 귀가 멀듯한 시끄러운 경보음에 정신이 달아날 것만 같았다.

"엄마! 어떻게 벌써 왔어요? 그 소리는 뭐예요?"

"폴리 언니, 나 넬이야. 지금 엄마 집에 와 있는데 경보기가 안 꺼져. 비밀번호가 뭐야?"

"엄마 집에 무단 침입했니?"

"아니, 줄리 아줌마한테서 열쇠를 받았어."

"아주머니가 벌써 퇴원하셨어?"

"누구?"

"줄리 아주머니. 고관절 수술을 받고 바이러스에 감염됐거든."

"괜찮아 보였어. 비밀번호 좀 알려줘."

"0810 Star야."

"그렉! 0810 Star래!" 넬이 복도를 향해 소리쳤다.

"내 생일이잖아!" 넬이 갑자기 알아차렸다. 날마다 엄마는 넬의 생일을 키패드에 입력했다. 매일. 넬은 집을 생각하기는커녕 몇 달씩 해외에 나가 있었는데 엄마는 그녀의 생일을 상점에

갔다 와서, 미용실에 다녀와서, 친구랑 커피를 마시고 와서 키패드에 입력했다.

그 생각을 하니 너무 힘들었다. 1.6킬로미터도 안 되는 거리에 사는 폴리 언니는 엄마 곁에 머물면서 언제 이웃이 관절 수술을 받았는지까지 알면서도 바뀌지 않는 엄마의 비밀번호에 어떤 내색도 하지 않았다.

"정말 미안해." 넬이 소리를 지르는 순간 경보음이 멈추면서 그녀의 큰 목소리가 전화선을 타고 울려 퍼졌다. 그리고 언니가 크게 숨을 헐떡거리는 소리가 들렸다.

"언니? 내 말 들려?"

"들려. 온 동네에 다 들려."

"그 편지에는 어떤 의도도 없었어."

"아니, 있었어."

"예전의 나라면 그랬을지도 몰라. 하지만⋯⋯."

"예전의 너라고?" 폴리가 비아냥거렸다. "편지는 며칠 전에 부친 건데 그 이후로 성격 이식이라도 받은 거야?"

그렇다고 말해도 언니는 믿지 않을 것이다.

"넬, 밖에 경찰차가 도착했어." 그렉이 복도에서 외쳤다.

"언니, 그만 끊을게. 다시 전화할게."

"제발 하지 마." 그렇게 전화가 끊겼다.

넬은 경찰 두 명에게 서둘러 아래층 화장실 문을 열어 가족사진을 보여주며 자신이 빈집 절도범이 아님을 증명했다. "헛

걸음하게 해서 죄송합니다. 비밀번호를 잊어버렸지 뭐예요."

"다들 그러니 걱정 마세요. 좋은 하루 보내세요."

두 번째 경찰이 여전히 옷방 앞에서 사진을 살폈다. "넬 그레이엄?"

"그런데요?"

"세상에, 나야. 캐런 필모어! 같은 학년이었잖아!"

"아, 와, 캐런, 세상에, 이런 우연이! 우리랑 같은 학년이었던 그렉 게이지 기억나?"

"어머나, 너희 둘이 아직 사귀니? 너무 근사하다. 너흰 항상 멋진 커플이었지. 나도 이안과 결혼했어. 애는 몇이니? 우린 셋이야. 우리 다 같이 모이면 되겠다."

"아, 아니. 우린 애가 없어……."

"아, 정말 미안해. 내 입이 방정이야." 캐런은 아랫입술을 살짝 내밀고 고개를 한쪽으로 기울였다.

넬이 얼른 대꾸했다. "우리는 그냥……."

"너희 둘을 우연히 만났다고 하면 이안이 안 믿을 거야! 어째서 예전에는 만나지 못했을까? 넌 어디서 축구를 봐, 그렉? 이안은 늘 블라인드 버스커에 가는데 널 봤단 말이 없던데."

"난 축구에 별로 관심이 없어……."

"내 연락처를 줄 테니까 날씨가 좋을 때 우리 해변 오두막에 가자. 안에 가스레인지를 들여놨어."

그렉이 대꾸하려는 순간 넬이 그의 팔을 잡았다. "정말 근사해, 캐런. 그렉은 해변 오두막이라면 환장하거든."

경찰이 돌아간 뒤 넬은 주방으로 가서 주전자에 수돗물을 채웠다.

"뭐 하는 거야? 편지를 찾아서 돌아가는 거 아니었어?"

넬은 지난 30분간 벌어진 소란 때문에 편지에 대해 까맣게 잊고 있었다. 주방 테이블에 쌓인 우편물을 뒤적여봤지만 그녀의 편지는 없었다. 아직 도착하지 않았을 수도 있다.

"난 여기 좀 있을까 싶어."

"뭐라고? 너 혼자 여기 있으면 안 돼." 그렉이 익숙하게 주방 찬장을 열고 머그잔 두 개를 꺼내서 넬에게 주었다. 기억이 불러낸 본능적이고 일반적인 행동이지만 이곳에 편안하게 있는 그렉을 보니 왠지 넬은 불안했다.

"왜 안 돼?"

"다음 주가 크리스마스야. 나랑 같이 런던으로 돌아가자. 어쨌든 난 크리스마스와 새해 사이에 일주일 휴가를 쓸 거야. 재밌게 놀자."

"넌 이미 너무 많이 도와줬고 더는 부담 주기 싫어. 이 집은 앞으로 한두 주 정도 비어 있을 테니 난 여기 쪼그리고 앉아 내 다음 행선지를 생각할 거야."

"그러니까 다시 떠나겠다는 거야?"

"다음 행선지란 내가 옮겨갈 다음 장소가 아니라 그냥 은유적인 표현이야."

"그러면 영국에 있을 거야?" 그렉의 목소리에는 희망이 가득했다.

넬은 어린아이 같은 그의 낙관성에 현실을 끼얹어주고 싶었다. "확실하진 않아. 이 모든 일이 다 처음이니까. 그동안 내가 해왔던 결정들과는 다르잖아. 오늘 이전까지는 모든 일이 디데이를 향하고 있었는데 이제는 눈앞에 아무것도 안 적힌 깨끗한 달력 같은 창창한 미래가 활짝 펼쳐졌어. 끔찍하지만 신나. 그리고 내가 잘못 쓸까 봐 엄청 걱정되기도 하고."

"내 생각에 런던으로 돌아가는 게 최선이야. 네가 생각을 정리할 수 있도록 도와줄게."

그렉은 충분히 도움이 되었지만 그가 주도하는 방식이 그녀에게는 어딘가 껄끄러웠다. 항상 이런 식이었다. 십 대 때는 뭐가 좋은지를 판단하는 그의 직관력이 뛰어나기도 하고 넬이 직접 결정할 필요가 없는 것이 고맙기까지 했다. 하지만 지금 그녀는 더 이상 열아홉 소녀가 아니다.

"아니, 난 여기가 좋아." 넬이 말했다.

"넬, 이러지 마. 생각 좀 해보라고."

"생각하고 있어. 나도 계획을 세우고 이제 어떡할지 결정해야 해. 그리고 내게 필요한 건 여기 다 있어."

"날 귀찮게 해도 괜찮아."

넬이 인상을 썼다. "거 참 이상한데."

"무슨 뜻인지 알잖아. 네 에너지가 어떤지 난 잊고 있었어.

네가 주는 영향력이 좋아."

"고작 이틀 동안 나랑 같이 있었을 뿐인데 내 에너지와 영향력에 대해 이야기한다고?"

그는 손을 머리로 가져갔다. "맞아. 다시 너를 만나고는 내가 너무 일에만 파묻혀서 돈을 버는 데만 열중하고 노는 건 잊어버렸다는 점을 깨달았거든."

"호텔에서 도망치고, 남의 집에 무단 침입하려다 실패하고, 비를 쫄딱 맞고, 경보기를 해제하다가 옛 친구였던 지구대 경찰과 마주치는 일이 노는 거야?"

그러자 그렉이 씩 웃었다. "수십 년 만에 가장 즐거웠어."

넬은 자신도 모르게 미소를 지었다. "네가 지금껏 한 말 중에 가장 근사하네."

"우리 부모님이랑 크리스마스를 같이 보내지 않을래? 너 혼자 여기 있는 걸 상상하기 싫어."

넬은 그렉의 어머니를 좋아했다. 친절하고 인정 많은 분으로 같이 시간을 보내고 음식을 만들며 조언도 들었다.

그렉이 주방을 살폈다. "여기 돌아오니 정말 이상해. 이 테이블에 너랑 같이 앉아서 보낸 시간들이 떠올라. 20년이란 공백이 없었던 것 같아."

둘은 옛 시절을 떠올리며 한동안 서로의 눈을 바라봤다.

그렉이 헛기침을 했다. "좋아. 그럼 난 가볼게. 필요한 게 있으면 알려줘." 그는 제니의 전화번호부에 자신의 번호를 남겼다. 그런 다음 주머니에 손을 넣더니 20파운드 지폐 다섯 장을 꺼냈다. "지금 가진 현금은 이게 다지만 일주일 정도는 생활할 수 있을 거야."

"안 줘도 돼."

"줄 거야. 넌 아무것도 없잖아."

나쁜 의도는 조금도 담겨 있지 않았음에도 그 말이 넬의 뺨을 후려쳤다. '넌 아무것도 없잖아.'

넬은 엄마의 체취가 묻은 담요를 덮고 소파에 가만히 웅크리고 있다가 해 질 무렵에야 그렉의 말이 틀렸다는 사실을 깨달았다. 그녀도 가진 것이 있다. 바로 두 번째 기회다.

4.

넬은 어린 시절 쓰던 방에서 자면서 추억을 꺼내보기로 했
다. 그런데 넬의 생각은 물거품이 되고 말았다. 엄마의 남자친
구가 그녀의 방을 로잉 머신(조정 선수들이 실내에서 훈련할 때 쓰는
운동 기구—옮긴이)과 웨이트 장비로 가득 채워버렸기 때문이다.
폴리 언니가 쓰던 방은 어린이 천국으로 바뀌어 있었다. 한쪽
벽면에는 커다란 열기구 스티커가 가득 붙어 있고, 다른 벽에
는 캐노피가 달린 싱글 침대가 자리했다. 베아트리스가 가끔 여
기서 자는 모양이었다. 넬은 엄마가 훌륭한 할머니가 되어 애플
크럼블을 잘 만들어주고 보드게임도 잘할 거라고 확신했다.

집에 돌아왔다는 안도감에 압도당했는지 넬은 아홉 시간을
내리 잤다. 샤워를 한 뒤에 엄마의 청바지와 스웨터를 걸치고

중고 가게에서 산 옷들을 세탁기에 돌렸다. 그런 다음 주방 찬장에서 엄마의 노트북을 꺼내고 커피 한잔을 탄 다음 소파로 돌아왔다.

넬은 엄마가 노트북 보안에 전혀 관심이 없다는 점에 당황하면서도 안도감을 느꼈다. 비밀번호도 걸어놓지 않고 파일명도 애매하게 짓지 않았다. 클릭 한 번으로 청구서, 업무, 휴일, 가족, 관리, 취미를 모조리 살필 수 있었다. 엄마에게 취미가 있다는 점이 너무 의외라서 취미 폴더를 클릭했다. 그런데 폴더 안에는 사진과 웹사이트 링크가 가득했다. 상상할 수 있는 모든 근사한 장소에서 중년 여자가 배낭을 메고 서 있는 사진, 나이 든 여자들이 무릎에 책을 펴두고 모여 앉아 와인을 마시는 사진, 짧은 백발의 두 여자가 카누에서 노를 하늘 높이 들고 찍은 사진 등등.

넬은 사진에서 엄마를 찾았지만 없었다. 그러다 한 사진에서 워터마크를 보고는 여기 담긴 사진이 엄마의 취미 생활을 찍은 것이 아니라 구글에서 퍼온 엄마의 위시 리스트임을 깨달았다. 넬은 엄마의 꿈을 몰래 엿본 것 같은 죄책감에 재빨리 폴더를 닫았다.

넬은 구글 페이지를 열어놓고 손가락으로 초조하게 테이블을 두드렸다. 이제 그녀 앞에는 〈오즈의 마법사〉에 나오는 노란 벽돌길처럼 인터넷 세상이 펼쳐졌다. 그녀는 어디부터 가야 할지 감이 오지 않았다. 우선 일자리부터 찾기로 했다. 그러려면 집 주소와 은행 계좌가 필요한데. 자신에게 남은 모든 것을 기부했던 자선단체에 연락해 전부 돌려달라고 하면 너무 끔찍한 짓일까? 그럼 어쩌지? 그냥 새로 이메일 주소부터 만드는 것이 올바른 첫걸음 같았다.

넬은 페이스북과 인스타그램에 친구 목록을 채우려다 멈추고는 새로운 넬에게 이들이 필요할지 생각해보았다. 인생의 두 번째 기회, 새로운 넬에게 그들이 필요할지 아직 잘 모르겠다. 넬은 우선 검색어를 입력했다.

여자의 평균 수명

82.6년. 넬은 수학에 약했기에 계산기를 열었다. 82.6 - 38.2 = 44.4. 넬은 44년 치의 계획을 세워야 한다. 너무 벅차다. 대체 44년을 뭐로 채워야 할까? 다시 검색어를 입력했다.

의미 있고 행복한 삶을 사는 법

감사하는 습관 들이기. 열정 찾기. 친절하게 행동하기. 생각이 비슷한 사람들과 어울리기. 관계 구축하기. 긍정적으로 생각하기.

넬은 검색 결과 나온 문구를 다시 읽어보았다. 일단 노트에 이 문구들을 적었다. 다음번 인생의 결정에 확신이 들지 않을 때 찾아보기로 마음먹었다.

영국에서 아이를 갖는 평균 연령

30.6세. 왜 검색해봤는지 모르겠다. 아이를 가질 생각조차
해본 적이 없는데. 그렇지만 헤일리가 자신에게 미래가 있을 거
라는 사실을 깨달은 즉시 결혼해서 아이를 낳겠다고 결정한 것
을 보고 넬도 결혼과 출산에 대해 다시 생각해보게 됐다.

아이들은 안정적으로 키워야 하지 않을까? 넬은 한곳에 정
착한 전형적인 사람들과 거리가 멀었다. 여행을 다니면서 앞에
는 배낭을, 등에는 아이를 메고 잉카 트레일 등을 누비는 부모
들을 많이 만났으니 자신도 할 수 있을지 모른다. 그렉은 자기
아이들도 넬과 그렉이 호브에서 보낸 그런 어린 시절을 가지길
바랐고, 해변 오두막이 있었으면 좋겠다고 했다. 넬은 그렉이
아이들의 학교 수업을 빼고 갈라파고스 제도를 항해하자고 제
안하는 그런 아빠가 될 거라고 예상했다.

영국에서 한 사람이 사는 데 드는 비용

일 년에 2만 6000파운드. 그래, 이걸 보면 영국에 머물지 말
지 쉽게 결정할 수 있겠구나. 넬은 생각했다.

세상에서 가장 행복하고 물가가 싼 나라는?

부탄. 흥미롭군. 그녀는 생각했다. 아직 가보지 못한 나라였다.

부탄까지 가는 비행 시간

19시간 45분, 연결편 3편, 비용은 650파운드부터 시작.

부탄의 일자리

소프트웨어 엔지니어, 여행 컨설턴트, 농업 노동자. 해볼 만하겠는데. 그리고 이 아래 사진은…… 코미디언 톰? 갑자기 그녀의 모니터에 톰의 사진이 쭉 떴다. 덥수룩한 곱슬머리 아래로 뻔뻔하게 웃고 있는 모습이었다. 무대에서 스탠드 마이크를 잡고 있는 사진도 몇 장 있었다.

톰을 보니 여러 감정이 올라왔다. 넬이 쓴 편지 중에 그에게 보낸 것이 가장 쓸모 없었다. 엄마는 사랑이 가득 담긴 편지를 받아야 하고, 그건 그렉도 마찬가지였다. 폴리 언니는 진실을 알아야 했고, 아빠에게 보낸 편지에도 후회가 전혀 없었다. 그런데 톰은? 안 지 세 시간도 되지 않은 인물이었다. 넬은 첫 번째 사진을 클릭했다.

톰 래들리는 날카로운 위트와 통찰력 있는 지식, '죽여주는 남성미'로 베드퍼드에서 가장 사랑받는 인물이다. 지난 다섯 번의 쇼는 곧장 매진되었고 새해에는 새로운 쇼인 〈버킷 리스트〉로 남부 전역에서 극장 투어를 할 예정이다.

버킷 리스트라니! 넬은 모든 톱니바퀴가 맞아떨어지면서 걷잡을 수 없는 분노가 치밀었다. 그녀가 봤던 공연의 한 장면만으로도 충분히 기분 나쁜데 그걸로 공연 투어를 돈다고? 게다가 그는 뻔뻔하게도 사과하는 메모까지 남겼다. 지금쯤 그녀가 죽고 없을 거라 생각하고 다시 그녀를 터무니없는 사람으로 만들기로 결심한 것이다. 부탄에서 새로운 인생을 시작하자는 생각이 확 달아났다.

그때 엄마의 집 전화가 울리는 바람에 넬은 화들짝 놀랐다. 전화기를 쳐다보며 받을지 말지 잠시 생각했다. ① 여긴 내 집이 아니다. ② 혹시라도 자신을 찾는 전화라면 그렉일 것이고 아직 그에게 뭐라고 할지 모르겠다. ③ 여긴 내 집이 아니다. 자동 응답기가 켜졌다.

아빠의 목소리가 흘러나왔다. "제니, 나 토니야. 메시지 들으면 바로 전화해줘. 난, 그러니까 넬한테서 연락을 받았어. 그런데……." 아빠의 목소리가 갈라졌다. "부탁이니 연락해줘. 집 전화 말고 휴대전화로."

넬은 아빠의 목소리에 팔뚝의 털이 곤두섰다. 아빠의 목소리가 너무 슬프게 들렸다. 넬은 어째서 가족의 아픈 곳을 건드리기로 결심한 걸까? 수화기를 들려고 손을 뻗는데 다시 전화가 울렸다. 벨이 네 번 울린 뒤 응답기가 작동했다.

"제니, 당신이 집으로 가버리고 나만 여기 홀로 남아서 정말 슬펐다는 말을 하고 싶어. 어젯밤에 혼자 저녁을 먹는데 완전히 멍청이가 된 기분이었어. 그러다가 여러 커플이 앉은 테이블에서 날 불쌍하게 봤는지 합석하자고 했어. 그들은 정말로 재미있는 사람들이었어. 당신도 좋아했을 것 같아. 우리가 전에는 왜 다른 사람들과 같이 앉지 않았나 모르겠어. 넬은 죽었어. 서둘러 돌아가 봐야 당신 속만 더 상할 텐데. 당신이 정신 차리고 돌아오고 싶어 할 때쯤이면 크루즈 여행은 끝날 거고 난 집으로 돌아갈 거야. 그러니까 내 마음의 짐은 내려놓을게. 그리고 내가 돌아가서 도와줄 테니까 넬의 장례식은 연기해. 아마도 새해가 지나야겠지. 크리스마스 휴가 동안 밀린 일이 많을 테니까."

"넬은 죽었어"라는 레이 아저씨의 말은 무슨 의미일까? 그리고 어떻게 알았지? 그리고 엄마가 집에 온다고?

넬은 겁에 질려서 거실을 둘러봤다. 어젯밤에 먹은 저녁 식사 접시가 커피 테이블에 놓여 있고 그 옆에는 혼자 마시던 와인 반병, 반쯤 빈 커피잔 두 개가 흩어져 있었다. 집 안의 라디에이터에는 빨래들이 널려 있었다. 넬은 여전히 열여섯 살처럼 굴고 있었다.

한 시간 뒤, 그녀는 테이블 위의 물 자국을 힘들게 지웠고 자신이 사용한 모든 그릇을 씻어 말려서 찬장에 넣어두었다. 넬은 다시 자기 옷을 입고 엄마의 옷은 잘 접어서 옷장에 넣었다. 자동 응답기에 남은 두 개의 메시지는 삭제했다. 엄마는 레이 아저씨의 말을 들을 필요가 없을 거고 넬은 곧 아빠와 일을 해결할 테니까.

폴리 언니에게도 두 번이나 연락했지만 전화를 받지 않았다. 넬은 주방에서 불안하게 서성였다. 엄마 남자친구의 말처럼 엄마가 지금 돌아오는 중이라면 아주 많은 질문이 생겨난다. 넬의 편지는 엄마 손에 전해지지 않았고 폴리 언니도 엄마에게 미처 소식을 전하지 못한 듯했는데, 어떻게 엄마는 딸이 죽었다는 걸 알았을까?

어쨌든 폴리 언니도 넬이 정원의 전나무 뒤에서 나왔을 때 마치 유령을 보는 것 같았으니 엄마도 다이닝 테이블에 앉아 있는 그녀를 본다면 겁을 먹을 수도 있다. 넬은 손목시계를 살폈다. 이제 곧 정오다. 무거운 심정으로 그녀는 전화를 들어 아빠에게 연락했다. 벨이 세 번 울렸다.

"누구세요?" 짜증난 여자의 목소리가 흘러나왔다.

케이티는 8년 전에 나타났다. 그녀는 부동산 개발 사업 영업을 담당하는 아빠의 법률팀에서 법률 보조로 일했다. 넬이 열여섯 살 때쯤 시작한 아빠의 일은 눈덩이처럼 불어나 10년 뒤에는 고급 주택 72채를 짓게 되었다. 아빠는 진입로에 번쩍거리는 새 차를 끌고 왔고 날마다 우편함에는 아빠가 살고 싶어 하는 수백만 파운드짜리 부동산의 소개 책자가 날아들었다. 그사이 엄마는 자신이 아끼는 집 주변에 직접 도랑을 파고 이사 가길 거부했다.

넬은 자기 삶에 너무 몰두한 나머지 가끔 집에 들를 때마다 아빠가 눈 밑의 불룩한 지방을 성형으로 제거하고 지역 이발소에서 매주 수염을 다듬고 옷도 새로 싹 사들인 사실을 알아차리지 못했다. "와, 아빠 차의 가죽 좌석이 따뜻해지다니 놀라워요. 너무 신기해요" 혹은 "애프터셰이브 바꿨어요?"라고 지나가는 말로 묻고는 이내 잊어버렸다.

넬이 서울에 살던 때 아빠가 케이티와 함께 살기 위해 집을 나갔다고 엄마가 이메일로 알려주었다. 처음으로 엄청난 불신과 실망감을 느껴보았다. 어떻게 근사한 아빠가 이런 일을 할 수 있지? 어떻게 아빠가 30년 이상 한눈팔지 않고 자신에게 헌신한 아내를 버리는 진부하고 상투적인 행동을 저질렀을까? 사랑스럽고 다정하고 우아한 아내는 두 자녀를 키우기 위해 자기 커리어를 포기하고, 남편의 셔츠와 골프 옷을 다림질하며, 저녁 만찬을 준비했는데, 남편은 열선이 깔린 연비가 높은 차를 타고 해피 엔딩을 찾아 떠나다니.

엄마의 거실에 앉아서 그 여자의 목소리를 듣고 있자니 지난 세월 넬이 품었던 분노가 끓어올랐다.

"듣고 있는 거 알아요." 케이티의 고음이 들렸다. "전화 좀 그만해요. 그이가 유부남인 거 알아요?"

"남편분에게 메시지를 전해줄래요?"

"누구시죠?"

"넬이에요."

"넬 누구?" 케이티는 여전히 의심하는 목소리로 물었다.

"딸이에요."

"그래요?"

"네, 안녕하세요. 결혼 축하해요."

"몇 년 전 일이에요."

"네, 맞아요. 그래도 축하를 안 하는 것보다는 나으니까."

"당신 아버지는 지금 여기 없어요. 전화기를 두고 갔어요. 난 당신 아버지의 전화를 대신 받지 않아요."

"그럼 그냥 메시지만 전해주세요. 내가 죽지 않았다고요."

1초간 정적이 흘렀다. "당신이 죽지 않았다고요?"

"네. 난 죽을 줄 알았거든요. 근데 안 죽었어요. 그리고 아빠는 내가 죽었다고 생각할 거예요. 그러니까 내가 지금 멀쩡히 살아서 호브에 있고 사실은 아빠를 한번 보고 싶어 한다고 전해주세요."

"그렇게 전하죠. 당신 번호를 그이가 가지고 있나요?"

"난 전화가 없어요. 하지만 지금 엄마 집에 머물고 있어요." 넬은 그 말을 하며 움찔했다.

"아, 크루즈에서 돌아왔나 봐요?"

"그게, 아니, 아직은 돌아오지 않았어요." 케이티가 어떻게 알고 있는 거지?

"그리로 전화하라고 전할게요. 드디어 통화하게 되어서 반가웠어요, 넬."

넬은 그냥 이렇게 대꾸했다. "네, 잘 지내세요."

집은 고요하고 적막했다. 넬은 소파에 앉아 한때 사진이 잔뜩 붙어 있고 크리스마스마다 양말 두 개가 걸리곤 했던 벽난로를 멍하게 바라보았다. 엄마가 어떤 비행기를 어디서 탔는지 몰라서 찾아볼 수가 없었다. 엄마가 돌아왔을 때 자신이 여기 있는 게 나을지도 판단이 서지 않았다.

그렉이라면 알겠지. 꼭 전화를 기다린 사람처럼 두 번째 통화 연결음이 울리자 그렉이 전화를 받았다.

"내가 볼 땐 말이지." 진퇴양난의 상황에서 여러 선택지에 대해 들은 뒤 그가 말했다. "꽤 간단한 문제야. 넌 이때를 이용해 엄마를 위한 특별한 뭔가를 준비하면 돼. 네가 엄마를 걱정한다는 점을 보여주고, 관계를 회복하고 싶다고 표현하는 거야."

"그래서 너한테 연락한 거야. 넌 어떻게 해야 할지 알 것 같아서."

"너희 어머니가 크리스마스를 챙기지 않게 되었다면 집에 아무 장식도 없겠지? 네가 엄마를 위해 준비하면 어때? 집 안을 아름다운 축제 분위기로 꾸미는 거야. 근사한 요리도 하고. 너

희 어머니는 널 원하고, 너와 시간을 보내고 싶어 하셔. 이번에
는 도망치지 마, 알았지?"

넬이 한숨을 쉬었다.

"넌 할 수 있어. 난 널 믿어."

"내가 뭘 해줬다고 이렇게 잘해주는 거야. 아무튼 고마워."

"내가 해주기만 한 건 아니야. 널 다시 만나면서 모르는 사이
에 내가 우리 아버지처럼 변했다는 점을 깨달았어. 그래서……
난 인생에 변화를 줘볼까 해."

"뭐라고?"

"석 달 동안 무급 휴가를 신청했어. 인생은 너무 짧잖아, 안
그래? 눈 깜짝할 사이에 다시 10년이 지나가버릴 거야. 그때 내
가 가진 거라곤 더 두둑해진 통장 잔고와 더 납작해진 사무실
의자뿐이겠지. 내 눈을 가렸던 비늘이 벗겨지면서 이제 아주 분
명히 볼 수 있게 되었어. 더는 남들처럼 살고 싶지 않아."

"좀 진정하고 제대로 생각해봐. 넌 내가 아니잖아. 난 이유가
있어서 그런 삶을 살았던 거니까."

"나도 마찬가지야. 네가 보여줬잖아! 온 세상이 우리 것이었
다고."

넬은 전화기를 내려놓고는 눈을 감고 천장으로 고개를 들었
다. 한 사람이 나흘 만에 얼마만큼 큰 피해를 입힐 수 있을까?

5.

100파운드면 꽤 많은 것을 살 수 있을 거라 생각했는데, 현실은 키 150센티미터가 조금 넘는 크리스마스트리, 꼬마전구한 상자, 생닭 한 마리 정도밖에 살 수 없었다. 넬은 슬픈 표정으로 물건들을 쳐다봤다. 잠시 생각한 다음 트리를 도로 가져다 놓고 꼬마전구를 네 상자 더 샀다. 그렉의 말이 맞다. 의심이 들땐 작고 반짝이는 것들을 켜두는 편이 좋다. 그렇다 해도 지금까지 쌓아올린 경력을 모두 버리겠다는 그렉의 결정은 잘못되었다. 그렉과의 통화 이후 넬은 그 생각을 떨쳐버리지 못했다.

우유가 든 냉장고 앞에 한 가족이 모여 시끄럽게 길을 막고 있었다. 카트에 앉은 두 아이가 흥분한 얼굴로 비명을 지르며 부모가 넣어둔 물건을 마구 던졌고, 아이 아버지는 바닥에 떨어진 물건을 다시 카트에 넣었다. 이 웃긴 순환이 계속 반복됐다. 아이 엄마는 어깨와 턱 사이에 전화기를 끼우고 통화를 하면서 한 손으로 냉장고를 열어 2리터짜리 우유를 꺼내려 했다. 넬은 그 소동에 끼고 싶지 않아 뒤로 물러나 다른 사람들이 얼른 물건을 챙겨 자리를 비켜주기만 기다렸다.

통화를 끝낸 여자가 아이들에게 얌전히 있으라고 소리치다가 넬을 보았다. 그녀의 얼굴이 환한 웃음으로 변했다. "넬!" 캐런이었다. "방금 이안에게 어제 널 만났다고 말했어. 이안, 넬이야, 기억나지? 학교를 같이 다녔잖아?"

이안은 미소와 함께 고개를 끄덕이며 악수를 청했다. 방금 전에 그가 슈퍼마켓 냉장고 밑에 손을 집어넣고 아이들 얼굴에 묻은 액체도 닦는 것을 보았음에도 넬은 어쩔 수 없이 악수를 했다.

"그렉도 여기 있어?"

"아니, 며칠 런던에 가 있어."

캐런이 눈썹을 들썩였다. "런던? 런던에서 뭘 하는데?"

"거기서 일해."

"무슨 일을 하는데?" 이안이 물었다.

"금융 쪽인 것 같아." 넬이 대답하고는 두 아이를 향해 눈을 찡그렸다가 크게 확 떠서 아이들을 웃게 했다.

"넌 모른다는 뜻이구나." 캐런이 웃었다.

넬이 미소로 대꾸했다. "너도 알잖아, 난 숫자에 약한 거."

"우린 수학 과목에서 같이 바닥을 맡았지 아마?" 이안이 말했다. "지금 난 목공 업체를 운영하고 있어."

"넬, 넌 뭐 해?"

"난 구직 중이야." 넬이 말했다.

"경찰에선 늘 사람을 모집하고 있어." 캐런이 말했다. "특히 여자."

"그래." 넬이 대답했다. "나도 한번 알아볼까 봐. 그럼 이만 가볼게. 만나서 반가웠어."

"잠깐만, 그렉은 언제 내려와?"

"23일에."

"크리스마스에는 늘 동창들이랑 콘노트에 놀러 가. 너도 와. 빌리, 리, 캐서린, 다른 캐런, 티모, 케이트 모두 올 거니까. 재밌을 거야!" 캐런이 요란한 손짓으로 얼마나 재미있는지 강조했다.

"확실히 재미있을 것 같네."

"우리는 아이들을 재우고 8시부터 거기 있을 거야." 캐런이 아직 계산도 안 한 초콜릿 비스킷 봉지를 뜯어 즐겁게 증거 인멸 중인 골칫거리들 쪽으로 고갯짓했다.

집으로 돌아오면서 넬은 캐런과 이안의 삶에 대해 생각해보았다. 고향에서 가정을 꾸리고 어릴 적부터 알던 사람들과 친구로 지낸다. 슈퍼에서 캐런이 말한 친구들의 이름은 친숙했지만 그들에게 어떤 애착이 있진 않았다. 그렉을 제외하고는 수학 시간에 누가 자기 옆에 앉았는지, 네트볼 팀에서 누구와 같이 뛰었는지 기억이 가물거렸다. 넬의 학창 시절 전부가 그렉에 집중되었고 다른 아이들은 늘 언저리에 있었다.

넬은 캐런과 이안의 인생 경험이 서식스주 바닷가 마을에 한정된 점, 그래서 도시 경계 밖으로 넘어가지 못하는 점에 안타까움을 느꼈지만 동정심은 재빨리, 그리고 놀랍게도 다른 것으로 대체되었다. 거의 느껴보지 못했던 감정이라서 무엇인지 파악하기까지 시간이 걸렸다. 바로 부러움이었다.

쇼핑백을 들고 엄마 집이 있는 길가 모퉁이를 도는데 텅 빈 공항 택시가 옆을 지나갔다. 넬은 멈춰 서서 멀어지는 후미등을 쳐다보며 그렉의 말을 떠올렸다. '이번에는 도망치지 마, 알겠지?'

복도에 여행 가방이 놓여 있었다. 엄마가 짐을 찾을 때 알아보기 쉽도록 손잡이에 늘 달아놓은 노란색 리본도 그대로였다. 수능이 끝나고 그렉과 둘이서 처음 배낭여행을 갈 때도 엄마가 넬의 배낭에 리본을 묶어줬다. 리본은 일 년 내내 그 자리에 달려 있다가 차츰 해졌지만 볼 때마다 집을 떠올리게 해줘서 미소가 지어졌다.

"엄마?" 넬이 계단 앞에서 망설이는 목소리로 불렀다.

"내 방에 있어, 폴리." 엄마가 지친 목소리로 대답했다.

넬은 마음이 흔들려서 아랫입술을 꽉 물었다. "찻물을 올릴까요?"

"그래 주면 좋겠구나."

물이 끓기를 기다리는 동안 넬은 자책했다. 손이 너무 떨려서 두 잔이 아닌 한 잔만 겨우 들고 계단을 올랐다. 맨 위 계단에서 걸음을 멈추고 용기를 모았다.

넬은 발로 문을 밀어 열었다. 엄마가 침대에 몸을 웅크리고 창밖을 쳐다보고 있었다. 화장대 거울에 비친 얼굴은 말 그대로 흙빛이었다. 엄마는 눈을 감고 턱을 아래로 당겼다. "그냥 테이블에 놔둬."

"엄마?" 넬은 침대로 가서 엄마 옆에 앉아 등을 부드럽게 어루만졌다. "엄마? 저예요, 넬."

그러자 엄마의 몸이 굳어졌다. 엄마는 눈을 크게 뜨고는 거울에 비친 넬의 눈을 바라봤다. 딸의 안색을 보고 숨을 헉 들이마시고는 거칠게 호흡했다. 엄마는 따뜻한 손으로 딸의 손을 잡더니 몸을 돌리고 얼굴을 마주했다. "세상에, 넬이구나."

엄마는 넬을 꽉 붙잡고 크게 흐느끼면서 딸이 죽지 않았다는 사실에 모든 감정을 토해냈다. 안도, 기쁨, 절망, 지침, 에너지, 후회, 고마움이 아름다운 한 덩어리로 얽혔다.

"정말 죄송해요." 넬이 엄마의 어깨에 기대 눈물을 흘렸다. "정말 죄송해요. 다 제 탓이에요. 죄송해요, 엄마."

"아니, 괜찮아. 이제 전부 괜찮아." 엄마가 넬의 머리카락을 쓸어주었다. 엄마는 넬의 얼굴을 연신 손으로 쓰다듬으면서 딸이 진짜 살아 있는지 확인했다.

"솔직히 제 마음은⋯⋯." 넬이 말문을 열었다. "그날 죽을 거라는 생각을 안 했다면 편지를 보내지 않았을 테고 엄마를 속상하게 만들 일도 없었겠죠."

엄마는 딸에게 힘없이 미소를 지어 보였다. 엄마는 부모가 절대로 겪어선 안 되는 마음고생을 했다.

"많이 피곤하실 텐데 좀 쉬는 게 어떨까요, 엄마?"

그 말에 엄마의 얼굴에 공포가 스쳤다. "가지 마."

"아래층에 있을게요. 약속해요." 넬은 엄마에게 이불을 덮어준 다음 조용히 방을 나와 문을 닫았다. 넬은 엄마가 겪은 고통을 상상해보았다. 그래야 다시 이런 일을 벌이지 않을 테니까.

엄마가 주무시는 동안 넬은 거실과 주방을 꼬마전구로 장식하고 허브를 뿌린 닭을 오븐에 넣었다. 달리 할 일이 없어서 싱크대 아래 수납장에서 청소 도구를 꺼내 냉장고를 깨끗이 닦고 주전자의 석회를 벗겼다. 그리고 주방 테이블 앞에 앉아 정원을 바라보는데 엄마가 옷을 갈아입고 아직 머리에 물기가 남은 상태로 뒤에서 다가왔다.

"너무 근사하구나, 넬. 난 환한 게 좋더라."

"엄마에게 근사한 걸 해주고 싶었어요."

"게다가 맛있는 냄새도 나는데."

"로스트치킨을 했어요. 아직 30분 더 구워야 해요. 차를 한 잔 더 드릴까요?" 넬이 의자에서 일어났다.

엄마가 도로 앉으라고 손짓했다. "내가 만들게. 이걸 준비하느라 힘들었을 테니."

엄마는 편지에 관해 아무것도 묻지 않았다. 그냥 주방을 새로 칠할 계획, 옆집 줄리 아주머니가 무사히 퇴원해서 얼마나 기쁜지만 이야기했다. 넬이 경보기를 건드려서 경찰이 출동한 이야기를 하면서 두 사람은 웃음을 터뜨렸다. 넬은 최근에 우연히 그렉을 만났다는 말도 했다.

"참 괜찮은 아이야." 엄마가 말했다. "너희 둘은 항상 서로에게 최고였어. 상점이나 병원에서 패티를 만날 때마다 우린 늘 그 이야기를 해."

엄마의 말이 이어지는 동안 넬이 움찔했다. "그 애는 엄청 잘하고 있어. 회사의 이사직에 오르려는 목표를 향해 잘 가고 있고. 몇 년 전에는 패티의 주택 담보대출금도 다 갚아줬지. 형제한테도 그렇게 한다더구나. 마음이 정말 고운 아이야. 그렉 게이지를 되찾지 않으면 넌 훨씬 힘들 수도 있어."

"엄마, 이러지 말아요." 넬이 웃으며 말했다. "아직은 중대한 결정을 내릴 준비가 안 됐어요. 살아 있는 것에 감사하고 엄마랑 같이 이 주방에 있는 것이 좋은걸요."

제니가 팔을 뻗어 딸에게 손을 포갰다. "엄마도 같은 마음이란다."

두 사람은 지난 몇 년간 둘만 있어본 적이 거의 없었다. 엄마의 환갑 기념으로 이스탄불행 비행기표를 집으로 보내 엄마를 놀래준 것이 마지막이었다. 넬은 당시 이스탄불에서 영어 강사로 6개월간 일을 막 마친 상태였다. 비행기에서 내린 엄마는 떨고 있었지만 혼자 튀르키예의 복잡한 입국 절차를 통과한 것에 의기양양한 표정이었다. 그리고 엄마의 모든 고생은 공항에서 넬과 꼭 포옹하면서 사라졌다.

그날 밤 이스탄불에서 두 사람은 수다를 떨고, 웃고, 와인을 마셨다. 엄마는 몇 년을 못 본 사람처럼 넬에게서 눈을 떼지 않았다. 첫날밤은 온전히 다시 만난 기쁨으로 채워졌다. 그런데 레이가 로비에서 기다리고 있어서 두 사람은 깜짝 놀랐다. 결국 넬은 다음 날 이스탄불을 떠나 며칠 일찍 그리스로 넘어가기로 했다. 엄마는 눈물을 흘렸다. 레이는 호텔 계단에 서 있다가 넬의 택시가 출발하자 한쪽 팔을 여자친구에게 둘렀다.

"이스탄불에서의 저녁, 기억나요?" 넬이 물었다. "튀르키예 요리법을 찾아서 내일 저녁에 한번 해볼까요?"

"섹시한 웨이터도 부를 거니?"

넬이 웃었다. "아, 엄마가 하사드를 얼마나 좋아했는지 까먹고 있었어요."

"그 사람 이름은 어떻게 기억하고 있어?"

"우린 그와 한참 이야기를 나눴잖아요. 알라라는 여동생이 스완지에서 아동심리학을 공부한다고 했어요."

"사람에 대한 네 기억력은 정말 대단하구나, 넬."

"엄마가 그의 눈동자에 대해 한 말도 기억나는데요." 넬이 놀렸다. 그러자 엄마는 비명을 지르고 넬의 팔을 찰싹 때리는 척하다가 의자에서 넘어질 뻔했다. 두 사람은 더 크게 웃음이 터졌다.

"어머, 너무 훈훈하고 편안한 모습이네요?" 폴리가 주방으로 들어오며 비아냥댔다. 그녀는 우유 한 통과 빵 하나를 들고 있었다. "돌아오시면 차랑 토스트를 드실 것 같아서 사 왔어요."

"아, 고맙구나. 근데 넬이 벌써 사다났어."

"그래요? 참 착하기도 하네요."

"찻주전자에 차가 아직 남아 있어." 넬이 말했다. "언니 머그잔을 가져올게."

"아니, 됐어. 난 갈 거야."

"언니, 부탁이야. 정말로 미안해. 절대로 그럴 의도가 아니었어…….."

"그만둬. 난 네가 무슨 말을 하든 관심 없어. 안녕히 주무세요, 엄마. 내일 전화할게요."

"폴리, 잠깐만. 부탁이니 이리 와서 좀 앉으렴." 엄마가 간곡하게 말했다.

넬은 문 앞에서 꿈쩍도 하지 않는 언니를 마주 보고 섰다. "제발, 언니. 내가 상처 준 걸 알아. 설명할게."

"넌 아무것도 몰라, 넬. 네가 우리를 어떻게 만들었는지 전혀 감도 못 잡고 있다고."

"미안하다고 했잖아. 엄마는 이해하셨고 이 모든 일이 오해와…….."

"어제 일만으로 그러는 거 아니야. 지난 20년에 대한 거지. 넌 우릴 여기 남겨두고 인생을 즐긴다며 떠나버렸어. 우리가 얼마나 힘들었는데. 아빠는 집을 나가고 할머니는 돌아가시고……."

"난 할머니 장례식에 참석했잖아."

"아, 그래 참 잘했다. 넌 할머니가 우리를 못 알아볼 때 여기 없었잖아? 할머니 기저귀를 갈아본 적도, 물을 드시게 한 적도, 바로 이 테이블에 엄마와 같이 앉아서 눈물 흘리며 할머니가 빨리 돌아가시지 않게 해달라고 빈 적도 없잖아? 내가 두 달 일찍 베아트리스를 낳고 날마다 인큐베이터 옆에 앉아 있을 때 넌 어디 있었어?"

"난 메시지를 보냈지……." 넬이 힘없이 말했다.

"엄마가 자궁 절제술을 받고 일주일 뒤에 케이티가 임신했다고 연락해왔을 때는? 그때 넌 어디 있었어? 그때 엄마에게 차를 끓여줬니? 아니, 넌 그러지 않았지. 넌 공짜 음식을 먹고 며칠 묵을 곳이 있다는 사실이 기억난 길고양이처럼 우리 인생에 들어왔다가 다시 가버렸어."

"폴리, 부탁인데 그만하렴." 제니가 더 심한 말을 막으려는 듯 손을 들어 올렸다.

"아뇨, 엄마. 저 애도 들어야 해요. 네 편지가 내 인생을 망쳤어."

그 소리에 엄마가 넬에게로 몸을 돌렸다. "언니에게 보낸 편지에 뭐라고 썼니?"

"잠시만요. 여기 있어요." 폴리가 코트 주머니에서 구겨진 봉투를 꺼냈다. 그리고 떨리는 손으로 편지를 꺼내 펼쳤다.

지금부터 내가 할 말이 언니의 세상을 완전히 무너뜨릴 거라는 사실을 알아. 그래도 난 언니의 동생이고 언니를 사랑하니 말해야겠어. 형부에 관한 거야.

형부가 약혼 파티 때 나한테 키스하려고 했어. 그날 밤늦게 난 형부와 언니 친구 로렌이 펍 뒷문에 같이 있는 걸 봤지. 언니가 너무 행복해 보여서 몇 년 동안 이 모든 일을 비밀로 했어. 하지만 내가 아는 사실을 그대로 품고 죽을 순 없을 것 같아.

세월이 흐르면서 알게 되었어. 자신이 얼마나 근사한지 알아봐주지 않는 파트너와 함께하느니 혼자인 편이 낫다는 걸. 그리고 내가 언니에게 알려줄 수 있는 것이 하나 있다면, 언니는 강인하고 힘이 있고 혼자서도 행복해질 수 있다는 점이야.

엄마가 놀란 눈으로 넬을 쳐다봤다. "사실이니? 네가 봤어?"

넬이 고개를 끄덕였다.

"이제 어떡할 거니, 폴리?"

"아무것도 안 할 거예요. 저 애는 문제를 일으켜서 모든 걸 다시 자기중심으로 돌리려는 거예요. 솔직히 난 네가 더 안쓰러워." 폴리가 내뱉었다. "네 꼴을 봐. 서른여덟이나 먹었는데 남편도, 자녀도, 직업도, 집도 없잖아. 넌 늘 날 질투했고 네 이별의 말조차 나 역시 불행하다고 믿게 만들려는 거였잖아."

"그러려던 게 아니야. 언니가 알아야 한다고 생각했어."

"어째서? 그러면 내가 더 행복해지기라도 해? 기뻐서 춤이라도 춰야 하는 거니? 넌 날 진퇴양난에 빠뜨렸어. 네 말이 진짜라면 난 알고 있는 사실을 모르는 척하거나 아니면 그와 직접 대면해야 해. 그와 대면하면 내 결혼 생활이 끝장날 수도 있겠지."

"그러니까 언니는 내가 아무 말도 안 하길 바랐다는 거야?"

"그런 일이 벌어진 즉시 말해줬으면 더 좋았다는 거지!"

언니의 말이 옳다. 솔직히 넬은 자신이 어째서 그러지 않았는지 몰랐다.

그때 오븐 타이머가 팅 하는 소리를 냈다. "밥 먹고 가, 폴리." 엄마가 말했다. "우리 함께 이 일을 해결해보자."

"아니, 됐어요. 전 제 가족에게 가봐야 해요. 아직 가족이 있을 때 말이죠." 폴리는 주방문과 현관문을 쾅 하고 세게 닫았다. 자신이 넬에게 얼마나 화났는지를 확실히 알리기 위해서였다.

엄마와 넬이 침묵 속에서 식사를 마치고 함께 식기세척기에 접시를 넣었다.

넬은 먼저 자러 가면서 언니의 말이 모두 사실이라는 점을 슬프게 자각했다. 넬은 어떤 순간에도 자리에 있지 않았다. 항상 자기 인생만 초고속으로 움직이고 이곳에 남아 있는 다른 이들의 삶은 그대로일 거라고 여겼는데 그렇지 않았다. 북반구에 있든 남반구에 있든 상관없이 모두의 인생은 움직이고 변하고 있었다. 그리고 다시 이곳으로 돌아오니 익숙함과 이질감이 동시에 느껴졌다. 그래서 두려웠다.

다음 날 아침 넬이 일어났을 때 엄마는 이미 거실 커피 테이블에 찻주전자를 올려놓고 있었다. "한잔 마셔. 오븐에 냉동 크루아상을 넣어뒀어. 잠시 뒤에 다 구워질 거야. 잠은 잘 잤니?"

잘 못 잤다고 하면 아침 식사가 더 우울해질 것 같아서 넬은 그냥 고개를 끄덕였다. "업어 가도 모를 정도로 잤어요."

엄마가 미소를 짓고는 소파 옆자리로 오라고 손짓했다. 밤사이 넬은 호브를 떠나기로 마음먹었다. 자신이 없어야 언니가 마음을 추스를 거라는 생각에 엄마도 동의할 것이다. 언니에게는 머리를 식힐 시간이 필요하고 넬이 화를 돋우지 않아야 언니는 더 빨리 진정될 테니까.

"언니는 괜찮아질까요?" 넬이 물었다.

"폴리는 심지가 곧은 아이야. 늘 그랬지. 상황을 정리할 시간이 좀 필요한 거란다."

"많은 부분에서 언니 말이 맞아요." 넬이 인정했다.

"폴리는 지금쯤 여러 감정이 오갈 거야. 그런 말을 한 걸 벌써 후회하고 있을지도 몰라." 제니의 휴대전화에 문자 메시지 알림음이 울렸다. 줄리의 메시지를 읽은 제니는 곧바로 자리에서 일어났다. "줄리가 화장실에서 나올 수 있게 도와주러 가야 겠구나. 화장실에 갇혔대. 안 좋은 생각은 잠시 접어두렴."

"화장실에 갇힌 줄리 아줌마 생각이요?"

"아니, 이 멍청이, 폴리 말이야. 금방 돌아올게."

"오늘 런던에 가서 며칠 있다가 오려고 해요. 그렉을 만나서 의논할 것도 있고 제가 잠시 사라지는 것이 폴리 언니에게도 좋 을 거고요."

제니가 문 앞에서 멈췄다. "마음대로 하렴. 하지만 크리스마 스에 돌아오면 참 좋을 것 같은데?"

"노력해볼게요. 어서 가서 아줌마를 도와주세요. 그러다 엉 덩이에 동상 걸리겠어요."

6.

열차가 속도를 내며 런던 근교에 이를 때까지 넬은 창밖 풍경에서 한 번도 시선을 떼지 않았다. 여기서도 행복할 수 있을까? 해외에서 영국을 떠올릴 때면 늘 우중충한 하늘, 짙은 구름, 서두르는 사람들의 침울한 얼굴과 치켜올린 깃, 늘 바쁘게 돌아가는 시간이 떠올랐다. 하지만 크리스마스를 며칠 앞둔 오늘 이 계절에는 절대로 기대할 수 없을 거라고 생각했던 구름 한 점 없는 파란 하늘이 나타났다. 숨이 멎을 만큼 아름다운 광경이었다. 그동안 이런 모습을 그려보지 못한 것이 슬펐다.

엄마는 넬을 기차역에 내려주면서 크리스마스 때 폴리 언니와 아빠를 집에 불러보겠다고 약속했다. 넬은 두 사람에게 편지를 써야겠다고 생각했다가 재빨리 그 생각을 치워버렸다. 더 이상 편지는 없을 거야.

편지를 생각하니 다시 속이 메슥거렸다. 아직 다른 편지가 남아 있었기 때문이다. 톰에게 보낸 편지. 공연장으로 찾아가 볼까도 생각했다. 그를 자리에 앉히고 침착하게 상황을 설명해 서 자신이 얼마나 상처받았는지를 이해시키는 것이다.

그사이 넬은 런던에 도착했다. 플랫폼 끄트머리 개찰구에서 기다리던 그렉이 넬이 들고 있던 작은 가방을 받으려고 했지만 넬은 오히려 가방을 더 꽉 붙들었다. "괜찮아. 내 가방 정도는 들 수 있어."

"난 그냥 잘해주고 싶은 거야."

"내 건 내가 든다고."

"알았어, 알았다고." 그렉이 두 손을 들었다. 열아홉 살 때는 기꺼이 그에게 배낭을 내줬기에 사실 그렉이 잘못한 건 없었다.

"그리고." 넬이 밝은 목소리로 말했다. "난 주머니에 30파운 드가 있어. 엄마가 주셨거든. 걱정 마. 지금 이 자리에서 그 돈 을 조금 갚을 수도 있고, 아니면 여기서 너한테 베이컨 샌드위 치와 진한 커피 한 잔을 사줄 수도 있어."

"후자로 할게. 왜냐면 난 벌써 네 빚을 다 탕감했거든."

"안 돼! 그렉, 난 빚을 갚을 거야."

"있잖아, 우리가 함께였다면 넌 이미 생일과 크리스마스 선 물로 나한테 수천 파운드를 쓰게 했을 거야. 그러니 사실 넌 나 에게 엄청나게 많은 돈을 맡겨놓은 셈이야. 네가 날 떠나는 바람에 내가 돈을 많이 절약했지. 그러니 다시는 돈 생각은 하지 마. 그건 빌려주는 게 아니라 선물이라고."

"아니, 갚을 거야. 너희 집에 숨겨둘 거라고. 어느 날 넌 커튼을 보며 생각하겠지. 요즘 커튼 모양이 좀 이상하네. 그러다가 내가 100파운드를 동전으로 바꿔서 커튼 밑단에 달아둔 걸 알게 되겠지."

"넌 정말 이상한 애야." 그렉이 웃었다. "네가 그리웠어." 그렉이 발을 처음으로 보는 사람처럼 고개를 숙이고 서성거리다가 말했다. "너한테 뭘 좀 물어볼 거야. 내가 엄청 주제넘은 거라면 말해줘. 그러니까 뭐냐면……."

"본론을 말해. 알잖아, 인생은 짧다고."

그렉에게 살짝 그늘이 드리웠다. "내일 저녁에 회사에서 여는 크리스마스 파티에 가야 하는데, 혹시 내 파트너로 가줄 수 있을까?"

"재밌겠는데."

"근사한 런던의 호텔에서 열려……."

"설마 거긴 아니겠지?"

"아니, 거긴 아니야. 런던엔 고급 호텔이 많아."

"휴, 다행이다. 계속해봐."

"파티에 참석했다가 호텔에 며칠 머무르면 어때? 호텔에 연락해보니 방이 있더라고. 예약하기 전에 방을 하나 잡을지 두 개 잡을지 너한테 물어보려고."

"5성급 호텔에? 당연히 오케이지."

"그럼 방을 두 개 잡을까, 아니면……." 그가 기침을 했다. "한 개 잡을까?"

"크리스마스 시즌이니 아마 가격이 꽤 세겠지?" 넬이 객관적으로 말했다. "그러면 두 개나 잡는 건 낭비지."

"방 한 개를 잡자는 유일한 이유가 비용 때문이야?"

넬이 미소를 지었다. 그는 이렇게 진심일 때 놀려 먹기 딱 좋았다. "우린 고물가 시대를 살고 있다고, 그렉."

"지금 날 놀리는 거지."

"맞아, 놀리는 거야. 방 하나도 좋을 것 같아. 체크인 시간이 언제야? 무료 세면도구를 다 챙겨야겠다."

넬은 까치발로 서서 그렉의 입에 키스했다. 생각해보니 그냥 둘 사이에서 본능적으로 벌어진 일이었다. 거의 20년 만에 둘의 입술이 닿는 순간 넬의 몸속 모든 세포가 익숙함에 폭발하며 잊었던 사랑을 깨웠다. 넬은 몸을 떼고 그렉의 눈을 통해 혼란스러운 자신을 보았다.

"저기, 나, 그러니까 드레스부터 구해야겠어."

드레스 대여 가게에는 종류가 많지 않았다. 그렉은 대부분이 검은색 칵테일 드레스를 입는다고 알려줬지만 그런 옷은 이미 남아 있지 않았다. 넬의 시선은 곧장 산호색 원 숄더(한쪽 어깨만 덮고 다른 어깨는 피부를 노출시킨 것—옮긴이) 롱 드레스로 향했다. 치마 한쪽에 트임이 있고 어깨 부분에 산호 장식이 달렸다. 넬은 곧바로 이 드레스를 예약했다. 일주일 만에 두 번째 드레스를 빌린 거물 고객이 되어 엄청나게 할인도 받았다. 그렉에게는 보여주지 않았다. 파티에서 놀래줄 생각이었다.

집에 돌아와 그렉의 동네 빵집에서 산 비싼 포카치아 빵에 햄과 치즈로 저녁을 먹고, 영화를 보고, 계단 꼭대기에서 잘 자라고 인사한 뒤 각자의 방으로 들어갔다.

넬은 침대에 누워서 맞은편 벽을 쳐다봤다. 넬은 확실히 그에게 감정이 있었다. 아까 입을 맞췄을 때의 떨림이 지금도 남아 있었다. 넬은 옆방으로 가서 그의 침대에 들어가고 싶은 충동을 느꼈다. 섹스를 하고 싶은 것이 아니라 그냥 따뜻한 그의 품에 웅크리고 싶었다.

넬은 침대에서 빠져나와 까치발로 그의 방까지 갔다. 그리고 문에 귀를 댔다. 아무 소리도 안 났다. 방문을 열고 소리 없이 그의 침대로 올라가서 조심스럽게 이불 안으로 들어갔다. 그러자 그렉이 팔을 뻗어 그녀의 손을 잡더니 입을 맞췄다. 그렇게 둘은 잠이 들었다.

다음 날 오후 3시 1분에 둘은 호텔에 도착했다. 체크인 시간은 3시였다.

"우리 푹신한 가운을 걸치고 미니바를 턴 다음 영화를 볼까?" 그렉이 방 안의 모든 서랍과 문을 열어보면서 물었다.

"완벽한데. 난 우선 샤워부터 해야겠어. 넌 스낵이랑 음료를 챙겨줘."

넬은 샤워를 하면서 다른 충동을 느꼈다. 이번에는 무슨 일이 벌어질지 조마조마해하면서 시간을 낭비하지 않을 것이다. 목욕 매트 위로 발을 디디고 몸을 말린 다음 나체로 스위트룸으로 걸어갔다. 그렉이 캐러멜 팝콘을 따려다가 그녀를 보고 팝콘을 내려놓았다.

7.

넬이 산호가 달린 근사한 드레스를 입고 나타나자 그렉의 입이 벌어지고 눈이 휘둥그레졌다.

"검은색으로 통일해야 해." 그렉이 말을 더듬었다. "모두 검은색 칵테일 드레스를 입는다고."

"알아. 네가 말했잖아. 하지만 난 이 옷이 예쁘던데." 넬이 살짝 치맛자락을 펄럭였다. 드레스는 정말 아름다웠다.

"예뻐. 하지만 다른 사람들은……."

"그렉, 네가 말했잖아. 다른 사람들처럼 사는 것에 질렸다고."

"그랬지. 하지만……."

"초대장에 여자는 검은 드레스를 입어야 한다고 적혀 있어?"

158

"아니. 하지만 암묵적으로……."

"전 연인과 잠자리를 하는 건 나쁜 생각이라는 암묵적인 규칙이 있지만 넌 상관 안 했잖아?"

"그래도……."

"그만." 넬은 손을 들어 보였다. "그쯤 해둬. 넌 너무 오랫동안 암묵적인 규칙에 갇혀 있었어. 내가 해방시켜줄게. 자유롭게. 네가 항상 되고 싶었던 그렉이 되라고."

넬의 짐작대로 파티장은 온통 검은색과 흰색의 물결이었다. 의상 외에도 넬은 머리를 올리지 않고 자연스럽게 풀어헤친 유일한 여자였다. 그렉이 넬을 바로 데려가서 긴 유리잔을 건넸다.

"고마워." 그녀가 잔을 받아 들었다. "난 프로세코 화이트 와인이 좋아."

"이건 샴페인입니다." 옆에 있던 남자가 알려주었다.

그 소리에 넬은 잔을 바에 내려놓았다. "아, 안타깝네요. 프로세코는 없나요?" 그녀가 윙크하며 바텐더에게 물었다.

그는 미소를 지으며 냉장고에서 와인 병을 꺼냈다. 넬은 옆에 있는 사람만큼 샴페인을 좋아하지만 부와 성공을 드러내는 호사 속의 호사를 싫어하는 데다 잘난 척하는 것도 싫었다. 오늘 밤에는 모든 인내심과 자제력을 총동원해야 할 것 같은 끔찍한 기분이 들었지만 그래도 그렉을 위해서 제대로 행동해야 한다.

"그렉! 와줘서 너무 기뻐요. 내 아내 마르타 기억하죠?"

넬은 그렉의 동료 부부와 인사를 나누었다. 그렉이 여자의 검은색 칵테일 드레스를 칭찬했지만 그쪽은 미소만 지을 뿐, 넬에게는 빈말도 해주지 않았다.

"장기 휴가를 낸다면서요! 정말 놀랐어요." 동료가 말했다. "곧 임원이 될 테고 10년 안에 CEO가 될 텐데 무슨 생각으로 그랬어요?"

"지금은 좀 쉬면서 세상을 돌아볼 때인 것 같아서요."

"그래도 스톡옵션은 계속 갖고 있을 거죠?"

"물론이죠."

"우리도 여행을 좋아해요, 안 그래 마르타? 지역 문화를 알아보고 그런 것들."

"아, 맞아요. 작년에만 예닐곱 대륙을 돌았어요."

"어디가 가장 마음에 들었나요?" 익숙한 주제가 반가워서 넬이 물었다.

"확실히 아시아가 좋았어요."

"어, 저도 제일 좋아하는 곳이에요." 넬이 탄성을 질렀다. "어딜 가셨나요? 태국? 캄보디아? 필리핀?"

"몰디브요. 정말 근사했죠. 우리가 머문 올 인클루시브(숙박을 비롯해서 레스토랑, 바 등 각종 부대시설과 프로그램을 이용할 수 있다는 뜻—옮긴이) 리조트의 이름을 알려줄게요." 마르타가 대답했다. "그 리조트에는 모든 것이 갖춰져 있어서 밖에 나갈 필요도 없었어요. 2주 내내 손도 까딱하지 않았죠. 직원들이 알아서 라운지로 모히토를 가져다주니까요. 호호호."

넬과 그렉도 예의 바르게 웃었다.

"그리고 직원들이 친절했어요. 날마다 아침저녁으로 식사를 가져다주던 소녀의 이름이 뭐였더라? 카밀? 클레멘타인? 뭐 그런 이름이었는데…….."

"아, 그게 뭐가 중요해. 다 좋았으니 됐지. 게다가 팁을 줄 필요도 없다니까! 하지만 이 리조트에는 레스토랑이 다섯 곳밖에 없고 모두 지역 음식을 해서…….."

"'지역' 음식이 훨씬 더 맛있는 경우가 많더라고요." 넬이 '지역'을 강조하며 사근사근하게 말했다. 동료와 그의 아내는 그 말을 듣고 서둘러 자리를 떴다.

"상당히 무례했어." 그렉이 말했다.

"난 2주 동안 올 인클루시브 리조트에 머무는 건 지역 문화를 알아보는 게 아니라고 지적했을 뿐이야."

"글쎄, 난 그런 리조트에 2주를 머물면 좋을 것 같은데. 마법처럼 수영장 앞 내 자리로 나온 과일 케밥을 먹으면서 말이야."

"네 수발을 드는 사람은 최저 시급으로 가족을 먹여 살리는 누군가일 수도 있어."

"서비스 업종의 일자리를 창출하는 거야."

"맞아. 하지만 그들도 적정하고 공평한 임금을 받아야 하지 않을까? 팁도 그렇고. 내가 정말 슬픈 게 뭔지 알아? 여기 대략 300~400명의 여자들이 있는데, 그들이 머리에 쓴 돈이 각각의 웨이터가 24시간 교대근무로 받을 돈보다 더 많을 거라는 점이야. 그건 옳지 않아. 전 세계에서 엉뚱한 일자리가 더 큰 가치를 얻고 있다고."

"목소리 좀 낮춰."

"걱정 마. 하프 소리에 묻혀 아무도 못 들을 테니까."

그렉이 넬의 팔꿈치를 잡았다. "어서 우리 테이블을 찾아보자."

연회장 가운데 테이블 열 개가 놓여 있었다. 넬은 댄스 플로어와 무대를 등지고 앉아야 했지만 한두 시간 안에 벌어질 춤판을 볼 필요가 없어 오히려 행복했다. 좌석은 남, 여, 남, 여의 순으로 배치되었다. 넬 옆자리의 남자는 아주 친절했지만 두 사람 사이에는 단 하나의 공통 관심사도 없었기에 넬은 음식에 집중했다.

"재미있어?" 왼쪽으로 한 자리 건너에 앉은 남자와 해외투자를 극대화하는 방안에 대해 이야기를 나눈 그렉이 마침내 넬 쪽으로 몸을 돌렸다. 그 대화가 진행되는 내내 상대 남자의 아내는 둘 사이에 우아하게 앉아 있었다.

"확실히 내 부류의 사람들이 아니야."

"난 네 부류의 사람이잖아. 그리고 저들도 내 부류니까 기회를 줘봐."

"그러고 있어. 막 옆자리에 앉은 남자와 학비에 관해 정겨운 이야기를 나눴거든. 화장실 가야 하니 실례할게."

넬이 화장실에서 손을 씻고 있는데 검은색의 롱 드레스를 입은 여자가 세면대 옆으로 왔다. 넬은 거울을 통해 공손하게 미소 지었다.

"정말 기쁨을 주는 옷차림이군요." 여자가 말했다. "당신 옷에 감탄했어요. 저도 그렇게 아름다운 드레스를 입을 용기가 있다면 좋았을 텐데요."

"그렇게 말씀해주셔서 감사해요······?" 넬이 말끝을 흐렸다.

"제스. 제 이름은 제스예요."

"전 넬이에요. 당신이 이런 드레스를 못 입을 이유는 전혀 없어요."

"아, 전 절대로 못 입을 거예요. 제가 입으면 남편이 갱년기가 왔다고 생각할 거예요."

"처음에는 작게 시작해서 조금씩 키워나가는 거죠." 넬이 머리로 손을 뻗어 그날 아침 자선 상점에서 1파운드에 산 반짝이는 빗핀을 뺐다. "자요, 당신 옷과 정말 잘 어울리는 데다 사랑스러운 눈매가 더욱 돋보일 거랍니다."

"아, 전 받을 수 없어요······."

"아니, 꼭 받으셔야 해요. 제가 해드릴게요. 보세요, 정말 근사하잖아요."

제스는 짧은 갈색 앞머리로 손을 올리고 얼굴에서 머리카락을 불어 날리며 미소를 지었다. "정말 고마워요, 넬. 낯선 사람이 제게 베풀어준 가장 솔직하고 친절한 배려였어요."

"별말씀을. 즐거운 시간 보내세요."

넬이 다시 파티장 좌석에 앉자 사회자가 무대 소개를 하고 내려갔다. 사람들은 무대로 걸어오는 사람에게 박수를 보냈다. 넬은 물잔을 채우려고 테이블로 손을 뻗었다. 박수가 잦아들자 남자의 목소리가 마이크를 통해 흘러나왔다.

"전 두 가지 이유로 이런 회사 공연을 좋아합니다. 첫 번째는 월세를 낼 수 있게 해줘서이고, 두 번째는 제가 은행가가 아니라 코미디언이라서 더럽게 다행이라는 생각을 하게 해주니까요."

넬은 코로 물을 뿜으며 웃었다.

"여러분 모두가 정말 좋은 분들이라 확신합니다. 개인적으로는요. 하지만 전체로 보면 부유한 펭귄 무리 같아요. 저기 제 눈에 특이해 보이는 게 있네요? 아름다운 플라밍고가 가운데 있군요. 전 부인의 개성에 박수를 보냅니다. 정말로 제 롤모델이시군요. 백만장자 은행원 남편분을 버리고 제 셰어하우스로 갑시다. 냉장고에 제 전용 칸도 있어요. 당신 마음에 들 겁니다."

넬은 웃었다. 정말 웃긴 남자다. 그녀는 자신을 롤모델이라고 말하는 남자가 어떻게 생겼는지 보려고 의자를 돌렸다가 헉하고 숨이 막혔다.

그건 남자도 마찬가지였다. 관객들은 다음 개그를 기다렸지만 의도적이라고 하기엔 침묵이 너무 길었다. 톰은 말을 더듬으며 다음 개그로 넘어갔지만 관객들은 이미 집중력을 잃어버린 후였다. 자기들끼리 대화를 시작하고 이때를 틈타 화장실에 다녀오는 사람도 있었다. 넬은 파티장 중간의 테이블에 조각상처럼 가만히 앉아서 뺨이 타오르듯 달아오르는 것을 느꼈다.

"가여운 사람, 참 웃겼는데." 그렉이 말했다. "화이트 와인 더 드실 분? 이건 괜찮네요." 그가 병을 돌려 라벨을 확인했다.

"화장실에 갔다 올게."

넬은 서둘러 연회장 뒤편으로 걸음을 옮겼다. 심장이 코르셋 위로 튀어나올 듯 두근거렸다. 눈물이 흐르고, 속이 메스껍고, 기절할 것 같았다.

"넬, 기다려요!"

넬이 카펫이 깔린 복도로 나오는 순간 다른 이중문이 열리더니 톰이 헐레벌떡 나타났다.

"공연 중이었잖아요. 무대에서 그냥 내려오면 어떡해요."

"당신 안 죽었군요! 죽은 건가요? 지금 여기 실제로 있는 거 맞아요?"

"나도 죽을 줄 알았어요. 그런데 깨어났어요."

"믿을 수 없군요. 다시 보게 되어 정말 기뻐요."

"나도 그렇게 말할 수 있으면 좋겠군요."

"어째서 나한테 화가 난 거예요? 그날 밤 클럽 일은 사과했잖아요. 절대 당신을 웃음거리로 삼을 생각이 아니었어요. 오히려 그 반대였지. 난 당신의 강인함과 용기에 큰 감명을 받았어요. 그리고 슬펐죠. 정말로 슬펐어요. 아주 근사한 사람을 만났는데 그 사람이 죽다니. 그러다가 당신 편지를 받았고 당신도

165

나랑 같은 심정이라는 걸 알게 됐어요."

"뭐가 같은 심정이라는 거죠?"

"이거요." 그가 처음에는 자기 가슴을, 그다음에는 그녀의 가슴을 가리켰다.

"무슨 말인지 모르겠어요. 그냥 몇 자 적은 게 다예요. 마지막을 잘 마무리하고 싶어서요."

"그 말 안 믿어요."

그녀가 팔짱을 꼈다. "당신한테 날 믿어달라고 한 적 없어요, 톰."

"당신이 내 이름을 부르는 방식이 마음에 들어요."

"그냥 톰이라고 했을 뿐이에요."

"아, 또 그런다."

"톰……."

"이제 일부러 그러는 거죠?"

넬은 무심코 미소를 지었다. "당신은 정말 밥맛이야. 난 아직 당신한테 화가 많이 났어요. 당신의 새로운 투어 공연에 대해 읽었어요. 날 토대로 한 거죠?"

"대략."

거의 똑같아 보이는 검은색 칵테일 드레스를 입은 두 여자가 지나가도록 둘은 한쪽으로 비켜섰다. 넬은 둘 중 한 사람이 데이지라는 걸 알았다. 그녀는 곧장 다른 여자에게 귓속말로 속삭였다. 두 여자는 지나가면서 넬과 톰에게 잠시 조소가 담긴 표정을 지었다.

톰은 고개를 끄덕이며 말했다. "안녕, 숙녀분들, 볼일 잘 보세요."

"그건 그렇고 그 공연이 어떻게 '대략' 날 토대로 하고 있죠?"

"당신과의 만남으로 내 인생이 어떻게 달라졌는지에 관한 이야기예요."

넬이 눈을 굴렸다. "당신 인생이 달라졌다고요?"

"맞아요. 지금까지의 내 삶을 돌아보면서 내가 다음 주 혹은 내년에 죽는다면 행복하게 죽을 수 있을지를 생각해보게 했어요. 대답은 '아니다'였기에 난 달라지기로 했어요."

넬은 자신이 또 한 사람에게 영향을 미친 것 같아 한숨이 나왔다. "급하게 바꾼 큰일은 아직 없겠죠?"

"아직은요. 원래 하려던 공연을 바꾸고 새로운 홍보 포스터를 만드느라 바빴어요. 하우스 메이트들에게 집에서 나가겠다고 통보하고, 전처를 상대로 아들에 대한 공동 양육권 소송을 시작하고, 지역 대학에서 종일제로 코미디를 가르치는 일을 그만뒀어요. 지금은 좁은 보트를 임대해 살고 있어요. 당신은 인생 코치와 같아요. 공짜로 조언을 해주는 대신 사람들에게 싸구려 가구를 팔고 근사한 섹스를 해주죠. 아주 특이한 사업 모델이에요."

"저 사람들이 오늘 밤 공연비를 당신에게 줄지 모르겠군요." 넬이 주제를 돌렸다.

"이제 우리가 다시 친구가 되었으니 난 무대로 돌아가서 공연을 마쳐야겠어요."

"우리가 친구라고요?"

"난 당신 친구가 되고 싶어요."

"당신 머릿속만큼 소름 끼치는 말이네요."

톰이 고개를 끄덕였다. "알아요."

"어서 가서 사태나 잘 수습해봐요."

"남자친구랑 왔어요?"

"전 남자친구죠. 전에 얘기했잖아요, 나랑 여행을 같이 다니던 애."

"103세까지 산다던 그 사람?"

"맞아요. 내가 죽지 않았으니 그 애의 수명도 틀릴지 몰라요, 안 그래요?"

톰이 볼에 바람을 불어넣었다. "가여운 사람. 당신이 사방에 불씨를 옮기고 다녔군요."

"알아요. 바쁜 한 주였어요."

"나중에 만날 수 있을까요?"

넬은 망설였다. 오늘 오후에 넬은 그렉과 호텔에서 뒹굴었지만 지금은 다시 톰을 만나고 싶었다. 그때 행복의 비결이 머릿속에 떠올랐다. '생각이 비슷한 사람들과 어울리기. 관계를 구축하기. 긍정적으로 생각하기.' 확실히 톰은 첫 번째 비결에 부합하는 반면 두 번째 비결은 그렉에게 들어맞았다. 세 번째는…… 이 세 번째에 운명이 달렸다.

"우리가 다시 만날 인연이라면 그렇게 되겠죠."

"무슨 뜻이에요?"

"런던은 작은 도시잖아요."

"아니, 그렇지 않아요." 그가 반박했다. "빌어먹게 큰 곳이죠."

"있잖아요, 지금까지 우린 세 번이나 마주쳤어요. 불과 열흘 동안에요. 그러니 우리가 지하철의 같은 칸에 타고 있거나 똑같은 스타벅스 지점에서 오래 줄 서 있을 가능성도 있죠."

"실업자 코미디언 신세인 내가 스타벅스에 갈 수 있을 것 같아요? 그리고 난 개인이 하는 커피숍을 더 좋아해요. 미국식 대기업 프랜차이즈는 내 취향이 아니거든요."

넬은 첫 번째 이유에 마음이 기울었다. '생각이 비슷한 사람들과 어울리기.'

"하지만 넬, 난 당신의 사고방식이 마음에 들어요. 확실히 우연은 지금까지 우리 편이었으니까."

"내 말이요. 자, 이제 가서 돈을 벌어요. 그래야 우리가 같이 놀 때 당신 몫을 낼 수 있을 거 아니에요." 넬이 문을 열어주며 말했다. "가세요, 톰."

"또 봐요, 넬. 몸 잘 챙겨요."

8.

"있잖아." 그렉이 옆에서 졸린 목소리로 말했다.

스위트룸으로 돌아왔을 때 그렉은 기대감에 차 있었다. 그러나 넬은 톰과 다시 만난 뒤로 마음이 달라졌다. 그래서 그렉이 욕실에서 나오기 전에 코를 골며 자는 척했다. 그렉은 실망감에 한숨을 아주 크게 쉬고는 마지못해 넬의 옆에 누워 단잠에 빠졌다. 넬은 톰과의 대화를 다시 돌려보고 또 돌려보았다. 톰이 그녀를 웃게 만드는 건 분명하지만 그에게 뭐가 더 있을까?

어느새 잠들었던 넬은 "좋은 아침이야!"라는 그렉의 목소리에 잠을 깼다.

"아침 식사 마감까지 45분밖에 안 남았네."

"음, 머리가 띵해. 우리 그냥 잠을 더 자고 집에 가는 길에 근처에서 뭘 먹을까?"

넬은 그렉의 통장 잔고가 자신과 엄청나게 다르다는 점을 깨달았지만 몇 분 더 눈을 붙이려고 이미 돈까지 낸 식사를 먹지 않는 건 터무니없는 일이라고 판단했다. "그러지 마." 그녀가 쿠션으로 그렉을 때렸다. "정신 차려."

20분 뒤, 두 사람은 웅장한 다이닝 홀에 자리를 잡았다. 웨이터가 그렉의 무릎에 냅킨을 깔아주는 동안 넬은 자신이 직접 무릎에 냅킨을 펼쳤다.

"호텔의 조식이 참 좋아." 그렉이 말했다. "우리가 다시 여행을 가서 날마다 이런 아침을 먹으면 얼마나 좋을까."

넬은 평생 이런 조식을 먹어본 적이 없었다. 일주일 전에 처음으로 5성급 호텔을 경험해보았다.

"여기 신선한 수박 주스가 있어." 그렉이 음식을 고르기 위해 넬을 뒤따르며 말했다. "널 만난 호텔에는 수박 주스가 없었다는 게 믿어져?"

"수박은 5월부터 9월까지가 제철이야. 12월에는 없는 게 당연하지."

"5성급 호텔이잖아!"

넬은 탄소발자국과 냉장 트럭의 비용에 대해 말하려다가 그냥 지금 제철인 크랜베리만 챙겨 자리에 돌아가기로 했다. 두 사람은 한동안 조용히 식사에 몰두했다.

그러다 그렉이 입을 열었다. "네가 우리 집에 들어왔으면 좋겠어."

"뭐라고?"

"너무 이르다고 생각할 수도 있지만 지금 우리에겐 두 번째 기회가 찾아왔고 난 우리가 이 기회를 잡아야 한다고 생각해. 나랑 같이 살자."

"뭐?"

"네가 내 옆에 있는 게 정말 좋아. 우리가 함께 살면 다음 모험을 계획하기도 쉽지 않을까? 내일 부동산에 연락해서 집을 월세로 주면 얼마나 받을 수 있는지 알아볼 거야. 그 돈으로 여행지를 정하고 호텔 몇 곳을 예약하면 돼."

너무 많은 정보가 한꺼번에 들어오는 바람에 넬은 입을 열었다가 다물었다. 뭐라고 해야 할지 전혀 떠오르지 않았다.

넬은 간신히 정신을 차리고 말했다. "있잖아, 그렉. 우린 더 이상 어린애가 아니야. 2년 뒤면 마흔이라고. 그런데 넌 정말 안정적이고 좋은 직장을 충동적으로 그만두려 하고 있어……."

"그만두는 게 아니야. 그리고 충동적으로 내린 결정도 아니고!"

"충동적이야! 날 다시 만나기 전까지 석 달간 쉬면서 세계 여행을 하겠다는 생각을 한 적이 있어?" 넬이 손가락을 들어 올렸다. "솔직히 말해."

그렉이 웨이터에게 고개를 끄덕여 커피 리필을 부탁했다. "음, 없어. 하지만 이전에는 상황이 달랐잖아? 난 살날이 창창한 줄 알았다고.”

“어쩌면 여전히 넌 100살 넘게 살지도 몰라, 안 그래? 그리고 고작 몇 달의 여행에 저축한 돈의 상당액을 날릴 계획을 세웠어. 그다음엔 어쩔 거야? 앞으로 60년간 돈을 더 벌어야 한다면? 그럼 어쩔 건데? 생각해봐.”

“하지만 난 지쳤어, 넬. 휴식이 필요해.”

“그럼 마르타와 그녀의 남편이 그렇게 좋아하던 몰디브 리조트를 2주간 예약해. 거기서 좀 쉬면서 에너지와 활력을 가득 채운 다음 다시 터무니없이 많은 돈을 주는 직장으로 복귀하면 되잖아.”

그렉은 고민하는 듯했다. “내 상관한테 연락해서 장기휴가를 취소한다고 말해야 할까?”

넬이 고개를 끄덕였다. “우선은.”

“그런 다음 우리 함께 2주간 몰디브에서 보내는 일정으로 예약할게.”

“아니, 그렉. 넌 지금 오해하고 있어. 난 ‘네’가 몰디브에 가야 한다고 생각해. 난 아빠와 폴리 언니의 문제를 해결하고 직장을 찾아야 해. 앞으로 어떻게 할지 생각해야 한다고.”

“나 혼자 가라고?” 그렉은 혼자라는 말이 최악인 것처럼 말했다. “나 혼자 몰디브에서 뭘 하라고?”

“수영, 스노클링, 다이빙, 일광욕. 호텔에서 간간이 ‘진짜’ 지역 음식을 맛볼 수도 있고. 책도 읽고, 다시 그림도 그리고. 네가 늘 말하던 시간 여행을 하는 공상과학소설을 써보는 건 어떨까."

"혼자서는 정말 지루하단 말이야."

"네가 할 만한 일을 쭉 읊어줬는데 안 들은 거야? 그건 그렇고 넌 피부를 태우면 섹시해 보였어."

그 소리에 그렉이 고개를 들었다. "정말?"

"정말이야. 그러니까 몰디브에 가서 몸을 태워 와. 네가 돌아올 때쯤이면 난 인생을 어떻게 살지 결정해뒀을 거야."

"대신 내가 없는 동안 우리 집에서 지내."

"당연하지. 네가 괜찮다면 나한텐 정말 큰 도움이 되거든."

"멋진 기념품 사 올게."

"호텔 기념품 가게에서 사 오지만 말아줘."

그렉이 웃었다. "아무것도 약속하지 않을게. 그래, 그만 집에 가서 짐을 싸자. 호브에서 크리스마스를 보내야지."

크리스마스를 호브에서 보낸다는 말에 넬은 갑자기 현실로 돌아왔다. 어젯밤 파티장에서 폴리 언니의 문자를 받았다. 아무것도 할 일이 없으면 크리스마스 점심 식사에 한 자리 정도는 내줄 수 있다는 내용이었다. 여전히 뿌리 깊은 분노가 담겨 있었음에도 한줄기 발전의 빛이 보였기에 넬은 곧장 '좋아. 부탁해. 아주 근사할 것 같아'라고 답장을 보냈다. 지금은 그게 구역질나도록 후회스러웠지만.

"나도 같이 들어갈까?" 엄마 집 앞에 차를 세우며 그렉이 물었다.

"아니, 나 혼자 갈게."

"마음을 차분하게 가라앉히고 가족의 말부터 들어. 넌 이미 네 입장을 밝혔으니 그쪽 입장도 들어야지. 넌 할 수 있어."

"알아."

"그런데 왜 안 내리는 거야?"

"그러기 싫으니까."

"너희 어머니가 문 앞에서 널 보고 계셔. 어서 내려."

"우리 내일 저녁에 학교 동창들이랑 만나는 거 맞지?"

"7시 30분까지 데리러 갈게. 자, 그만 가봐."

"네 차 방향제 냄새가 정말 좋아. 뭐야? 라벤더?"

그렉이 넬의 안전벨트를 풀고 몸을 숙여 조수석 문을 열어줬다. "가라고."

넬은 엄마 집의 거실 벽난로 앞에 웅크리고 앉아 오후를 보내고 싶었지만 몇 분 뒤에 다시 밖으로 나와 해변을 산책해야 했다. 넬이 어린 시절 해결해야 할 문제가 있거나 조금이라도 이야기하고 싶어 하는 눈치를 보이면 모녀는 항상 조약돌이 깔린 해변으로 가서 바다를 향해 털어놓았다. 넬은 바다 앞의 주차장 자판기에서 뽑아온 커피를 엄마에게 건넸고 두 사람은 돌 위에 앉았다.

"어떻게 했기에 폴리 언니가 절 크리스마스 식사에 초대한 거예요?" 넬이 먼저 입을 열었다.

"아무것도 안 했어. 그 애가 스스로 화해의 말을 건넨 거지."

"그래도 엄마가 뭐라고 했을 거 아니에요?"

"아니. 우린 베아랑 강아지와 같이 해변을 걸으면서 예상치 못하게 네가 우리의 발목을 잡았지만 가끔은 그게 최선이었다는 이야기를 했단다. 그러면서 인생이 얼마나 우스운지에 동감했지."

넬은 엄지로 종이컵을 쓰다듬는 엄마를 곰곰이 살폈다. "아빠가 떠난 것처럼요?"

"맞아, 네 아빠가 집을 나간 것처럼. 인생에서 벌어질 수 있는 최악의 사태인 동시에 최선의 상황이었어."

"무슨 말이에요?"

"케이티가 네 아빠의 첫 상대가 아니었단다."

넬은 얼굴에서 핏기가 사라지는 기분이었다.

"너희 아빠는 내가 다른 상대들에 대해 안다는 걸 몰라. 난 너희 둘에게 집중하면 되니까 너희 아빠가 한눈을 팔아도 상관없다고 생각했어. 그러다가 케이티가 나타났고, 그녀는 무시하기 힘든 존재였지. 너와 폴리가 각자의 인생을 살아가면서 더 이상 네 아빠를 잡아둘 이유가 없더라고. 네 아빠가 떠나는 게 최선이었어."

"그랬나요?"

"그랬던 것 같아. 나 스스로 뭘 할 수 있는지 가능성을 알아볼 수 있게 됐으니까."

"레이 아저씨랑 같이 있으면 그런 기분인가요?"

엄마가 한숨을 쉬었다. "그는 끔찍한 인간이 아니야, 넬."

"그런 말 한 적 없어요, 엄마. 그냥 엄마한테 어울리지 않는 사람이라고 했지."

"솔직히 말해서 너희 아빠가 떠나고 첫 1~2년은 괜찮았어. 폴리가 근처에 살고 할머니가 날 보살펴줬으니까. 그러다가 할머니가 돌아가시고 난 큰 절망에 빠졌단다, 넬. 내가 그렇게 힘들었던 시기에 레이가 나타났어. 솔직히 털어놓자면 나 혼자 지내는 미래가 보이지 않았어."

"저한테 설명하거나 변명할 필요 없어요, 엄마. 우린 모두 각자 삶을 사는 거잖아요?" 엄마의 취미 폴더와 모험 위시 리스트가 넬의 머릿속에 떠올랐다. "원하는 삶을 살아가고 있다면 말이죠."

"무슨 의미니?"

"다른 사람이 생각하는 완벽한 인생에 맞출 필요는 없다는 뜻이에요. 엄마 손으로 하고 싶은 것도, 되고 싶은 것도 다 이룰 수 있다고요."

"사람들은 어릴 때는 꿈을 가진단다. 난 늘 더 넓은 세상을 보고 스스로 모험을 해보고 싶었지. 지금은 그러기엔 너무 늙어버렸어. 내 집에서 지내는 삶이 꽤 행복하단다. 난 엄청난 모험이나 위대한 사랑 같은 건 필요하지 않아. 그냥 호브에서 행복해. 폴리와 베아가 가까이 살고 있잖아. 네가 더 자주 들러주기만 한다면 더 바랄 게 없지."

"당연히 전 여기 있을 거예요. 언니는 어쩌고 있어요? 어떻게 할지 결정했어요?"

"아직 고민 중이야. 엄마처럼 결혼 생활이 깨지길 바라지 않지만 문제를 회피할 준비도 되지 않았어."

"그러니까 이틀 안에 우리 모두가 언니의 식탁에 둘러앉아 행복한 가족인 척 연기를 하고, 우리가 아는 사실을 모른 척해야 한다는 거네요?"

"그래주겠니?"

"폴리 언니가 원한다면요. 마찬가지로 제가 작년에 한 달 동안 레몬 농장에서 일할 때 알게 된 시칠리아 마피아 조직원을 불러달라고 하면 그렇게 해줄 수도 있어요. 마르코와 레나토가 저한테 신세를 졌거든요."

"마피아를 부르자는 생각은 그만두자. 그리고 너희 아빠 말인데."

넬이 탄식하며 돌벽에 기댔다.

"오늘은 날씨가 화창하고 골프 클럽은 오늘 이후 사흘간 문을 닫을 거야. 내 예상으로는 그 사람이 지금쯤 코스를 반은 돌았을 텐데. 네가 원한다면 가서 만나렴. 네 기분이 나아질 거야."

"대신 한 가지 조건이 있어요."

"뭐니?"

"레이 아저씨의 웨이트 용품을 치우고 그 방을 엄마의 공간으로 만드세요. 창가에 예쁜 책상을 두고 좋은 사진과 그림 그리고 메모판을 달아요. 엄마가 가고 싶은 곳, 하고 싶은 일에 영감을 받을 수 있게요."

"그러면 레이는 어디서 운동하라고?"

넬의 눈동자가 반짝였다. "요즘 창고에 뭘 보관하고 있어요?"

엄마가 옳았다. 넬이 버스를 타고 골프 클럽에 도착한 뒤 클럽 하우스로 가는 구불구불한 길을 걸어 내려가는데 아빠가 바에서 손녀뻘 되는 젊은 여자와 이야기를 나누고 있었다.

"오랜만이에요, 아빠." 넬이 아빠 옆의 의자에 앉았다. "오늘 라운딩은 좋았어요?"

"넬."

두 사람이 말을 안 한 지 8년이 흘렀다. 통화도, 이메일도, 크리스마스나 생일 카드도 주고받지 않았다. 아무것도.

"뭘 마실래?" 아빠가 물었다.

"그냥 물이면 돼요."

"내가 살 테니 좋은 걸 시키렴."

"아니, 됐어요. 물 주세요." 넬이 젊은 여자에게 말했다. 정신을 똑바로 차리고 이 대화를 해야 했고 아빠가 사주는 건 뭐든 받고 싶지 않았다.

"그러니까 넌 살아 있구나."

"맞아요. 편지 일은 죄송해요. 괜한 생각을 하게 만들어서. 누구도 속상하게 할 생각은 아니었어요. 잔인한 장난이 아니라 정말 죽을 거라고 생각했어요."

"그런데 죽지 않았구나."

"맞아요."

몇 초 동안 두 사람은 생각에 잠겼다. 아빠는 넬이 기억하던 것보다 훨씬 늙어 보였다. 눈가에 늘어난 주름은 웃어서가 아니라 지쳐서 생겼다. 어쩌면 아빠는 엄마의 자동 응답기 메시지에 드러난 것보다 더 많이 걱정했을지도 모른다.

"이번에는 얼마나 있을 거니?" 아빠가 물었다.

"아직 모르겠어요."

"아빠가 너라면 너무 오래 머물진 않을 거야. 여긴 정말 우울한 곳이야."

"아빠 인생은 우울한 것 같지 않은데요."

넬은 하고 싶은 말이 마구 쏟아져 나올까 봐 두려워 혀를 꽉 깨물었다.

"제가 보낸 편지 말인데요……." 넬은 그 이야기를 꺼내기 적절한 시점이라고 생각했다. "제가 무슨 말을 하려고 했는지 이해하셨나요?"

"아니. 케이티에게 보여줬더니 비유라고 하더구나."

"정말로 아빠한테 화가 났었고 여전히 그래요. 솔직히 말하면 지금은 더 많이 화가 나요. 어째서 엄마로 만족하지 못했는지 이해가 안 가요. 엄마가 얼마나 멋진 분인데."

"네가 누구보다 더 잘 이해해줄 거라고 생각했단다, 넬. 넌 평생 흰 양들 틈의 검은 양처럼 뛰어다니며 지금보다 더 나은 무언가를 찾으려고 애썼잖니. 어릴 때도 넌 뭔가에 빠졌다가 금세 싫증을 느끼고 다른 걸 찾았어. 난 네 엄마랑 30년을 산 다음에 더 푸른 잔디를 찾았지."

"30년 동안 엄마의 잔디만 밀어줬나요, 아니면 간간이 다른 사람의 잔디도 깎아줬나요?"

"그게 무슨 상관인지 모르겠다만, 난 앤디의 허리가 아플 때 줄리네 잔디를 깎아준 적도 있지."

넬은 아빠가 비유를 알아듣지 못하는 건지, 아니면 나이 많은 이웃과의 불륜을 인정하는 건지 확신이 들지 않았다.

"아빠가 엄마를 버리고 케이티에게 가버린 것을 이해하는 척은 못 하겠어요. 전 케이티를 모르지만 그녀는 엄마보다 더 친절하거나 상냥하거나 순종적이겠죠? 엄마랑 불행했나요? 싸웠나요? 엄마랑 아빠가 말다툼했던 기억은 없는데요?"

토니는 불편하게 몸을 들썩였다.

"우린 다투지 않았어." 그가 말했다. "어쩌면 그게 문제였을지 몰라. 그러니까, 그게, 좀 평범했지."

"평범이요?"

토니가 고개를 끄덕였다. "네 입으로 말했잖아. 매번 나나 네 엄마가 영국에 더 오래 머물라고 하면 넌 '인생은 짧아요, 아빠. 구경할 것도 할 일도 아주 많다고요'라고 했어. 그게 가장 중요한 부분이 아닐까? 난 아주 오랜 시간을 평범하게 살았단다. 그러다가 돈이 들어오고 그다음에는 케이티 같은 여자들을 만났지. 더는 내가 평범하게 느껴지지 않았어."

"엄마는 아빠를 한 번도 평범하다고 생각한 적이 없어요."

그는 음료를 길게 쭉 들이켜고는 빈 잔을 힘없이 내려놓았다. "뭐, 그랬을 수도 있지. 하지만 되돌릴 수 없잖니?"

"엄마가 그립나요?"

토니는 바텐더에게 맥주잔을 채워달라고 손짓했다. "그 생각을 해봐야 무슨 소용이겠니."

"제가 이해하는 데는 도움이 되겠죠. 아빠가 새롭고 젊고 활기 찬 누군가를 위해 아무것도 돌아보지 않고 짐을 싸서 나가버렸다고 생각했거든요. 아빠가 자신의 결정에 의구심을 가졌다거나 가끔 엄마가 그리웠다면 다시 아빠를 좋아하기도 쉬울 테니까요."

"물론 네 엄마가 그리워. 난 케이티를 잠자리 상대로만 생각했는데 너희 엄마가 알아차리는 바람에 일이 순식간에 커졌어. 지금 날 보렴. 난 다섯 살 자녀가 있는 예순셋이란다. 크리스마스이브를 나보다 두 살 어린 장인 장모, 너보다 한 학년 어린 처제들, 날 늙은 변태 화학 교사처럼 대하는 아내 친구들이랑 보내고 있어. 너와 폴리와 너희 엄마와 같이 지내던 시절은 늘 재미있고 시끌벅적하고 웃음이 넘쳤지. 그래, 난 그때로 돌아가고 싶어."

토니가 잠시 말을 멈췄다. 그는 '평범함'을 나쁜 걸로 만들 필요가 없었다. 안정감, 충실함, 익숙함, 정말로 행복했다는 사실을 받아들일 수도 있었다. 하지만 현재의 상황은 아빠가 선택한 것이었다. 무조건적이었던 평생의 사랑 대신 덧없이 흥분했던 순간을 고른 것이 후회되거나 그런 자신에게 연민이 들었다면 그건 모두 아빠 탓이다.

"그래도 너만은 이해해줄 줄 알았어."

"제가요?" 넬은 혐오스러운 표정을 지었다.

"오늘을 붙잡아. 순간을 살자. 인생은 짧아.' 네 삶의 목적 아니야?"

"전 다른 사람을 희생시키지 않아요."

"넬, 너랑 나, 우린 똑같아."

"전 아빠랑 달라요."

"그래, 그래라." 토니는 잔을 비우고 바텐더 쪽으로 몸을 기울였다. "한 잔 더 준비해줘, 자기."

9.

"저 기다리는 거 아니에요. 7시 30분까지 여기로 온댔어요."

넬이 거실 모퉁이의 커튼을 내리고는 엄마를 돌아봤다.

"네가 기다린다는 생각 안 했는데." 엄마가 씩 웃었다.

지난 며칠간 엄마와 딸은 함께였다. 크리스마스 선물을 고르고 시내에서 점심을 먹었다. 넬은 엄마가 필요한 십 대 시절로 돌아간 느낌이었다. 그렉을 기다리며 거실 창가에 앉아 있는 것도 그런 느낌을 부채질했다. 넬은 엄마가 자신을 보며 웃는 걸 알았다. 지난 20년은 아무것도 아니라고 느끼는 것이 분명했다.

"밤에 그 애를 데려와도 돼. 그리고 전처럼 소파에서 재우지 않아도 된단다."

"고마워요, 엄마. 하지만 그 애를 집에 데려오지 않을 거예요."

"지금 당장 결정하지 말고 상황을 봐. 나중에 그러고 싶을지도 모르잖니."

"아니, 안 그럴 거예요."

"그냥 마음을 열어둬, 넬. 분위기가 이끄는 대로. 넌 즉흥적이잖아."

"맞아요, 전 즉흥적이에요."

"그렇다면 계획을 세우지 마. 아무튼 엄만 한번 자면 업어 가도 모르거든."

"그만해요."

그때 울린 초인종 소리에 두 사람은 화들짝 놀랐다. 넬이 재빨리 벽난로 위의 거울로 가서 화장을 살짝 손봤다. 엄마는 멋지다는 듯이 양손 엄지를 들어 보이고는 문을 열러 갔다.

그렉이 화분 두 개를 들고 서 있었다. 그렉이 빨간 포인세티아 화분을 엄마에게 건네자 그녀가 그의 양 볼에 입을 맞췄다. 그렉은 새싹이 올라온 크로커스 세 개가 심긴 다른 화분을 넬에게 주었다. "이 꽃이 부활을 상징한대."

"마음에 들어." 넬은 몸을 숙이고 그의 뺨에 자신의 뺨을 문질렀다. "그만 가자."

그렉과 넬이 문을 향해 걸을 때 엄마가 외쳤다. "엄마 말 잊지 말고."

"너희 어머니가 뭐라고 하셨어?" 그렉이 물었다.

"아, 뻔한 소리. 술 너무 많이 마시지 말고, 너무 늦게 다니지 말고, 어쩌고저쩌고 등등."

"진지하게 옛날 일이 떠오르는 건 나뿐이야?"

"그렇긴 해. 여기 돌아온 뒤로 모든 순간이 거대한 기억의 회상이니까. 난 타임머신을 타고 열일곱이던 시절로 돌아온 기분이거든. 게다가 넌 날 데리러 왔고 우리는 펍에 동창을 만나러 가는 거잖아."

그렉이 슬쩍 그녀의 어깨를 쳤다. "예전처럼 해변 오두막 뒤의 바닷가 쪽으로 빙 둘러서 집에 올까?"

넬은 그 순간 뺨이 붉게 달아오른 것을 느꼈다.

술집으로 들어가니 요란한 함성이 들렸다. 캐런이 마트에서 '애들을 재운 뒤'에 올 거라고 해서 넬과 그렉이 제일 먼저 도착했을 거라고 생각했는데 이미 다들 와 있었다. 베이비시터를 구해 침대에서 동화책을 읽어주게 했다고 한다. 알고 보니 아이 부모들이 가장 밤을 즐기고 싶어 했던 것이다.

넬은 처음 한두 잔을 마실 땐 대화에 낄 수 없었다. 고향이 그 어느 곳보다 낯설게 느껴졌던 것이다. 반면 그렉은 집에 온 것처럼 편안해하면서 그 옛날 럭비 주장으로 남자애들의 부러움을 샀던 시절로 돌아갔다.

진토닉을 마시고 좀 편안해진 넬은 여러 일화들을 들으면서 마음속 깊이 묻어두었던 기억들이 수면으로 떠오르는 것을 느

껐다. 해변 페스티벌, 수학여행, 캠핑 여행, 첫 경험담까지. 다들 넬과 그렉이 크리스마스이브에 옛 친구들과 함께한다는 사실에 신이 났다.

돌아가야 하는 다른 캐런과 티모, 케이트를 제외하고 나머지 친구들은 피시 앤 칩스 가게에서 감자튀김을 사다가 캐런과 이안의 해변 오두막으로 향했다. 해변 오두막은 꽤 괜찮았다. 이안이 벽에 걸린 고리를 능숙하게 풀자 테이블이 나타났고 마찬가지로 소파 아래에서 접이식 의자 두 개가 나왔다. 다들 옹기종기 앉았다. 넬과 그렉은 덱 의자에, 빌리과 캐런은 접이식 의자에 앉았다.

몇 미터 아래 조약돌 해변에 잔잔하게 부딪히는 파도 소리가 들려왔다. 넬은 감자튀김을 먹다 말고 고개를 들었다가 그렉과 시선이 마주쳤다. 그가 한쪽 입꼬리를 올려 씩 웃길래 그녀도 똑같이 했다. 그가 넬의 작은 손을 잡아 자신의 의자 팔걸이에 올리고는 자신의 손으로 완전히 감쌌다.

크리스마스에 익숙한 얼굴들과 함께 매력적이고 사랑스러운 그렉이 옆에 앉아 있으니 넬은 지금 이 순간이 꽤 행복했다. 그리고 이런 것이 평범한 것이라면 즐겁게 받아들일 거라고 생각했다.

10.

폴리는 선물을 든 넬과 제니를 복도로 안내했다. 베아트리스가 계단 꼭대기에서 그들을 지켜보다가 소리를 질렀다.

"할머니!"

손녀가 서둘러 계단을 내려와 할머니에게 달려들었다. 할머니는 손녀를 들어 올려서 손녀의 목에 요란하게 얼굴을 파묻었다. 베아는 신나게 산타클로스의 선물을 풀어보았다. 넬은 뒤에 서서 꼭 이 나이 때 언니의 모습을 그대로 베낀 듯한 조카를 살폈다. 단발로 자른 금발에 가지런한 앞머리까지 어쩜 이렇게 똑같을까. 베아가 가만히 멈추더니 제니의 어깨 너머로 수상쩍은 표정으로 넬을 살폈다. "넬 이모군요."

넬이 고개를 끄덕였다.

"제 선물 가져왔어요?"

넬이 다시 고개를 끄덕이며 미소 지었다.

"내 방 구경할래요?"

넬은 기꺼이 위층 베아의 방을 구경하러 갔다. 그리고 예의를 갖춰 모든 곰 인형, 여자 인형, 동물 인형에게 인사했다. 베아의 침대가 얼마나 탄력이 좋은지, 문틀에 새로 그은 자국을 보며 얼마나 베아의 키가 컸는지 열심히 설명을 들어주었다. 덕분에 넬은 좋은 점수를 딴 것 같았다. 베아는 넬에게 반 친구 절반의 이름을 알려주고 간식으로 뭘 주로 싸 가는지 말해줬다.

폴리가 문 앞에 서서 점심 준비가 되었다고 말했다. 언니의 얼굴에 떠오른 희미한 미소를 보면서 넬은 언니가 문 앞에 한동안 서 있었음을 알아차렸다.

넬은 오늘만은 마음을 누그러뜨리기로 하고 우선 형부와 요란하게 재회했다. "데미안 형부! 다시 봐서 기뻐요. 메리 크리스마스! 맞아요, 좀 놀랐을 거예요……. 얼마나 머물지는 아직 잘 몰라요. 아마 한동안……. 일은 어때요……? 잘됐네요. 좋은 소식이네요. 베아가 좀 자라지 않았어요? 와, 적양배추다. 근사하네. 여기 앉아도 될까요?"

넬은 언니가 억지로 웃는 걸 알았다. 언니의 모든 사소한 움직임에는 남편에 대한 걷잡을 수 없는 증오가 담겨 있었다. 덜바삭한 감자구이와 제일 질긴 칠면조 조각을 주는 것만 봐도 알 수 있었다. 그러나 데미안은 아무것도 알아차리지 못했다.

189

넬은 그가 휴대전화를 뒤집어놓고 진동이 울릴 때마다 쳐다 보는 것을 알아차렸다. 그가 세 번째로 휴대전화를 쳐다봤을 때 넬은 물론 폴리 역시 콧날을 살짝 번뜩이며 그를 노려보았다.

"점심 먹고 해변으로 여자끼리 산책 가자. 뒷정리는 아빠한 테 맡기고. 어때 베아? 넬 이모랑 엄마랑 할머니랑 강아지랑 같 이 산책하러 갈래?" 넬이 싱글거리며 조카에게 물었다.

데미안이 넬의 제안에 재빨리 반응했다. "이건 제가 다 깔끔 하게 치울게요. 그리고 낮잠을 좀 자려고요. 천천히 놀다 오세 요."

"저기, 엄마." 폴리가 엄마를 향해 몸을 돌렸다. "엄마가 남아 서 데미안을 좀 도와주실래요?"

"아니, 그럴 필요 없어." 데미안이 급하게 말했다. "여자분들 끼리 나가서 바람 쐬세요. 저 혼자 잘할 수 있어요."

엄마는 사위와 딸을 번갈아 쳐다보고는 딸이 무엇을 요구했 는지 확실히 알아차렸다. "아니, 내가 있을게. 폴리 말이 맞아. 우리 둘이 치우고 카드 게임이나 하는 게 어떻겠나?"

데미안은 테이블 위에서 진동하는 휴대전화에 손을 올렸다.

"중요한 전화 같으니 받아요, 데미안." 폴리가 말했다. "그냥 여기서 받아도 돼요."

데미안의 얼굴이 빨개졌다. 그는 자신이 속한 풋볼팀에서 크 리스마스 인사를 보내는 거라고 중얼중얼 변명했다.

"크리스마스에는 휴대전화를 쓸 시간이 없을 것 같은데. 가족과 함께잖아." 엄마가 말했다. "베아, 할머니가 장화를 신겨줄게. 데미안, 자네는 식기세척기를 돌리게. 우선 휴대전화부터 꺼주겠나? 그래야 좋은 아빠지."

바람이 넬의 머리카락을 때리고 얼굴은 살을 에는 추위에 시렸지만 머리 위로는 따뜻한 겨울 햇살이 비쳤다.

"이렇게 해변이 아름다운 건 처음이야." 넬이 숨을 내쉬며 햇살에 반짝이는 광활한 자갈 해변과 거품 이는 파도를 쳐다보았다.

"누구보다 해변을 많이 본 네가 그런 말을 하다니 엄청난 칭찬 같아."

"어디도 여기만큼 근사하지 않아."

"정말? 피지도?"

"피지에는 여기처럼 굴같이 파인 자연 방파제도, 미스터 위피 아이스크림도, 가장 예쁜 조약돌 찾기 대회 같은 것도 없어. 항구 벽이 무너진 적도 없지."

폴리가 미소 지었다. "아빠가 우릴 몇 시간씩 조용하게 만들려고 조약돌 찾기 대회를 만든 건 천재적인 일이었지."

"그저께 아빠를 만났어. 골프 클럽에서. 왜 엄마를 떠났냐고 물었어."

"그랬더니?"

"엄마가 너무 평범하대."

191

"맙소사."

"그 말을 듣는 순간 내가 얼마나 많은 핑계를 대며 이곳저곳 옮겨 다녔는지 알게 됐어. 나랑 똑같은 행동을 했던 아빠를 8년 간 미워하면서 그 이유에 대해 의구심조차 품지 않았어."

"넌 30년이나 되는 결혼 생활을 버리고 떠나지 않았잖아."

"그렇긴 하지. 하지만 난 엄마와 언니를 떠났어. 일전에 언니가 그랬지. 힘든 순간에 나는 결코 여기 없었다고. 맞아. 할머니가 매우 편찮으시니 집에 가지 않는 편이 낫겠다는 생각을 한 적은 없어. 그냥 그런 일이 일어났을 때 내가 필요할지를 아예 생각해본 적이 없지."

"그래서 우리가 알아서 해야 했어."

넬이 걸음을 멈췄다. "잠시만 그냥 내 말을 들어줄 수는 없어?"

"넬, 너도 내 말을 듣지 않잖아."

며칠 전에 그렉이 넬을 집에 데려다주며 했던 작별 인사가 머릿속에 떠올랐다. '네 입장을 밝혔으니 그쪽 입장도 들어야지.'

폴리는 넬이 반박하지 않아서 살짝 놀랐다. 넬은 조용히 있었다.

"떠나는 것이 머무는 것보다 훨씬 쉬워." 폴리가 말했다. "넌 배낭을 메고 미지의 세계로 가는 네가 더 용감하다고 생각할지 몰라도 그 자리에서 도망치지 않고 모든 걸 해결하려면 다른 유형의 강인함이 필요해.”

“언니가 나한테 돌아오라고, 내가 필요하다고 했으면 난 그 말을 따랐을 거야.”

“내가 그랬어야 해?”

언니의 말이 옳다. 할머니의 병상 옆에서 간호를 하며 엄마와 언니가 한숨 돌리게 하고, 혼자 외로워하는 엄마와 함께 영화를 보며 곁을 지켜야 한다는 걸 스스로 깨달았어야 한다.

“언니는 내가 아는 가장 강인한 사람이니까.”

폴리가 동생을 쳐다봤다. “그런데 어째서 난 데미안에게 당장 짐을 챙겨 내 집에서 나가라고 말하지 못하는 걸까?”

“글쎄…… 케이티는 아빠의 첫 불륜 상대가 아니야.” 잠시 뒤에 넬이 말했다.

“나도 알아.”

넬이 어깨에 팔을 두르자 폴리는 살짝 긴장했다. 폴리가 동생 쪽으로 천천히 어깨를 기울이더니 동생의 허리를 팔로 감았다. 두 자매는 바닷가에 서서 베아가 작은 장화를 신고 물을 차면서 닥스훈트와 뛰어노는 모습을 지켜보았다.

“결정을 내리면 알려주렴.” 엄마가 촉촉한 눈으로 말했다. “어디에 머무는지, 알겠지?”

“물론이에요.”

"지금 괜찮은 월세집도 나와 있는데."

"엄마." 넬이 미소를 지으며 말했다. "전 해결할 일이 많아요. 그러려면 돈도 벌어야 하고요. 하지만 며칠 안에 전화해서 어디에 있는지 꼭 알려줄게요. 그리고 언제든 저한테 메시지 보내세요. 영상통화도 좋아요. 넬다움에 압도당할 테니까요, 아셨죠? 약속해요. 전과는 다를 거예요."

"넬다움에 압도당한다. 그 말이 마음에 드는구나."

넬은 주방 의자를 밀고 일어나 엄마의 이마에 입을 맞췄다. "그럼 전 그렉에게 전화해서 한 시간 안에 데리러 오라고 할게요."

"네가 그렉과 재회해서 기쁘구나."

"전 그 애와 재회한 게 아니에요."

"그 애는 너한테 딱이야. 너도 그 애한테 딱이고. 너희 둘은 잘살 거야."

"두고 보면 알겠죠."

3장

•

진짜 인생은
엉뚱한 때 등장한다

1.

넬은 막 도착한 일주일치의 간편식 한 묶음을 가지고 그렉의 소파에 앉았다. 너무나 친절한 집주인인 그렉은 넬이 굶어 죽지 않도록 유기농 간편식 서비스를 구독했다. 그는 현금 봉투와 노트북을 두고 갔지만 넬은 절대 건드리지 않겠다고 다짐했다.

넬은 노트와 연필을 들었다. 문제는 머리가 백지처럼 하얗다는 점이었다. 뭘 해야 할까? 난 무얼 좋아하는 걸까? 몇 차례 펜으로 종이를 두드리면서 톱니가 돌아가길 기다렸다.

책. 그녀는 책을 좋아한다. 서점에서 일할 수도 있다. 커피. 카페도 괜찮다. 식물과 꽃을 좋아한다. 하지만 말벌은 싫다. 그래도 꿀벌은 좋다. 그녀는 노트에 "꿀"이라고 적었다. 아이를 좋아했던가? 좋아한다. 아주 많이. 자녀를 갖고 싶나? 아직 모르겠다. 그래서 아이라는 글자 옆에 물음표를 달았다.

넬은 모르는 사람과의 대화를 좋아한다. 그러니 복지관 업무도 괜찮다. 더운 환경이어야 할까? 펜 끝을 깨물었다. 꼭 그런 건 아니다. 태양을 좋아하지만 눈밭에서도 그만큼 즐거웠다.

호브에 머물고 싶은가? 자신도 모르게 몸서리가 쳐지는 걸 보면 뇌가 그 질문에 대답하기 전에 몸이 먼저 반응한 것이었다. 런던에 머물고 싶은가? 넬은 고층 건물에 살면서 위층과 아래층의 동시다발적 소음으로 겁에 질리고 싶지 않았다.

그렇게 눈앞에 놓인 메모를 쳐다봤다. 제대로 된 저녁의 작업물이었다. 아마도 평생을 통틀어 새해 전날에 한 가장 생산적인 일일 것이다. 자신의 인생을 제대로 운영하기 위해 성숙한 결정을 내리는 어른이 된 기분이었다.

그때 길거리에서 폭죽 터지는 소리가 났다. 넬은 창가로 가서 커튼을 올리고 사방에서 반짝이는 빛을 구경했다. 어두운 하늘에 생기는 무늬들, 점과 구불구불한 선과 그림자가 간간이 끼어들었다. 환호성과 폭죽 소리에 〈올드 랭 사인〉 노랫소리가 뒤섞여 들려오자 넬은 미소를 지었다. 그렇게 한 해의 마지막 밤이 지나갔다.

새해 첫날, 넬은 구직을 위한 이메일을 보내고 또 보냈다. 그녀의 이력서는 온갖 분야에서 잠깐씩 했던 일로 몇 장씩 채워져 있었다. 미래의 고용주가 보기에는 그다지 매력적이지 않을 듯했다.

몇 시간 동안 화면을 응시하던 넬은 코트를 입고 집을 나섰다. 산책을 하면서 머릿속을 정리하기로 했다. 목적지 없이 그냥 걸으면서 어젯밤에 세운 인생 계획을 고민해보면 실행할 방안이 떠오를 수도 있다. 경로를 정하지 않았기에 마음이 자유로웠다.

한 시간 뒤에 넬은 리젠트 운하 앞에 도착했다. 운명에 대해 떠올렸다. 톰은 어디에 보트를 정박해뒀는지 말해주지 않았고, 런던에는 운하가 많았다. 넬은 느긋하게 걸으면서 운하 벽을 따라 늘어선 형형색색의 보트들을 감상했다. 일부는 깨끗하고 아름다웠지만 일부는 낡은 외관을 자랑스러운 갑옷처럼 입고 있었다.

세렌디피티, 리버티, 시즈 더 데이, 솔티 독, 원 모어 타임, 더 퀸 힐다, 노티-보이. 넬은 기발하고 개성 있는 보트들의 이름에 웃음이 났다. 일부는 지붕에 태양광 패널을 붙였고 뱃머리에 화분과 고양이 화장실이 있는 배도 있었다. 꼬마전구와 크리스마스 장식을 여전히 달고 있는 배도 보였다.

넬은 칠판에 부딪히지 않으려고 몸을 살짝 틀었다. 그리고 멈춰서 분필로 쓴 글씨를 읽었다.

차, 커피, 샌드위치.

화살표가 인근의 좁은 보트를 가리켰다. 이웃한 보트처럼 예쁘게 꾸미지도 않았고 그렇다고 상처투성이로 보이지도 않았다. 주머니에 손을 넣어보니 5파운드 지폐가 만져졌다. 넬은 작은 나무문을 열고 머리를 숙이며 안으로 들어갔다.

보트 내부는 서로 어울리지 않는 탁자들과 작은 의자 한두 개 그리고 네 명 이상 앉을 수 있는 자리로 꾸며져 있었다. 꽃나무 화분이 테이블마다 놓여 있고 작은 칠판에는 음료 종류와 식사류가 자세히 적혀 있었다.

"잠시만 기다려주세요." 카페 테이블 너머 주방에서 친절한 목소리가 흘러나왔다.

"네, 천천히 하세요." 넬이 대꾸했다. 그런 다음 1인용 테이블에 앉았다. 그날 현실 도피를 위해 운하를 찾은 사람은 그녀뿐인 듯했지만 다른 사람들에게 필요할지도 모를 큰 테이블에 굳이 앉을 생각은 하지 않았다.

"안녕하세요. 뭘 드릴까요?" 중년의 백발 여자가 청바지 주머니에 걸쳐둔 깨끗한 행주에 손을 닦으며 칸막이 너머에서 나왔다.

"차 한잔이면 딱 좋을 것 같아요." 넬이 대답했다. "그리고 구운 과자도요." 메뉴에서 가장 저렴한 걸 찾아 그녀가 덧붙였다.

"잼도 같이 드릴까요?"

"추가로 주문해야 하나요?" 넬이 물었다.

여자가 친절하게 고개를 저었다. "아뇨, 전부 포함이랍니다."

이내 넬은 과자에 녹인 버터와 진한 딸기잼을 발라 호화롭게 즐겼다. 그러다가 추가 메뉴에서 '잼 50펜스'라는 글씨를 봤다.

"보트가 참 예뻐요." 넬이 말했다.

넬에게 음료와 먹거리를 내주고 카페 끄트머리 테이블에 앉아 있던 여자가 고개를 들었다. "고마워요. 사랑으로 잔뜩 공을 들였어요."

"그런 것 같아요. 여긴 얼마나 계셨어요?"

"한두 해 정도 있었어요."

"배가 움직이기도 하나요?"

그 말에 여자가 웃었다. "움직이고말고요. 아주 조금만. 연결 부위가 좀 뻑뻑해서요. 사람도 마찬가지잖아요?"

넬은 여자와 함께 웃었다.

"차를 더 줄까요?"

넬은 그러고 싶었지만 주머니에 5파운드 지폐뿐이라서 어쩔 수 없이 고개를 저었다.

"리필은 공짜랍니다."

넬은 칠판에 그렇게 적혀 있는지 보려고 했지만 아무것도 없었다.

여자는 넬의 시선을 따라가다가 재빨리 덧붙였다. "따로 홍보하진 않아요. 내 마음에 드는 손님에게만 주는 서비스라."

넬이 미소 지었다. "그런 거라면 한 잔 더 주시면 감사하겠어요. 대신 같이 드셔주실래요?"

여자의 이름은 안드레아였다. 오십 대 초반에 심근경색을 겪은 뒤 삶의 방식을 돌아보았다고 했다. 넬은 그 말이 무슨 의미인지 정확히 알았다. 그녀는 피터버러(영국 케임브리지셔주의 도시—옮긴이)에 한동안 정박해 있다가 삶의 속도를 높이려고 런던으로 왔다.

넬은 아늑한 보트 안을 만족스럽게 살폈다. 머릿속에서 제대로 된 아이디어가 떠올랐다. "저도 일할 수 있을까요? 여기 보트에서요?"

안드레아가 웃었다. "오늘 문을 연 지 세 시간째인데 당신이 첫 손님이랍니다. 당신이 돈을 낸 유일한 손님이라고요. 나도 일하라고 하고 싶지만 혼자도 가까스로 먹고사는 신세라서 누굴 고용할 처지가 못 돼요."

넬의 눈빛이 반짝였다. "그럼 모르는 사람한테 공짜로 차나 잼을 주지 마세요." 두 사람은 다시 웃었다.

"제 연락처를 드려도 될까요?" 넬이 부탁했다. "혹시 급한 일이 생기면 연락 주세요. 금방 올게요. 이제 막 저를 만나서 믿음이 안 가시겠지만 전 아주 정직하답니다."

"그렇게 해요." 안드레아가 긍정의 한숨을 쉬었다. "여기 연락처를 적어서 냉장고에 붙여둬요."

넬은 돌아오는 길에 모든 상점과 카페의 쇼윈도에 '직원 구함'이라는 안내문이 붙어 있는지 살폈다. 케밥 집 창문에 꼬질꼬질한 안내문이 하나 붙었지만 최저임금의 반밖에 주지 않았다. 그때 비가 내리기 시작했다. 넬은 근처 버스 정류장으로 피했다. 버스가 정류장에 섰고 넬은 목적지를 살폈다. 그렉의 집을 지나는 차였다. 주머니에 차와 과자 값을 내고 남은 잔돈이 짤랑거리기에 버스를 타기로 했다.

"현금을 안 받는다고요?" 넬이 손에 든 동전을 내밀자 기사가 고개를 저었다. "언제부터 그랬는데요?"

"10년도 더 지났어요."

"아, 아주 오래전부터군요. 그럼 어떻게 버스비를 내죠?"

"교통카드 기능이 있는 은행 신용카드나 교통카드로요."

"그렇지만 전 둘 다 없어요." 넬이 절망하며 말했다. "알겠습니다. 됐어요. 전 걸어갈게요." 그녀가 몸을 돌려 버스에서 내리려는데 카드 하나가 앞으로 쭉 나와 단말기에 찍혔다.

"제가 낼게요." 넬 옆에서 여자 목소리가 들렸다.

넬은 고마운 사람이 누군지 돌아봤다. 청록색 실크 코트를 걸친 팔십 대 노부인이었다. 어깨 조금 아래로 내려오는 백발에 다이아몬드 티아라로 반 묶음 머리를 하고는 입술에 분홍빛 립스틱을 발랐다. 넬은 여자의 호의와 멋진 모습에 매료되어 고맙다는 눈빛을 보냈다.

"이러지 않으셔도 되는데요." 넬이 말했다.

"너무 늦었어요. 이미 카드를 찍었거든." 노부인이 미소를 지으며 버스 기둥을 잡고는 자신의 자리로 돌아갔다. 넬은 부인을 따라가서 옆에 앉았다.

"정말 친절하세요. 돈은 드릴게요." 넬이 동전을 내밀었다.

여자가 고개를 저으며 손사래를 쳤다.

"전 넬이라고 해요."

"엘리너의 애칭인가요?"

"서류상으로는 그런데 정신은 그렇지 않아요."

노부인이 웃었다. "난 주노예요. 만나서 반가워요."

"주노? 사랑의 여신 아닌가요?"

"결혼의 여신이기도 하지. 그래서 내가 여섯 번이나 결혼했나 봐요."

"그러면 지금 여섯 번째 남편분과 같이 사세요?"

"아뇨. 그는 죽었어요." 주노는 잠시 애석한 표정이 되었다. "나이가 들면 작별 인사를 아주 많이 하게 돼요. 만남보다 작별이 더 많죠. 그래서 새로운 사람들을 보려고 하는 거랍니다. 균형을 좀 맞춰보려고."

넬이 노부인에게 악수를 청했다. "안녕하세요, 주노."

"안녕하세요, 넬."

"이 버스에 올라 기뻐요."

"나도 그래요."

"머리가 정말 예쁘세요."

"고맙군요." 주노가 미소 지었다.

"티아라도 아주 예뻐요. 어디 근사한 곳에 다녀오셨나요?"

"도서관에 갔었어요."

"도서관에 갈 때야말로 특별하게 꾸며야죠."

"맞아요. 난 시집을 두 권 읽었어요. 특히 최근에 우연히 알게 된 근사한 일본 작가의 신간 단편집이 마음에 들었죠. 그리고 유대교에 대해 알고 싶어서 관련 책도 봤답니다."

"전 당신한테 빠졌어요, 주노. 저랑 결혼해주세요. 제가 일곱 번째 남편이 될게요."

주노가 듣기 좋은 웃음소리를 내면서 푸른 눈동자를 반짝였다. "70년대 중반 모로코에 살 때 사랑스러운 여자친구가 있었죠. 그 애는 눈부시게 반짝이는 길고 검은 머리카락을 지녔어요. 우리는 1년 가까이 함께 살았는데 그녀가 결혼하게 되어서 난 완전히 상심했죠. 그리고 얼마 후에 난 두 번째 남편과 결혼했답니다."

"3번은 어땠어요?"

"스카치위스키에 너무 집착했죠."

"아." 넬이 알겠다는 듯 말했다. "4번이 어땠을지 감이 오는데요?"

"4번은 괜찮았어요. 한동안은. 날 3번에게서 구해줬으니."

"훌륭한 남자네요."

"5번은 근사한 리투아니아 남자로 지금도 날 찾아와서 이것저것 도와줘요. 나와 결혼했던 이유는 영주권이 필요해서였죠. 지금은 여기서 만난 아름다운 아내와 살아요. 국내에 체류하지 못했다면 결혼도 못 했겠죠. 그러니 난 확실히 옳은 일을 한 거예요.”

“6번은요?”

“6번이 최고였어요.” 주노가 넬의 손을 가볍게 토닥거리고는 고개를 돌려 창밖을 쳐다보았다. 그 때문에 넬은 촉촉해진 부인의 눈가를 알아차리지 못했다. “기다린 보람이 있었고 그 과정에서 가슴이 아팠어요.”

“당신은 제가 만난 가장 흥미로운 분이에요.”

“난 누군가에게는 늙고 보잘것없는 사람이고 누군가에게는 괴짜죠. 특별한 사람만이 날 볼 수 있답니다.”

“전 당신이 보여요. 그리고 부인을 만나 오늘이 즐거웠어요.”

“오늘이 어떤 날이었는데요?”

넬은 곰곰이 생각했다. 오늘 흥미로운 여자 두 명을 만났고, 보트에서 즐거운 한두 시간을 보냈다.

“정말 계몽적인 하루였어요.” 넬이 솔직히 말했다. “최근에 힘든 시간을 겪었는데 오늘은 모든 것이 일리가 있는 듯했어요. 매 순간 있어야 할 곳에 있었고요.”

“음, 참 잘됐네요.”

“아, 저는 곧 내릴 거예요. 얼마나 더 가세요?”

미소 짓던 주노의 얼굴에 갑자기 공포가 스쳤다. 그녀는 재빨리 눈을 좌우로 움직이며 대답을 찾았다. “모르겠어요.” 그녀가 속삭였다. “어디로 가고 있었는지 잊어버렸어요.”

“괜찮아요. 진정하세요. 이야기를 좀 더 나누다 보면 기억이 날 거예요."

"그러면 당신이 내릴 정류장을 놓칠 텐데요."

"아, 걱정 마세요. 전 어디서든 걸어서 돌아갈 수 있어요."

이제 주노는 입술을 깨물고 귀를 잡아당겼다. "내가 어디 사는지 기억나지 않아요." 그녀가 다시 말하고는 몸을 앞뒤로 살짝 흔들기 시작했다.

"휴대전화 있으세요? 도움 청할 만한 사람한테 연락해보면 어떨까요?"

"도서대출증을 꺼내려고 휴대전화를 도서관 책상 위에 내려놨는데. 아, 안 돼. 전화기를 깜박했어요."

"괜찮아요. 걱정 마세요. 아, 아니, 울지 마세요. 같이 해결해요. 그럼 저랑 같이 버스에서 내려서 저희 집으로 가요. 몸을 좀 데우고 따뜻한 차를 한 잔 마신 뒤에 어디 사시는지 기억나면 제가 모셔다드릴게요."

"페퍼민트 차가 있어요? 난 페퍼민트가 좋은데."

넬은 그렉의 찬장에 녹색 티백 상자가 있었던 것을 어렴풋이 기억해내고는 고개를 끄덕였다. "자, 부인, 제가 책을 들게요."

주노는 몇 분 사이에 키가 30센티미터는 줄어들고 10년은 더 나이를 먹은 듯했다. 그녀는 넬의 팔을 잡고 버스 정류장에서 몇 미터 거리에 있는 그렉의 집으로 갔다.

넬은 주노에게 차를 타주고 라디에이터 옆에 앉힌 다음 생각에 잠겼다. 만일 부인이 사는 곳을 기억하지 못하면 어쩌지? 재활용통에 〈빅 이슈〉 잡지를 모아둔 것을 보면 그렉은 아직도 자선에 동참하는 듯하니, 팔십 대 노인을 내쫓진 않겠지.

"당신 집은 좀 더 다채로울 거라고 생각했어요." 주노가 거실을 살피며 말했다. "기분 나빠하진 말아요. 하지만 좀 특징이 없네요."

"저도 당신 의견에 전적으로 동감해요. 여긴 제 친구 집이고 제가 앞으로 뭘 할지 생각할 동안 잠시 머무르고 있답니다."

"아, 잘됐군요. 잠시 내가 당신을 잘못 봤다고 생각했는데 그런 게 아니라서 기뻐요."

"부인 댁은 어떤 모습인가요?" 넬은 부인의 집으로 가는 길을 표시해줄 빵부스러기를 찾기 위해 대화를 이어나갔다.

"아, 근사해요. 난 아들과 며느리랑 함께 그 애들 집에 살고 있어요. 이 집과 좀 비슷하게 사방이 흰색이고 미니멀 스타일이죠. 난 그냥 지루하고 활기 없다고 말해요. 하지만 내 방은 근사해요. 사방에 보라색, 파란색, 주황색 공작 깃털을 뿌려놓은 것 같답니다."

"주황색이요? 공작이요?"

"아주 특별한 공작이죠." 주노가 웃었다. "나처럼."

넬은 웃으면서 대화를 이어갔다. "이 집처럼 대로변에 있나요? 아니면 좀 조용한 곳인가요?"

"공원이 내려다보이는 근사한 전망이 있어요."

"멋지네요. 공원은 너무 좋잖아요. 어떤 공원인가요?"

주노의 얼굴에 다시 먹구름이 드리웠다.

"리젠트 공원일까요? 아니면 햄스테드 히스?" 넬은 버스 경로와 가장 가까운 두 곳을 물어봤다. 주노는 커피 테이블에 놓인 자기 컵만 바라봤다. "꼭 지금 알 필요는 없어요, 안 그래요? 아드님 얘기 좀 해주세요. 이름이 뭐예요?"

"윌리엄이에요. 며느리는 윌라고."

"두 사람은 무슨 일을 하나요?"

"둘 다 배우예요. 윌리엄은 텔레비전 의학 드라마에 나오고 며느리는 드루어리레인 극장에서 연극을 해요."

넬은 소파 팔걸이에 놓아둔 그렉의 노트북을 가져다가 구글에 정보를 검색해봤다. 곧바로 윌리엄과 윌라가 나타났지만 그들의 주소는 없었다. 윌라는 드루어리레인 로열극장에서 연극에 출연 중이었다.

"알겠어요. 제가 윌라의 극장에 연락해서 통화가 가능한지 알아보고 댁에 모셔다드릴게요. 괜찮으세요? 더 필요한 건 없으세요?"

"괜찮다면 잠시 눈을 붙여도 될까요?"

"물론이죠! 제가 너무 떠들어대서 피곤하셨죠? 거기 계세요. 금방 갈게요. 소파 뒤에 담요가 있으니 덮으시고요."

넬은 전화를 들고 주방으로 가서 극장에 연락했다. 매표소로 연결됐다. 넬은 시어머니 일로 윌라와 급하게 통화해야 한다고 말했다. 직원은 당황스러운 듯이 몇 분간 묵묵부답이었지만 이

내 무대 관리자의 전화번호를 알려주었다. 넬이 전화를 끊자마자 모르는 번호로 전화가 걸려왔다.

"여보세요?"

"넬, 안녕. 톰이에요."

넬의 가슴이 철렁했다. "톰?"

"네, 톰 래들리, 침대를 사 간 사람, 근사한 섹스 파트너, 가끔은 웃긴 남자요."

"당신이 누군지 알아요. 놀랐잖아요."

"미안해요. 지금 통화하기 곤란한가요?"

"난 웨스트엔드의 여배우에게 연락해서 그녀의 시어머니를 돌려보내야 해요. 그분이 지금 티아라를 쓰고 내 소파에서 주무시고 계시거든요."

"세상에, 넬, 진짜 대단하네요. 소파를 장만한 건 잘했어요. 일이 잘 풀리나 보군요."

"아, 아니, 미안해요. 난 아직도 옷 몇 벌만 들고 친구 집에 머물고 있어요."

"전 남자친구?"

"맞아요. 하지만 그 애는 지금 여기 없어요. 난 주노라는 멋진 노부인을 자기 집으로 돌려보내야 해요."

"도움이 필요해요?"

"아니라고는 말 못 하겠군요."

"어디예요? 내가 우버를 타고 가죠."

넬이 톰에게 그렉의 집 주소를 알려주면서 윌리엄이 나오는 의학 드라마 제작사의 연락처를 알아봐달라고 부탁했다.

넬은 거실 문에 머리를 대고 주노를 살폈다. 노부인은 소파에서 행복하게 졸았고 보랏빛 발레 슈즈가 바닥에 떨어져 있었다. 넬은 미소를 지은 다음 조용히 문을 닫았다.

무대 관리자는 전화를 받지 않았다. 넬은 톰에게 전화했다. "드루어리레인 로열극장에 들러서 윌라가 거기 있는지 알아봐줄래요? 무대 입구에 가서 말해요."

"나한테 맡겨둬요. 실종된 시어머니, 티아라, 잠, 모두 안전하니까."

"톰?"

"네?"

"내 번호는 어떻게 알았어요?"

"운하에 사는 이웃이 오늘 흐트러진 머리에 녹색 눈을 가진 넬이라는 멋진 여자를 만났다고 하길래 당신인 줄 알았어요. 당신이 연락처를 남겼더군요. 내가 알아도 괜찮은 거죠?"

"네, 괜찮아요."

"윌라를 찾으면 연락할게요."

"좋아요. 그리고 고마워요, 톰."

"별말씀을."

넬이 전화를 끊으며 생각했다. 이러니 10년 계획을 못 세우지. 우주는 확실히 그런 식으로 돌아가는 게 아니거든.

2.

"뒤에 누구야? 잠깐, 우리 회사 크리스마스 파티에 왔던 코미디언이지?"

"맞아. 톰이야."

"다른 사람들은 누군데?"

"중세 소작농 옷을 입은 사람은 연극배우 윌라고, 티아라를 쓴 분은 주노야. 다들 그렉에게 인사해주세요." 넬이 휴대전화를 뒤로 돌리자 모두가 화면을 향해 열렬히 손을 흔들었다.

"저기, 음, 내 집에 왜 저 사람들이 있는 거야?"

"이야기가 길어. 나중에 들려줄게. 하지만 걱정할 건 없어. 다 잘되고 있으니까. 잘 자고 내일 통화해. 그만 끊을게." 넬은 전화를 끊고 그렉의 응접실에 모인 세 사람에게 말했다. "차 드실 분?"

윌라가 손목시계를 봤다. "전 가서 분장을 마쳐야 해요. 정말 미안해요, 넬. 어머니, 밖에 나가시면 안 돼요."

"오늘 가야 했어, 윌라. 내가 도서관에 특별히 주문한 무라카미 하루키의 책이 도착했거든."

"주말까지 기다려도 됐잖아요." 윌라가 살짝 안달하는 목소리로 말했다. "주말에 저희가 모시고 갔을 텐데요."

"최대한 빨리 읽고 싶었는걸." 주노는 꼭 혼난 아이처럼 슬픈 목소리로 대꾸했다.

"넬, 저희가 당신 시간을 너무 많이 뺏었군요. 다시 한번 감사해요. 어머니, 저랑 같이 극장으로 가세요. 윌리엄이 촬영 끝나는 대로 모시러 온댔어요."

"괜찮다면 남편분이 오실 때까지 제가 어머니랑 같이 있을게요." 넬이 말했다. "전 이제 외출 계획이 없고, 드실 음식도 좀 만들 수 있어요. 추운데 또 밖에 나가시게 할 순 없잖아요."

윌라는 잠시 생각에 잠겼고 넬은 그녀가 자신을 평가하는 중임을 알아차렸다.

"난 여기 있는 게 더 좋아." 주노가 발레 슈즈를 벗었다. "극장은 너무 시끄럽고 백스테이지 화장실은 진짜 별로거든."

윌라가 시계를 보고 혀를 찼다. "진짜 그래도 괜찮겠어요, 넬? 7시는 넘어야 그이가 올 텐데요."

"우린 시간을 재밌게 보낼 거예요. 남편분에게 괜찮으니까

서두를 필요 없다고 전해주세요."

윌라가 시어머니를 향해 몸을 돌렸다. "어머니, 오늘 넬을 만나서 행운인 줄 아세요. 안 그랬다면 정말로 끔찍한 일이 벌어졌을 수도 있어요."

"하지만 그러지 않았잖니." 주노가 빙그레 웃었다.

그녀에게 못 당하겠다는 표정으로 윌라가 돌아갔다. 이제 주노는 톰에게 관심을 보이면서 그가 믿기엔 너무 허무맹랑한 이야기를 아주 진실하게 전달했다.

"당신을 일곱 번째 남편감으로 점찍은 것 같아요." 30분 뒤 주노에게 간단한 요깃거리를 주고 소파에서 쉬게 한 다음 주방에서 넬이 톰에게 속삭였다.

"근사한 분 같아요." 톰이 웃었다. "50년 뒤의 당신이 저럴 거예요."

"저렇게 늙을 수만 있다면 정말 기쁘겠어요. 오늘 도와줘서 정말 고마워요. 나 때문에 중요한 일을 놓친 건 아니죠?"

톰이 고개를 저었다. "알로를 그 애 엄마한테 막 데려다준 뒤라서 타이밍이 기가 막혔죠. 절망에서 눈을 돌릴 필요가 있었거든요."

"당신 아들이요? 몇 살이에요?"

"네 살."

"어린아이를 떼어놓으려니 힘들었겠네요."

"가장 가슴 아파요. 매일 보다가 일주일에 한두 번만 보는 건

214

너무 가혹해요. 그렇지만 이제 난 더 안정을 찾았고 나만의 공간이 있으니 그 애가 오기 훨씬 쉬워졌어요."

"당신과 안드레아가 이웃이었다니 믿을 수가 없네요. 세상에 이런 우연이."

"그러게나 말이에요. 당신이 우연을 믿는다면요." 그의 눈동자가 반짝였다.

"무슨 뜻이죠?"

"난 좁은 보트에 산다고 했고 당신은 며칠 뒤에 런던에서 가장 큰 주거용 보트 정박지를 지나쳤으니까."

넬이 어깨를 으쓱였다. "그냥 산책하러 나갔다가 운하까지 가게 됐어요. 단순한 우연이죠. 어쨌든 나한텐 큰 행운이었어요. 안 그랬다면 주노가 탄 버스에 오르지 못했을 테니까. 끝이 좋으면 다 잘된 거잖아요."

"맞아요. 이제 당신 전 남자친구의 아주 복잡하고 비싸 보이는 커피 머신 사용법을 알려줘요? 이렇게 좋은 물건을 쓰지 않는 불행한 그를 생각하면 아주 행복하네요."

윌리엄이 초인종을 눌렀을 때 넬은 이마에 '무하마드 알리'라고 적힌 포스트잇을 붙인 채 문을 열었다. 주노 역시 비슷한 종이를 이마에 붙이고 거실에 있었다.

"난 동물과 초콜릿을 좋아하지만 옷엔 별로 관심이 없다네!" 주노가 신나게 외치고 손뼉을 쳤다. "윌리엄! 어서 오렴. 이 게

임은 정말 재미있어."

"어머니, 이 착한 사람들의 시간을 이미 많이 뺏었잖아요."

"전혀 그렇지 않아요." 넬이 이렇게 말하고는 주노를 일으켜 주었다. "저희는 부인과 즐거운 시간을 보냈어요. 정말 근사한 분이세요."

윌리엄이 넬에게 지친 미소를 보였다. "그래요."

"자기가 한가할 때 다시 만날 수 있을까, 넬?" 주노가 희망 섞인 목소리로 물었다.

넬과 주노의 아들은 동시에 "당연하죠"와 "그녀를 귀찮게 하지 마세요, 어머니"라고 말했다.

"제 연락처를 적어드릴 테니 전화하세요. 곧 다시 뵙고 싶어요." 넬은 종이와 펜을 가지러 가기 위해 자리에서 일어났다.

"저기, 번호는 필요 없어요. 아마 시도 때도 없이 전화하실 거예요. 당신이 직장에 있을 때도……."

"오늘 오후를 어머니와 같이 보내면서 정말 즐거웠어요. 그리고 지금 전 구직 중이라서 방해받을 일은 없을 거예요."

"정말 괜찮겠어요?"

"100퍼센트 확신해요." 넬이 그에게 활짝 웃어준 다음 주노를 꼭 안았다. "몸 잘 챙기시고 내일의 모험을 위해 티아라도 반짝반짝 닦아두세요."

"내일의 모험은 곤란해요." 윌리엄이 말했다. "윌라는 하루 종일 극장에 있고 전 쭉 촬영해야 하거든요."

216

"그러면 어머니는 누구랑 같이 계세요?"

"집 밖으로 나가지만 않으면 괜찮으세요."

"며칠 동안 혼자 집에만 있을 순 없어요. 제가 가서 말동무가 되어드릴게요. 윌리엄, 집 주소를 알려주면 11시까지 갈게요."

윌리엄은 잠시 머뭇거렸고 넬은 그 이유를 알아차렸다. "저기요." 그녀가 말했다. "당신과 윌라가 유명한 거 알아요. 어머니가 말해줬어요. 하지만 난 텔레비전이 없고 평생 당신을 본 적도 없어요. 그러니 내가 스토커일 거라는 생각은 접어둬요. 정말로 당신 어머니가 좋아요. 어머니도 날 좋아하는 것 같고요. 난 내일 할 일이 없어요. 당신 쓰레기통을 뒤지고 타블로이드지에 이야기를 파는 짓은 안 한다고요. 약속해요."

윌리엄은 넬의 말을 곰곰이 생각했다. 그리고 시간이 조금 흐른 뒤에야 고마움에 고개를 끄덕이고는 어머니를 집으로 데려갔다.

"당신은 정말 사랑스러워요." 톰이 말했다.

그 말에 넬이 눈살을 찌푸렸다.

"대부분의 사람은 버스에서 주노를 보면 피했을 거예요. 하지만 당신은 그녀에게 다가갔어요." 다시 톰이 말했다.

넬이 어깨를 으쓱였다. "난 흥미로운 사람들이 좋아요."

"나랑 같이 저녁 먹어요. 오늘 밤에. 주노만큼 흥미로울지는 모르지만 최선을 다할게요."

"오늘 밤이요?"

"안 돼요?"

"냉장고에 구운 렌틸이 있어요."

"맛있겠군요. 하지만 당신 전 남자친구 집에 있으니 기분이 이상해지기 시작했어요."

"그 애의 커피를 불평 없이 마셨잖아요."

"그건 근사한 커피니까. 하지만 지금은 그의 전 여자친구를 좀 더 알고 싶어요. 그런데 가여운 남자의 집에서 그러기에는 아주 이상해서요."

넬이 웃었다. "뭐 그런 거라면 같이 나가요."

집을 나온 직후 넬은 재빨리 문자 메시지를 두 개 보냈다. 처음에는 엄마에게 보냈다.

안녕, 엄마. 새해 복 많이 받으세요! 전 잘 있어요. 오늘 근사한 여자 두 명을 만났고 지금은 친구랑 저녁 먹으러 가요. 곧 통화해요. 사랑해요, 넬이.

두 번째 문자는 언니에게 보냈다.

안녕, 폴리 언니. 올해가 언니에게 행복한 한 해가 되길 바라. 대화가 필요하면 언제든 전화해. 난 늘 여기 있을게. 사랑해, 넬이.

"괜찮아요?" 넬이 문자를 다 보내고 휴대전화를 주머니에 넣자 톰이 물었다.

넬이 고개를 끄덕였다. "네, 아마 괜찮을 거예요. 그러길 바라야죠. 내가 죽음을 앞두고 편지를 쓴 상대가 당신만은 아니니까."

"도와줄 외부 업체가 필요해요?"

"아직은 아니에요. 아무튼 고마워요."

두 사람은 잠시 말없이 가로등이 켜진 런던 거리를 걸었다. 둘 다 더 편안하게 느끼는 중부 쪽으로 가니 상점들이 조금 소박해졌다.

"뭐 하나 물어봐도 돼요?" 복잡한 여섯 교차로의 신호를 막 빠져나온 뒤 톰이 물었다. 넬이 고개를 끄덕이자 톰이 말을 이었다. "우리가 처음 만났을 때 당신은 놀라울 정도로 죽음에 낙관적이었어요. 꼭 대답할 필요는 없어요. 그냥 궁금해서 묻는 거니까. 만약 지금 누군가가 내게 곧 죽을 거라고 하면 난 만신창이가 될 거예요."

"난 19년간 죽음을 준비했어요. 지금 당신은 몇 살이죠?"

"서른다섯이요."

"그럼 54세에 지구를 떠날 거라는 말을 들었다고 상상해보세요. 당신은 이렇게 생각하겠죠. '아, 너무 어리지 않나? 하지만 아직 시간이 많이 남았으니 하고 싶은 일을 다 할 수 있어.' 이건 당신이 병들어 살날이 몇 달 안 남았다는 사실을 알게 되는 것과는 달라요. 병들어 곧 죽는 건 분명 가슴이 찢어지는 일이겠죠. 하지만 19년 후에 죽는 건요? 그냥 19년이라는 채워야 하는 달력이 생긴 것과 같아요. 그렇게 마음의 평화를 얻었어요."

"의심해본 적은 없어요? 그걸 믿고 따르는 것이 잘못이라는 생각을 해본 적은요?"

미래의 계획을 세우는 연인들에게 둘러싸여 깊은 외로움을 느꼈던 밤들, 영원히 살 것처럼 자신만만해서 아이를 셋, 넷, 간혹 여섯 명씩 데리고 여행하던 이들을 바라보며 느꼈던 소외감을 그에게 들려줄 수도 있었다. 아니면 엄마, 언니, 어린 시절 친구들처럼 그녀가 없어진 후에 영향을 받게 될 사람들을 천천히 계획적으로 잘라냈다는 말도. 모든 종류의 사랑에서 자신을 잘라내는 아주 신중한 결정을 내렸음에도 자신이 뒷전으로 밀리는 것을 느낄 때마다 갈비뼈를 찌르는 듯한 아픔을 느끼지 않았다고 말하는 것은 거짓일 것이다.

하지만 맨디를 찾아가지 않았더라면 넬이 페루 해안에서 갓 잡아 올린 인생 최고의 안초비를 먹어볼 수나 있었을까? 아름다운 우루과이 남자와 짧지만 아주 깊은 사랑에 빠져 그와 함께 몬테비데오의 허름한 원룸에서 한두 달 살 수 있었을까?

넬이 계속 집을 지키고 엄마보다 먼저 아빠의 불안함을 알아차렸더라면 애초에 아빠는 바람을 피우지 않았을 수도 있다. 그러면 엄마가 레이를 만날 일도 없었을 거고. 넬이 그 자리에 있으면서 엄마의 인생을 채워주고 엄마가 사랑받을 만한 가치 있는 사람이라고 느끼게 해줬다면 그가 끼어들 자리는 없었겠지. 그리고 데미안은 넬이 집에 하루 이틀 머물다가 사라지는, 제멋대로에 예측 불가능한 애가 아니었다면 엉뚱한 마음 따윈 먹지 않았을 것이다. 혹시 그랬다고 해도 넬은 곧바로 언니에게 알려서 마음을 추스르게 도와줬을 것이다. 한마디로 넬이 떠나지 않았더라면 가족 전체가 달랐을 것이고 더 행복했을 것이다.

"우리가 옳은 선택을 했는지 의구심을 갖는 게 인간의 본성인 것 같아요. 내 경우에는 충만하고 다양한 인생을 살아야만 편히 눈을 감을 수 있을 것 같아서 남들이 잘 가지 않는 곳으로 여행을 가고, 최대한 다양한 부류의 사람들과 대화를 나누고, 지구상에서 먹을 수 있는 거라면 모조리 먹어보고, 다양한 음악에 맞춰 춤을 추고, 모든 종류의 글을 읽어보고, 새로운 모험을 열린 마음으로 받아들였어요. 충만한 인생이란 사람마다 완전히 다른 의미를 갖겠죠. 지난 20년간의 특별한 삶에서 배운 점이 있다면 사람은 다 똑같으면서도 다 다르다는 거예요. 이해되나요?"

"당신이 생각하는 것 이상으로요."

"그래서 내가 다른 사람의 인생을 바꾸려고 하지 않는 거예요." 넬이 말했다. "당신이 날 만난 뒤로 바꾼 결정이 있을까 봐 걱정돼요."

"아뇨. 오랜 생각 끝에 내린 결정인 걸요. 당신이 내게 뭘 하라고 세뇌시킨 건 전혀 없어요. 그저 내가 제때 변화할 수 있게 걷어차 주었을 뿐이죠. 내 본업이 생명력을 모조리 뽑아가는 가운데 우유 하나 자기 돈으로 사본 적이 없는 하우스 메이트들과 같이 살고, 알로를 자주 만나지 못하고, 다리가 밖으로 삐져나오는 중고 침대에 자면서…….”

넬이 기침을 했다. “누가 당신 이야기를 듣고 있는지 알려주려고요.”

“넬, 당신이 영감을 주었어요.”

“아니, 난 아니에요. 그리고 솔직히…….”

“진실 고백 타임이군요.” 톰이 말했다.

“다른 사람의 감정을 계속 신경 쓰고 거기서 벗어나는 대신 적응하고 옆에서 견디는 것이 내게는 너무 낯설어요. 그리고 그러고 싶은지도 모르겠고요.”

“이해해요. 당신은 지금껏 지루해지거나 힘들면 종을 울리고 ‘다음!’ 하고 외치고는 짐을 싸서 넘어갔죠. 그런데 잘 살펴보면 모험은 곳곳에 깔려 있어요. 굳이 아마존 열대우림까지 갈 필요가 없다고요. 여기서도 모험은 할 수 있어요. 이곳…….” 톰은 두 사람 앞에 있는 펍으로 시선을 돌렸다. 그리고 문 위에 달린 간판을 올려다봤다. “랫 앤 패럿에서도.”

“난 앵무새(패럿)를 좋아해요. 쥐(랫)는 별로지만.”

“그래도 여기로 가볼까요?”

두 사람은 맥주 두 잔, 스테이크 에일 파이(소고기를 에일 맥주에 졸인 것-옮긴이), 감자튀김을 시켰다. 맛이 괜찮았다. 넬은 접시 가장자리에 남은 그레이비소스까지 손가락으로 훑었다. "좀 물어봐도 돼요?"

톰이 어깨를 으쓱였다. "네."

"아내와 헤어진 이유가 뭐예요?"

"너무 뻔해서 웃기지 않아요."

"모든 게 다 웃길 필요는 없어요."

"난 코미디언이에요. 모든 게 웃겨야 한다고요."

"웃기지 않는 부분만 요약해서 말해봐요."

"사랑했죠. 그러다가 사랑이 식었어요. 알로는 두 번째 단계에 생겼고 우리는 첫 단계로 돌아가려고 애썼어요. 잘되지 않았죠. 그러다 아내는 다른 사람과 첫 단계를 찾았어요."

"어머."

"그는 괜찮은 사람이에요. 머리를 심긴 했지만. 튀르키예에서 시술했다더군요."

"각자 사정이 있으니까요."

"그래도 이상하지 않아요? 머리 뒷부분을 민 다음 그걸 이마에 심으려고 튀르키예에 간다니요?"

"난 근사한 튀르키예식 후무스 요리법을 알고 있어요." 넬이 말했다.

"피부 이식이 아니라 그런 걸 알고 있어야 하는 거죠."

"통조림 병아리콩을 절대 사용하지 않는 게 비결이에요. 말

223

린 병아리콩을 써야 해요."

"정말 모르는 게 없군요?"

"아마존이 랫 앤 패럿보다 더 낫다고 생각했어요."

"봤죠?" 톰이 미소를 지었다. "가끔은 이런 모험이 최고이기도 해요."

두 사람은 펍을 나와 커피를 마시러 갔다. 둘은 강 쪽으로 걸었다.

톰의 보트는 안드레아의 보트에서 그리 멀지 않았다. 이웃한 배처럼 근사하진 않았다. 화분도, 샐러드 채소를 키우는 작지만 풍성한 지붕 온실도 없었다. 하지만 안으로 들어가서 그가 램프를 몇 개 켜고 난로에 불을 피우자 실내 모든 부분이 따스하고 포근해 보였다. 넬이 기대한 대로였다.

"진을 마실래요, 아니면 차?"

"진이요."

"춥지 않아요? 좌석 밑에 담요가 있어요."

넬은 좌석을 들어 올려서 담요를 꺼낸 다음 다시 좌석을 내렸다. 그리고 좌석에 앉은 다음 무릎 위에 담요를 덮었다. 톰이 진토닉 두 잔을 가져오더니 자신의 발을 담요 안으로 집어넣었다.

넬은 주변을 둘러보았다. 작은 창문에 드리운 리넨 커튼, 초소형 주방에 걸린 다채로운 머그잔, 난로에서 일렁이는 불꽃.

"내가 당신 인생을 바꿨을까 봐 걱정했어요. 그런데 여기 와보니 내가 그랬다는 게 기쁘군요. 정말 잘 꾸며놨잖아요."

"나도 마음에 들어요. 이 동네에 온 지 몇 년이 지났는데도 그냥 강가만 걸어 다녔죠. 그런데 당신을 만나고 이틀 뒤에 임대 표시가 보이더군요. 난 두 번 생각 안 했어요. 곧바로 계약금을 걸었어요."

"나라도 그랬을 거예요. 여긴 너무 안락하니까." 넬이 쿠션에 등을 기댔다. "하숙생은 필요 없나요?"

"침대가 하나뿐이라."

"난 괜찮은데." 농담이었지만 그녀는 상대가 그렇게 받아들이지 않았다는 점을 깨달았다. 그러나 톰이 그녀 쪽으로 고개를 기울였을 때 넬은 꽤 기뻤다. 굳이 모든 것이 재미있을 필요는 없으니까.

3.

넬은 2주 동안 두 명의 남자와 잠자리를 가졌다. 불편한 기분이 들었다. 그렉을 미래의 배우자로 결정지으려고 했는데 톰과 함께하니 만사가 너무 술술 풀리고 자연스러웠다.

"당신 왼쪽 가슴에 생긴 주근깨가 꼭 오리온자리의 별 세 개 같아요." 톰이 손가락으로 넬의 가슴을 쓸면서 점을 선으로 연결했다.

"38년을 살면서도 몰랐네요. 나한테 다른 별자리도 있어요?" 넬이 이불을 젖히고 나체를 드러냈다.

"어디 봅시다." 톰이 뺨을 부풀리며 진지하게 말했다. "별자리는 아니지만 수달처럼 생긴 점이 있어요. 좀 더 자세히 들여다봐야겠어요. 편안하게 있어요. 한참 봐야 할 것 같으니까."

그가 머리 위로 이불을 뒤집어썼다. 그런데 잠시 뒤 보트 빗장에 날카로운 노크 소리가 나고 한 여자가 그를 불렀다.

"아, 젠장!" 톰이 얼른 이불에서 나와 청바지를 집었다. "아내가 왔어요."

"전, 전처죠." 옷을 주워 입으면서 내달리는 그를 향해 넬이 소리쳤다.

넬은 베개를 베고 누워서 굴곡진 천장을 바라봤다. 인생이란 정말로 이상하고 또 이상하다. 넬이 옷을 입는데 톰이 객실 안으로 들어왔다.

"알로가 원숭이를 놓고 갔어요." 그가 매트리스 모퉁이를 차례로 들어 올리다가 마침내 인형을 찾았다. "금방 올게요."

"내가 가는 게 낫지 않을까요?"

"아뇨. 이것만 레아에게 전해주고 금방 올게요."

레아. 전처에게 이름이 있었다. 이름이 있는 게 당연하고 없는 게 더 이상하지만. 넬은 객실 안에서 까치걸음을 옮겼다. 문이 약간 열려 있어서 뱃머리에 서 있는 톰이 보였다. 레아는 아직 운하 길에 서 있는 것이 분명하다. 엿들을 생각은 아니었다. 다른 사람의 일은 그들 문제지 그녀의 문제가 아니니까. 그런데 전 연인과 나누는 대화는 그 사람이 어떤 부류인지를 알려주는 가장 유용한 지표다.

"여기." 톰의 목소리가 들렸다. "인형을 못 챙겨서 미안."

"이 인형 없으면 잠 못 자는 거 알잖아."

"인형을 하나 더 사서 각자의 집에 하나씩 두면 어떨까?"

"여긴 집이 아니야, 톰. 보트지."

"주거용 보트라고."

"런던의 가장 험한 동네에 있는 녹슨 고물 덩어리일 뿐이잖아. 난 알로가 여기 머무는 게 정말로 불편해. 그 애가 몽유병으로 걸어 다니다가 운하에 빠지면 어떡해?"

"알로한테 무슨 몽유병이 있다는 거야?"

"중요한 건 그게 아니잖아. 애가 밤에 방향을 혼동해서 물에 빠질 수도 있다는 얘기야."

그는 차분하게 대꾸했다. "리." 톰이 아내를 애칭으로 부르는 걸 듣자 넬은 움찔했다.

"밤에는 빗장을 이중으로 잠그고 내 침대에서 같이 자니까 안전해. 늦었어. 알로가 원숭이가 없어서 속상해한다며. 얼른 갖다 주고 나머지 대화는 낮에 다시 해."

"알로는 엄마한테 맡겼어. 지금 자고 있을 거야. 안에 들어가서 와인이라도 한잔하면서 이야기 좀 했으면 해."

"롭이 당신을 찾지 않을까?"

"그는 한동안 친구들과 지내고 있어. 우리가 해결 중인 일이 좀 있어서. 그럼, 들어가도 될까?"

"아니, 내일 다시 대화하는 편이 좋겠어."

"내가 정말 끔찍한 실수를 저질렀어, 톰. 당신이 그리워. 알로도 당신을 그리워해."

레아의 말에 톰은 아무 반응도 하지 않았다. 넬에게는 그 시간이 엄청나게 길게 느껴졌다. 그러다 톰이 기침을 했다.

"저기, 레아, 당신에게 말하고 싶진 않았는데." 톰이 말했다. "나 진짜 좋아하는 사람을 만났어. 정말 좋아해. 내가 다시 행복해질 수 있겠다는 생각이 들 만큼. 당신과 롭이 힘든 건 안타깝지만. 그는 괜찮은 사람이잖아? 해결 중인 일이 뭔지 모르겠지만 잘 해결되길 바랄게. 차로 온 거야, 아니면……."

"내 차로……." 레아가 힘없이 말했다.

"그래, 잘됐네. 내일 아침에 전화할게. 그때 알로에 대해 제대로 이야기해보자. 조심히 돌아가."

넬은 이런 대화를 듣게 될 거라고는 생각하지 못했다. 톰의 속사포 같은 농담과 재치 있는 말투는 완전히 사라졌다. 그는 성숙하고 정직하고 친절했다. 또 톰은 넬을 아주 많이 좋아하고 있었다. 그래서 오늘 밤 그는 아내 대신 그녀를 선택했다.

넬은 코트를 쥐고 침실을 지나 보트 뒤편으로 갔다. 그리고 문을 열고 재빨리 어두운 밤 속으로 몸을 숨겼다. 또다시 모르는 사람의 인생에 들어가서 제멋대로 인생을 쓰러뜨린 다음 관계를 회복 불가능한 수준으로 망쳤다는 생각에 괴로웠다. 오늘 밤 넬이 여기 있지 않았다면 톰은 레아와의 관계를 회복했을지도 모른다. 그들의 사랑이 다시 불붙으면 알로는 양쪽 부모와 함께 살 수 있을 테지. 넬은 가족을 갈라서게 하는 이유가 되고 싶지 않았다. 넬은 케이티가 되고 싶지 않았다. 그러기 싫었다.

4.

"난 자기 남자친구가 마음에 들었는데."

"그는 제 남자친구가 아니에요. 그리고 다시는 그를 만나지 않을 거예요."

"둘이 잘 어울리던데. 그는 자길 좋아해."

"주노, 그만하세요."

"난 그쪽 분야의 감이 남달라. 둘이 서로를 정말 행복하게 해 줄 것 같던데."

"상황이 복잡해요."

"좋은 일은 자주 그렇지. 자기 나이에 복잡하지 않은 인생을 산다면 뭔가 심각하게 잘못된 거야."

주노가 그들 옆의 협탁 위에서 진동하는 넬의 휴대전화를 가리켰다. "그 사람이야?"

넬은 전화기를 들어 화면을 본 다음 한숨을 쉬고 전화기를 뒤집어 내려놓았다.

"인생의 어느 지점에 도달했을 때 모든 해답을 알 것 같다는 느낌을 받으셨어요?"

"아직 그런 느낌을 받지 못했는데."

"지금 연세가?"

"여든넷."

"그러니까 죽기 전까지는 닥치는 대로 사는 수밖에 없군요."

주노가 고개를 끄덕였다. "기본적으로는 그래."

"주사위 놀이를 할까요?"

"자기 연애사에 관해 이야기하고 싶은데."

"맨 정신으로는 안 돼요."

"윌리엄이 괜찮은 술을 어디에 뒀는지 알아."

"점심때부터 취하면 안 돼요. 남은 샌드위치 안 드실 거예요? 제가 먹어도 될까요?"

"뭘 물어? 그냥 먹으면 되지."

"이건 윌리엄과 윌라가 산 음식이잖아요."

"그 애들은 신경 안 쓸 거야."

"다른 사람의 호의로 먹고사는 것에 지쳤어요. 전 직장이 필요해요, 주노. 어딜 가면 일자리를 구할 수 있을까요?"

넬의 휴대전화가 다시 진동했다.

"빌어먹을 저것 좀 받아서 그 남자를 절망에서 구해줘."

넬은 그녀를 향해 혀를 내민 뒤에 전화를 들고는 누군지 보지도 않고 신경질적으로 전화를 받았다.

"정말 미안한데 전화 좀 그만해요. 당신 인생을 망치고 싶지 않으니까. 내가 없는 편이 당신에게 훨씬 좋아요. 우리는 각자의 길을 가는 게 최선이에요."

"알았어. 그냥 이야기나 할까 연락했는데. 넌 정말 나빠, 넬."

"폴리 언니! 아니, 언니가 아니라 다른 사람인 줄 알았다고."

"와우, 넌 사방에서 사람들을 열 받게 하느라 바빴구나."

"별일 없지?"

"음, 뭐 그럭저럭. 다음 주에 같이 점심을 먹을까? 네가 괜찮으면 목요일이나 금요일에 반차를 쓰고 런던에 올라갈까 하는데?"

"너무 좋아!"

"그럼 목요일로 할까? 오늘부터 일주일 뒤."

"좋았어! 언니가 전화해줘서 정말 기뻐."

"엄마가 꼭 전화해야 한다고 하셨거든."

넬이 씩 웃었다. "뭐 어쨌든 언니가 전화해줘서 기뻐."

"그래. 넌 별일 없니? 인생을 망치고 싶지 않은 사람이 누군데?"

"복잡해."

"하나도 안 복잡해." 주노가 뒤에서 큰 소리로 말했다. "사실 꽤 간단한 일이야."

"누구야? 그렉이니? 엄마가 너희 둘이 다시 만난다던데."

"우린 다시 만나지 않아. 그리고 상대는 그렉이 아니고."

"전화기 내놔봐." 주노가 손을 내밀었다. "여보세요? 난 주노라고 해요. 넬의 친구죠. 당신이 넬의 언닌가요? 넬한테 좀 알아듣게 타일러줄 수 없어요? 그녀에게 괜찮은 남자가 있어요. 아주 잘생기고 재미있고 친절한 남자죠. 넬도 그에게 홀딱 반했는데, 무슨 이유인지 그를 거부하고 있어요. 내 말은 듣지 않으니 부디 넬이 제대로 생각할 수 있게 해줘요. 통화해서 반가웠어요." 주노가 휴대전화를 다시 넬에게 건넸다.

"미안해, 언니. 난 오늘 봉사 활동 중이야. 노부인의 얼토당토않은 이야기 상대를 해주고 있어. 맙소사, 부인이 지금 오줌을 지려서 그만 끊어야 할 것 같아. 다음 주가 너무 기다려져. 사랑해."

주노가 아랫입술을 삐죽 내밀었다. "어째서 내가 머저리처럼 소변을 지려야 해? 너무하네."

"쉬이잇, 그만 주무실 시간이에요, 부인."

그때 주노 옆의 커피 테이블에 놓인 집 전화가 울렸다. 그녀는 여전히 웃으며 전화를 받았다. "아, 윌리엄이구나. 그래, 난 지금 캐롤라인과 아주 즐겁게 지내고 있어. 그 애와 통화할래? 그래, 잠시만." 주노가 무선전화기를 넬에게 건넸다. "우리 애가 통화를 하고 싶다네."

넬은 전화를 받아들면서 주노를 자세히 살폈지만 노부인은 미소를 지으며 가만히 앉아 있었다. "여보세요?"

"어머니가 당신을 캐롤라인이라고 불렀어요. 당신의 다른 이름인가요?" 윌리엄이 희망이 담긴 목소리로 물었다.

"아뇨. 어디서 그런 이름이 나온 건지 모르겠어요." 넬이 조심스럽게 대답했다.

윌리엄이 지친 듯 한숨을 쉬었다. "캐롤라인은 몇 년 전에 돌아가신 이모님이세요."

아침 내내 의식이 또렷해 보였던 주노는 넬의 언니와 이야기를 하다가 혼동이 생긴 것이 분명했다.

"제가 집으로 갈게요." 윌리엄이 말했다.

"아뇨. 아무 문제 없어요. 전 여기 하루 종일 있을 수 있어요. 달리 갈 데도 없고요. 부탁이에요. 저랑 있으면 괜찮으세요."

"고마워요, 정말로. 최대한 빨리 갈게요."

윌리엄이 BBC 스튜디오 출입증을 목에 건 상태로 집에 돌아와 "고마워요. 오랜만에 어머니가 행복해하는 모습을 봤어요"라며 넬을 배웅했다.

넬이 그렉의 집으로 돌아왔을 때 그렉은 새해 전야 하우스 파티에서 돌아와 곧바로 몰디브로 떠날 준비를 하고 있었다. 넬은 찬장에서 와인 잔 두 개를 꺼내고 와인 거치대에서 덜 비싸

보이는 와인을 고른 다음 그가 있는 다이닝 테이블로 갔다.

"아직 늦지 않았어. 너도 가자." 그렉이 말했다.

넬은 미소를 지으며 고개를 저었다. "난 한동안 천국에서 지냈으니 괜찮아. 아무튼 고마워."

"우리가 함께 모험에 나서면 좋겠어. 생각해봐. 다녀와서 같이 계획을 짜보자."

넬이 고개를 끄덕였다. "알았어. 어서 짐 싸."

침대에 앉아서 다른 사람이 여행 가방 싸는 모습을 지켜보니 넬은 이상한 기분이 들었다. "공항에서 잊지 말고 모기 퇴치제와 선크림을 사. 그리고 세면도구는 냉동용 팩에 넣어두고."

"나도 여행해봤어."

"여행 가방의 먼지부터 터시지."

"뭐, 다른 가방을 들고 가도 되거든." 그가 놀렸다.

"그래서 이 가방에 아직 가격표가 붙어 있구나. 5년 전에 점포 정리하는 가게에서 샀지?"

"까먹고 그냥 놔둔 거야." 그렉이 미소를 지었다.

넬이 그의 여행 가방에 손을 뻗어 셔츠 한 장을 쓰다듬었다. "네가 보고 싶을 거야."

그렉이 티셔츠를 개던 손을 멈췄다. "나도 네가 보고 싶을 거야. 하지만 우린 생각할 거리가 잔뜩 있잖아. 각자 우리만의 1년, 5년, 10년 계획을 세워야 하고 내가 돌아와서 그걸 비교해볼 테니."

그렉은 외국어로 말하는 것 같았다. 5년, 10년 계획이라고? 그렉은 대답 없는 넬을 바라보며 자리에서 일어났다. "알았어. 거절은 사양할게. 지금 네 비행기표를 예약할게. 같이 가자."

"안 돼. 다음 주 목요일에 언니가 오기로 했어. 같이 점심을 먹을 거야. 언니가 내민 화해의 손길을 그냥 무시할 순 없다고."

"알았어. 그럼 일주일만 같이 가자. 5일만 시간 내서 같이 먹고 마시고 웃고 논 다음 너만 돌아와 언니랑 만나. 일주일 뒤면 내가 돌아올 거고 우리는 거기서부터 시작하면 돼."

"하지만 그렉, 그러면 비용이 엄청나게 들어. 난 갚을 능력이 없고……."

"내가 낼게. 늦었지만 생일 선물로." 그가 휴대전화를 꺼내더니 여행 웹사이트로 들어갔다. "아, 진짜 운이 좋네. 마침 비즈니스 클래스 좌석이 딱 하나 남아 있어. 아, 근데 내 자리와 가깝진 않아. 다른 사람한테 자릴 바꿔달라고 해야지."

넬은 그렉의 휴대전화로 손을 뻗어 그가 아무것도 예약하지 못하게 막은 다음 진지한 얼굴로 쳐다봤다. "그렉, 난 비즈니스 클래스를 타지 않아. 최대한 싼 좌석으로 예약해줘. 그리고 옷을 껴입으면 되니까 수화물도 필요 없고."

"하지만 널 일반석에 두고 나 혼자 비즈니스석에 앉을 순 없어."

"그렇다면 너 혼자 가는 거야. 난 가고 싶은 마음도 없어. 난 여기 있을게."

"알았어. 수화물 포함 이코노미 티켓 하나. 이제 호텔로 메시지만 보내면 돼."

"그렉, 부탁이야. 우린 다시 만난 지 얼마 안 됐어. 너무 이른 것 같아……."

"늦었어. 이미 예약했어. 얼른 짐 싸. 곧 택시가 도착할 거야."

"난 짐이 없어. 여름옷도 수영복도 없다고."

"공항에 상점이 있을 거야."

넬이 눈을 들어 천장을 바라보고 크게 한숨을 쉬었다. 넬에게는 선택의 여지가 없었다. 톰과 레아가 새 출발을 할 수 있게 자신이 빠져야 했다. 그래야 모든 것이 간단해질 테니까.

"다리 뻗을 공간은 어때?"

넬이 다리를 뻗자 앞좌석에 무릎이 부딪혔다. 넬은 통증을 느꼈지만 애써 무시했다. "완전 좋아, 봐."

"식사는?"

"근사했어. 메시 포테이토의 질감이 느껴질 거라고 누가 생각했겠어? 넌 어땠는데?"

"난 테이블보가 있었어. 잠시 자리를 바꿔줄까? 더 큰 화면에서 영화를 보고 싶지 않아?"

"아니, 여기가 좋아. 아무튼 고마워."

"네 옆자리에 그건 똥이야?"

"아니, 초콜릿 무스야. 저 자리에 앉은 아이가 초콜릿 무스를 떨어뜨려서 그 애 아빠가 아이를 씻기러 화장실에 데려갔어."

"넬, 나랑 잠시만 자리를 바꾸자. 난 저기 있고 넌 여기 있으니 내 기분이 정말 안 좋아."

넬이 비행기 복도에 서 있는 그렉을 쳐다봤다. "그렉, 네 근사한 자리로 돌아가서 캐비어나 좀 더 먹어. 난 늘 이렇게 여행했고 앞으로도 그럴 거야. 이 자리에 만족한다고. 진심이야. 내가 돈을 쓰면서도 전혀 아까워하지 않는 것들이 있어. 괜찮은 신발과 솜씨 좋은 타투이스트가 그렇지. 하지만 열 시간 비행에 수천 파운드를 쓰는 건 아까워. 난 이 자리가 아주 좋고 넌 거기가 좋으니 착륙할 때까지 각자 가자."

비즈니스석으로 돌아가는 그를 보면서 넬은 자신이 얼마나 까다롭게 굴었는지를 생각해보았다. 그러다가 더는 생각하기 싫어서 기내용 잡지를 집어 들고 넘기기 시작했다. 페이지마다 향수, 화장품, 핸드백뿐이었다. 그러다가 한 페이지에서 톰이 그녀를 바라보며 씩 웃는 것을 보고는 배 속에서 초콜릿 무스가 도로 올라오는 것 같았다.

톰 래들리의 새로운 코미디 쇼 〈버킷리스트〉를 앞줄에서 관람하며 멋진 관광을 마무리하세요. 절대 놓쳐서는 안 될 히트작!

넬은 잡지를 세게 덮은 다음 좌석에 도로 구겨 넣었다. 어찌

나 맹렬하게 움직였는지 앞좌석의 남자가 몸을 돌려 그녀를 노려봤다. 어째서 넬은 세상 모든 남자 중에서 아내와 자녀가 있고, 양말 취향이 엉망이며, 빌어먹게도 사방에서 나타나는 후줄근한 코미디언을 골랐을까?

비행기는 일곱 시간 뒤에 공항에 도착했다. 그렉은 흰 리넨 셔츠와 새로 산 파나마모자에 토즈의 슬립온(끈이 없는 신발-옮긴이)을 신었다. 꼭 델몬트 광고 속의 멋진 신사 같았다. 반면 그렉 옆의 넬은 부스스한 머리에 꾀죄죄한 데다 냄새까지 났다. 그녀는 등의 배낭을 끈으로 꽁꽁 묶고 있었다. 넬은 대체 왜 그의 여행에 동참하게 됐을까? 그렉과 그녀 사이에 공통점이 하나라도 있을까?

"여기서는 아직도 점심 식사가 가능하다는 거 알아?" 공항 셔틀버스에 올랐을 때 그렉이 손목시계를 보며 말했다.

"좀 전에 비즈니스석에서 밥을 먹지 않았어?"

"하늘에서 섭취한 칼로리는 칼로리로 쳐주지 않아."

넬은 리조트로 달려가는 버스에서 창밖을 내다봤다. 집들과 상점, 사람들과 인생이 바다에 둘러싸인 작은 섬이었다. 넬은 하루 시간을 내서 이곳의 지역 상점과 카페를 구경해야겠다고 생각했다.

"안녕하세요." 뒷좌석에서 목소리가 흘러나오더니 이윽고 좌석 사이로 손이 불쑥 나왔다. "저희는 잭과 소피아예요. 그쪽도 신혼여행을 왔나요?"

넬이 아니라고 말하는 순간 그렉은 맞다고 했다. 넬은 끔찍한 얼굴로 그를 쳐다봤다. 그렉이 미소 짓고는 어깨를 으쓱였다.

"공짜로 챙길 게 많아." 그가 낮은 목소리로 설명했다. "우리 예전에 늘 그랬잖아. 생일인 척, 기념일인 척. 그러면 적어도 공짜 샴페인 한잔을 받을 수 있었잖아. 이번에도 호텔 예약할 때 신혼여행 칸에 체크를 했더니 곧바로 우리 방이 수중 빌라로 업그레이드되고 커플 마사지도 제공해주더라니까!"

"그렉! 네가 그런 짓을 했다니 믿을 수가 없어!"

"어머, 결혼 후 첫 말다툼인가?" 잭이 웃었다.

넬이 몸을 돌려서 뒤편의 커플을 쳐다보고 부자연스럽게 웃었다. "많은 것이 처음이에요, 잭. 많은 것이."

넬이 씩씩거리며 다시 그렉을 쳐다봤다. "대체 왜 그랬어?"

"네 탓이야. 우리가 헤어진 뒤로 난 별난 행동을 하나도 하지 않았어. 그러다가 우리가 공짜로 무얼 얻을 수 있는지 알게 되었을 때 너무 신나서 온몸에 전율이 흘렀어. 이 소박한 거짓말 하나로 그렇게 된다니 정말 근사하잖아!"

"체크인할 때 실수가 있었다고 말해."

"싫어! 과일 바구니도 받을 수 있을 텐데."

"정말 제정신이 아니구나." 넬이 팔짱을 끼고 창문 쪽으로 몸을 돌렸다.

마침내 리조트에 도착해서 방으로 갔다. '결혼을 축하합니다'라는 문구가 올라간 케이크와 과일 바구니가 눈에 띄었다. 침대 위에는 장미꽃잎으로 만든 커다란 하트와 오늘 밤 해변에서 열리는 무료 디너에 초대한다는 매니저의 손 글씨 메모가 있었다.

"너무 과해, 그렉." 넬은 메모를 침대 아래로 집어 던지며 발코니로 나갔다.

"과일 바구니랑 메시지를 보내줄 거라고만 했어. 이렇게 뭐가 많을 줄은 몰랐어! 정말이야!"

그렉이 옆걸음으로 그녀 뒤로 다가와 팔로 그녀를 감쌌다. 넬은 굳어버렸다. 넬은 계속 바다만 응시했다.

"그냥 장난 좀 친 거야. 미안해. 네가 재미있어할 줄 알았어. 늘 이렇게 놀았잖아. 공짜 샴페인을 먹으려고 발리의 레스토랑에서 나한테 프러포즈를 시켰잖아."

"그땐 아주 어렸어. 우리의 속임수가 그들의 사업에 문제를 일으킨다는 점을 몰랐어." 넬은 눈을 감았다. 돈을 내지 않고 런던 호텔에서 도망쳐 나온 일이 계속 마음을 무겁게 했다.

"여긴 체인 호텔이야." 그렉이 말했다. "매출이 80억 달러고 영업이익이 지난 분기에만 61퍼센트였어. 케이크 하나랑 저녁 식사에 휘청대진 않는다고."

"과일 바구니와 메시지도 있잖아."

"그래, 과일 바구니와 메시지도. 자, 이제 수영하자."

"우선 수영복부터 사야 해."

그렉이 넬의 어깨에 입을 맞췄다. "아니, 그럴 필요 없어."

5.

디너에는 신혼여행 중인 커플 열 쌍이 이미 참석해 있었다. 그들은 2인용 테이블에 앉아 있었다. 넬은 숨을 들이마신 다음 지평선에 시선을 집중하고 테이블로 걸어갔다. 중간에 잭과 소피아에게 신나게 손을 흔들었다.

"괜찮아?" 그렉이 모래 위의 의자를 빼주며 물었다.

"얼굴이 좀 달아오른 것 같아." 넬은 주변을 둘러보았다. "근사해."

해변의 모래사장에 꽂힌 횃불이 어둠을 밝혀주었다. 흰옷을 입은 두 요리사가 개방형 그릴 위에서 요리를 했다. 옆에서는 바이올린 연주자가 신혼여행 중인 커플에게 낭만적인 곡을 연주해주느라 구슬땀을 흘리고 있었다.

"네가 문어를 시키고 난 대하를 시켜서 같이 먹을까?" 그렉이 예전에 둘이 레스토랑에서 음식을 주문하던 방식을 떠올렸다.

"좋아. 농어와 생선을 메인으로 하는 건 어때?" 넬이 손가락으로 음식 목록을 훑으며 덧붙였다.

"난 생선보다 양이 좋은데."

넬은 코를 찡그렸다. "난 양고기는 안 먹어."

"언제부터?"

"뉴질랜드 농장에서 일한 뒤로."

"알았어. 그럼 생선으로 하자."

"넌 양고기를 먹어. 난 농어를 먹을게. 꼭 같이 나눠 먹을 필요는 없잖아."

"그렇지만 우린 늘 그랬잖아."

"네가 정말 양고기를 먹고 싶다면 그렇게 하라고."

"아니, 괜찮아." 아무도 대신해주지 않는다는 점을 깨닫고 그렉은 접시에 놓인 냅킨을 집어 자신의 무릎 위에 가지런히 펼쳤다. "네가 여기 없는 다음 주에 먹으면 돼. 네가 아직도 우리의 신혼여행을 절반만 마치고 돌아가겠다면 말이야."

"다른 부부들은 내가 널 떠난 줄 알 거야. 특히나 네가 다음 주에 다른 누군가를 꼬드긴다면."

그렉이 눈살을 찌푸렸다. "우리가 다시 만났는데 내가 왜 다른 사람을 꼬드겨야 해?"

"우린 다시 만나는 게 아니야, 그렉. 그냥 다시 친구가 되어

서로를 알아가는 중이라고."

"난 이미 널 알아."

"음, 그랬었지. 하지만 지금 난 그때와는 아주 다른 사람이라고."

그렉이 어깨를 으쓱였다. "전보다 피어싱을 한두 개 더했고 양고기를 먹지 않는 거?"

"내 외모와 식습관을 말하는 게 아니야. 내가 누군지를 말하는 거라고. 지금 여기에 있는 나. 그리고 너도 예전과 달라."

그렉은 포크와 나이프를 들어 접시 옆에 일렬로 나란히 놓았다. "그렇지 않아. 내 상황은 달라졌지만 난 하나도 바뀌지 않았어."

넬이 고개를 한쪽으로 기울였다. "그래? 그럼 술을 좀 시키자. 저녁을 먹은 다음에 바다에서 알몸으로 수영도 하고."

"무슨 꿍꿍인지 알아. 네가 얼마나 재미있고 즉흥적인지, 반면에 중년의 나는 얼마나 지루한지 보여주려는 거잖아."

"아니, 난 너한테 재미가 뭔지 다시 알려주려는 거야. 내일은 뭐 하고 싶어?"

"그냥 일광욕을 하고 음식을 먹을 거야. 이렇게 말하면 왠지 너한테 잔소리를 들을 것 같은데."

"솔직히 넌 하루쯤 아무것도 안 해도 돼. 그동안 정말 열심히 일했으니 내일은 너의 날이야. 하루 종일 이것저것 시켜. 하지만 그다음 날은 나의 날이야."

"번지 점프는 안 돼."

"알겠어. 건배."

그렉이 와인 잔을 그녀 쪽으로 기울였다. "건배."

다음 날 아침 넬은 창밖으로 쏟아지는 햇살에 잠을 깼다. 흰 시트에서 천천히 미끄러져 내려온 넬은 시트를 살짝 걸친 채로 가운을 가져온 다음 발코니로 갔다. 아침 햇살이 얼굴로 쏟아졌다. 넬은 눈을 감고는 하늘을 향해 턱을 치켜들고 짠 공기를 들이켰다. 여행을 갔던 모든 나라에서 이렇게 했다.

아침은 수영장에서 먹었다. 수영장에 아침 식사가 담긴 쟁반이 떠 있었다. 인스타그램에서 사진으로 볼 때는 엄청 근사했지만 현실에서는 크루아상을 하나 집으려고 해도 물 밖으로 손을 내밀어야 하고 음식에도 염소가 들어갈 것만 같았다. 넬은 마구 불평하려다가 그렉이 눈을 감고 황홀한 표정으로 쇼콜라를 음미하는 것을 보고는 입을 다물었다.

"해외에 마지막으로 나간 게 언제야?" 넬이 물었다.

"늘 일 때문에 다녀왔어. 작년에는 홍콩에 두 번, 프랑크푸르트, 모스크바, 마드리드에 갔었지."

"와, 호텔 밖에서 밥을 먹은 건 몇 번인데?"

"아마 없을 거야. 하지만 호텔 음식은 늘 훌륭했어. 출장을 가면 7일간 24시간 내내 바빠서 따로 시간이 없었지. 순전히 비행기를 타고 가서 회의를 하고 다시 비행기로 돌아오는 여정이었지."

"관광을 위해 하루 이틀 더 머문 적은 없어?"

"몰라, 아마도. 난 그런 생각을 해본 적이 없으니까. 자, 구아
바 먹어봐."

넬은 젖은 그의 손가락에서 과일을 넘겨받았다.

"이게 인생이지, 안 그래?" 그렉이 풀장의 타일 벽에 기댔다.
"우린 1년에 최소 세 번은 휴가를 다니자."

"무슨 돈으로?"

"내 돈으로, 넬. 그리고 내 것이 네 것이야."

"우린 결혼한 사이가 아니야, 그렉."

"하지만 그렇게 될 거야. 전에 계획한 적이 있었잖아. 얼마
전에 우리가 결혼식을 하자고 했던 호텔을 지나갔는데 옆에 온
실을 지어놨더라고. 정말 근사했어. 양가 어머니들이 엄청 좋
아하실 거야."

아침을 먹은 뒤 둘은 해변에서 가까운 선베드에 나란히 누웠
다. 넬은 파라솔 아래에, 그렉은 넬이 섹시하다고 말했던 구릿
빛 피부를 만들려는지 그냥 땡볕에 누웠다. 두 사람의 과일 주
스는 계속 리필되었다.

하루 종일 결혼에 대해 나누었던 대화가 넬의 머릿속에서 무
한 재생됐다. 넬은 두 사람이 서로에게 올바른 상대인지 진지하
게 고민했다. 지금까지 그렉은 내내 선베드에 누워 있다가 바다
로 수영을 한 번 나갔고 화장실에 두 번 다녀왔다. 휴가지에서

그렉이 선택한 인생의 속도는 정말 지루했다.

심지어 호텔 레스토랑으로 걸어가는 일도 너무 벅차서 그는 라운지로 음식을 주문했다. 스노클링을 하자는 넬의 제안에 그렉은 "햇살에 등이 화상을 입을 거야"라며 고개를 저었고, 패러세일링(모터보트 등을 이용하여 낙하산이 충분한 고도에 이르렀을 때 낙하하는 스포츠–옮긴이)과 수상스키를 비롯한 모든 활동을 단호하게 싫다고 했다. 넬은 모래사장에 앉아 손가락 사이로 모래를 쳐내면서 이곳에 톰과 같이 왔다면 얼마나 다른 경험을 했을까 생각했다. 이곳에 와서 톰을 떠올린 것이 처음은 아니었다.

셋째 날 아침, 넬은 눈을 뜬 즉시 그렉의 몸 위에 올라타고 그를 흔들었다. "일어나, 일어나라고. 수산시장에 가야 해!"

"별로 가고 싶지 않아." 베개 아래에서 웅얼거리는 소리가 났다.

"그레기 그렉 그렉, 일어나."

"정말 귀찮게 하네. 우선 커피부터 마시면 안 될까?"

"얼른 에스프레소 한 잔 줄게. 빨리 마시고 나가자. 우린 말레로 돌아가는 아침 8시 고속 모터보트를 타야 해." 넬은 그렉의 몸에서 내려와 커피 머신으로 갔다. 침대에서 흘러나오는 불평은 가볍게 무시했다.

"우리한텐 요리할 가스레인지도 없잖아. 그런데 왜 수산시장에 가야 하지?"

"왜냐면 아주 근사한 곳이니까! 난 수산시장이 좋아. 난 어느 나라를 가든 수산시장은 반드시 가보려고 했어."

"비린내. 넬, 우리 다른 시장에 가면 안 될까? 눈이 안 달린 걸 파는 곳으로?"

넬은 전날 메모해둔 종이를 살폈다. "알았어. 다음 목적지는 마제드 마구야."

"거기에 스타벅스나 하우스 오브 팬케이크가 있길 바라는 건 무리일까?"

넬은 그의 말을 무시하고 북적대는 거리로 나갔다. 넬은 모터 달린 자전거에 그렉이 부딪히기 직전에 그를 인도로 잡아당겼다. "앞 좀 보고 다녀!"

"보고 있어!"

"넌 엉뚱한 길을 봤어! 더 이상 넌 '천하무적' 갑옷을 두르고 있지 않다고, 알지?"

그렉의 얼굴에 분노가 스치는 것을 보고 넬은 그의 죽을 운명에 대해 농담을 던지려다가 말았다.

한두 시간 뒤에 넬은 나무 수지로 만든 목걸이 몇 개, 자신이 입을 사롱(말레이시아나 인도네시아 등지에서 남녀 구분 없이 허리에 두르는 천-옮긴이) 두어 벌, 엄마와 그렉의 어머니에게 줄 아름다운 공작 색상의 사롱 두 벌, 폴리 언니가 좋아할 것 같은 반짝이는 주황색 사롱 하나를 샀다. 그렉은 냉장고에 붙일 기념품 자석을 골랐다.

해변의 조용한 카페에서 점심 메뉴로 레몬과 생선 한 마리씩을 주문했다. 몇 달 만에 넬이 가장 편안하게 느낀 시간이었다. 넬은 음식을 게걸스럽게 먹고 있는 그렉을 쳐다보았다. 그렉의 피부는 사흘간 태워서 잔뜩 달아올랐고 눈앞에 흘러내린 머리카락에는 세월의 흔적이 묻어 있었다. 자세히 보니 날마다 야근하느라 눈 밑에는 다크서클이 덮여 있고 일 년 내내 모니터 앞에 붙어 있느라 등은 살짝 굽었다.

그날 오후 리조트로 돌아가는 고속 모터보트에서 그렉은 쇼핑백을 다리 사이에 끼우고 팔로 넬을 감쌌다. 둘은 파도를 맞았지만 그녀는 여전히 웃었다. 오늘은 참 좋은 날이었다.

"그런데 왜 가야 해?" 그렉은 반쯤 채워진 배낭 옆에 앉아서 넬이 물건을 배낭에 집어넣을 때마다 도로 꺼냈다.

"딱 5일만 있겠다고 했잖아. 난 돌아가서 해결할 일이 있어."

"여기서 해결해도 되잖아. 인터넷과 휴대전화가 있으니 여기서도 이력서를 낼 수 있어."

"그렉, 그동안 즐겁고 심지어 환상적이기까지 했어. 여기 와서 너무 기뻤지만 이제 현실로 돌아가서 계획을 세워야지." 넬이 티셔츠를 말아 올렸다.

"그 계획에 나도 포함된 거야?"

"당연하지!" 거짓이 아니었다. 지난 며칠간 마음 깊이 묻어둔, 너무 깊이 묻어서 완전히 사라졌다고 생각했던 감정들이 곧장 수면 위로 올라왔다. 어젯밤에는 그렉한테 사랑한다고 말할 뻔했다. 향수와 네그로니 칵테일을 섞으면 절대 도움이 되지 않는다. 가까스로 사랑한다는 말을 참은 넬은 최대한 빨리 비행기를 타야겠다고 결심했다. 햇살과 감성이 결합해서 머리를 더 혼란스럽게 만들기 전에 말이다.

4장

·

우주에는 늘
다른 계획이 있다

1.

그렉의 집에 돌아온 넬은 폴리 언니를 기다렸다. 하얀 공간을 살피며 자신이 여기서 행복할지, 스스로가 만들지 않은 공간에 자신을 밀어 넣을 수 있을지 의구심이 들었다. 너무 쉬울 것 같으면서도 동시에 아주 어려울 것 같다는 예감이 들었다.

소파 팔걸이에 놓아둔 휴대전화가 울렸다. 런던에 자주 와본 적이 없는 언니가 길을 물으려는 줄 알았는데 놀랍게도 주노의 아들인 윌리엄이었다. 넬은 가슴이 쿵 내려앉았다. 하지만 이내 윌리엄이 주노는 "아주 괜찮다"고 이야기해줘서 숨을 쉴 수 있었다.

"제안할 게 있어요, 넬. 우리는 어머니와 갈림길에 서 있어요. 어머니는 너무 많은 곳을 돌아다니고 아무나 집에 들이고……."

넬은 반대쪽으로 전화기를 옮기면서 아무나에 자기도 포함되는지 궁금해했다.

"이제 날마다 오락가락하셔서 여기 혼자 두려니 정말 마음이 편치 않아요. 그래서 우리는 시설을 알아봤어요……."

"시설이요?"

"네. 그런데 어머니는 생기가 넘치고 다채로운 분이라서 그곳을 좋아하실지 모르겠어요."

넬은 무슨 말을 해야 할지 몰랐다.

"그래서 저는, 아니 우리는 어머니를 우리 집에서 최대한 오래 모시고 싶어요. 그런데 그러려면 도와줄 사람이 필요해요. 혹시 당신이 해줄 수 있을까요? 제 생각에는……."

그리고 윌리엄이 하루 일당을 말했다. 넬은 그가 제정신인지 의구심이 들었다. 그러다가 이어지는 그의 말에 그녀는 가슴이 두근댔다.

"지하실에 작지만 모든 것이 갖춰진 원룸이 있어요. 괜찮다면 거기 머물래요? 그렇다고 24시간 일해달라는 건 아니에요. 우리가 퇴근할 때까지 주 5일 근무해주세요. 가끔 외출할 때도 봐주고요. 어때요?"

"어머니께는 물어봤어요?"

"당연히 좋아하실 겁니다."

"우선 어머니의 의사부터 확인하는 편이 좋을 것 같아요. 그렇게 하자고 하시면 저도 기쁘게 받아들일게요."

주전자 물이 채 끓기도 전에 그가 다시 연락해왔다. 어머니가 좋아하신다면서 괜찮다면 오늘 늦게라도 와달라고 했다. 넬은 흔쾌히 수락했다.

그때 초인종이 울렸다. 폴리 언니는 딱 붙는 남색 바지에 가죽 부츠를 신고 빳빳한 흰 셔츠에 베이지색 트렌치코트 차림이었다. 두 사람은 어색하게 포옹했고 넬은 언니를 안으로 안내했다.

"와, 너무 근사해." 폴리가 그렉의 벽난로와 선반을 손으로 만졌다. "아주 깔끔하네."

"그 애는 청소업체를 쓰거든." 그렉이 말해준 것은 아니었다. 하지만 전에 샤워를 하고 벌거벗은 채로 주방에 갔다가 헝가리 여자 두 명과 마주친 뒤에 이런 사실을 알게 되었다.

폴리는 한 바퀴 빙 돌면서 흰 벽과 줄무늬 바닥재를 살폈다. "내 예상과 다르네. 그렉 게이지가 철이 들었구나."

"맞아."

"너랑 살던 집은 이렇지 않았잖아."

"그랬지."

"지금 넌 여기 살아?"

"오늘 오후에 이사를 나가려고. 막 일자리를 구했거든."

"영국에?"

"런던에. 여기서 5킬로미터 정도 떨어진 곳이야. 여기서 커피를 마실까, 아니면 나가서 카페를 찾아볼까?"

"나가자."

1월이지만 보기 드물게 화창한 날이었다. 하늘은 평소보다 푸르고 높았다. 자매는 조용히 10분 정도를 걸었다. 두 사람은 길가에 놓인 테이블에 앉아 커피 두 잔을 시켰다.

"알고 싶은 게 있어." 폴리가 먼저 말했다.

"뭐든 물어봐."

"아침에 일어났을 때, 디데이 다음 날 네가 살았다는 걸 알았을 때 어째서 우리에게 바로 연락하지 않았어? 왜 네가 죽었다고 생각하게 내버려둔 거야?"

"난 휴대전화가 없었어. 가족의 전화번호가 하나도 없었지…….”

"말도 안 돼. 요즘 같은 시대에 누구든 몇 초 안에 연락할 수 있다고."

"언니가 내가 죽는 날짜를 알 거라고는 생각도 못 했어. 전에는 내가 이야기를 꺼낼 때마다 언니가 헛소리하지 말라고 했잖아. 난 가족들이 그날이 언젠지 모를 거라고 생각했어."

"넌 네가 죽을 거라고 믿으면서 우리를 보러 오거나 작별 인사도 하지 않았어. 그냥 우리 삶에서 사라지는 것이 좋았던 거야."

"내가 오래 집을 비워야 언니나 엄마가 크게 속상해하지 않을 거라고 생각했어…….” 넬이 힘없이 말했다. 그녀는 이제야 자신이 얼마나 잘못 판단했는지 알아차렸다.

"우리가 날짜를 몰랐다고 해도 네가 편지로 죽음을 알렸잖아. 그러고도 넌 우리가 편지를 읽지 못하게 막으려는 시도조차 안 했어."

"아니야! 못 읽게 하려고 호브에 갔던 거라고!"

"깨어나고 하루 지나서!"

"난 편지를 썼다는 사실조차 완전히 잊고 있었어. 살아 있다는 것에 너무 큰 충격을 받았고 어떻게 해야 할지, 어디에 머물고 뭘 먹고 어디로 가야 할지 머릿속이 뒤죽박죽이었어. 그러다가 그렉이 편지를 받았다기에 퍼뜩 정신이 들었어. 정말 미안해, 언니. 언니에게 그런 고통을 겪게 하려던 건 결코 아니었어. 편지를 쓰지 말았어야 했는데, 진심이야."

폴리가 한숨을 쉬었다. "뭐, 결과적으로 넌 내게 호의를 베푼 거야. 베아와 난 한동안 엄마 집에서 지내기로 했어. 난 데미안을 떠났거든."

"아, 세상에, 언니. 그건 정말 엄청난 결심이잖아."

"네 편지를 받고 네 말을 듣고 나니 뭔가 이해되기 시작했어. 알고 보니 그와 로렌은 우리 결혼 생활 내내 내연관계였어."

"맙소사, 언니, 정말 유감이야."

"괜찮아. 네가 편지를 쓰지 않았다면 난 아직도 거짓된 결혼 생활을 하고 있을 테니까."

"마음은 좀 어때?"

"바보 같아. 멍해."

"아니. 바보는 데미안이지. 이렇게 근사한 사람을 놓쳐버리다니."

"그래, 맞아. 난 그보다 더 나은 대접을 받아야 해."

"맞아. 당연해."

"그래서 이렇게 되었어. 난 싱글맘으로 엄마 집에서 엄마의 이상한 남자친구와 함께 살아."

"아, 진짜. 그 사람 정말 이상하지 않아?"

"저녁에 텔레비전을 보면서 간식으로 콘플레이크 알갱이만 먹더라고. 엄마는 자러 가기 전에 소파에 흐른 부스러기를 치워야 했어."

"난 그 사람이 모든 걸 통제하려고 하는 게 걱정이야."

"내가 지켜볼게. 며칠 전에 엄마가 스페인어 야간수업을 듣고 싶다고 했는데 그 사람이 가당치 않다고 했어. 엄마가 투덜대더라고. 이제 내가 엄마가 제대로 생각할 수 있게 만들 거야."

"언니가 그 집에 있어서 다행이야."

"난 내 집에 있는 편이 더 좋아."

"내가 깨달은 진실이 하나 있어. 끔찍한 상황에서도 좋은 일이 생긴다는 거야. 우주가 베푸는……."

"우주, 우주. 우주가 만사를 미리 정하는 것이 아니라는 것, 그래서 우리는 그저 죽을 때까지 계속 허둥거려야 한다는 걸 받아들여."

"그럴 가능성도 있어, 알았어." 넬이 조심스럽게 대답하고 커피를 한 모금 마셨다.

폴리는 길 건너편의 카페 야외 자리에 팔십 대로 보이는 여자 두 명이 두꺼운 코트에 목도리를 두르고 앉아 있는 모습을 물끄러미 쳐다보았다. "저 둘은 자매일까 친구일까?" 폴리가 물었다.

"누구?"

폴리가 길 건너 여자 두 명을 향해 고갯짓을 했다. "저 사람들. 턱 모양이 똑같아."

"자매이면서 친구일 수는 없는 거야?"

넬의 질문이 허공에 엄숙하게 울려 퍼지자 폴리가 잠깐 생각하다가 대답했다. "술이나 마시자."

두 사람은 근처 바로 갔다. 바에 앉아 첫 칵테일을 마시면서 폴리는 데미안에게 집에서 나가라고 했고 그 집을 내놓을 거라고 했다.

"난 그의 아내야." 폴리가 진지하게 말했다. "도어매트를 닦는 청소부가 아니라고. 그거 알아? 그 사람이 로렌과 데이트 나갔을 때 입었던 셔츠를 내가 빨았다니까? 한번은 그가 샤워 중일 때 내가 우버를 불러주기도 했어. 아주 중요한 저녁 약속에 늦으면 안 된다고 말이야. 그 인간이 날 얼마나 비웃었을까?"

"그러지 않았을 거야." 넬이 대답했다. "그는 멍청이지 영악하진 않아. 그냥 아주 이기적인 인간이지. 언니는 그보다 가치 있는 사람이야. 그 가치를 알아보는 사람이라면 언니를 사랑하게 될 거야. 아니면 베아와 함께 근사한 한 쌍으로 남아도 되고."

두 번째로 주문한 칵테일을 마시면서 둘은 레이도 쫓아낼 수 있겠다고 생각했다.

"네 말이 맞아." 넬이 엄마 애인에 대해 걱정스러운 점을 말하자 폴리가 인정했다. "엄마는 저녁에 데이트를 하고 휴가를 같이 보낼 누군가가 생겨서 기뻤던 것 같아. 하지만 일 년에 한 번만 여행을 가고 항상 더치페이를 했지. 두 사람이 외식하러 나간 것이 언제였는지 기억도 안 나."

"엄마 컴퓨터에서 사진을 찾았어." 넬은 엄마 컴퓨터를 몰래 엿본 사실을 언니가 혼내지 않길 바랐다. "엄마가 가고 싶은 장소들, 하이킹이나 탐험하기 좋은 곳들이 '취미'라고 이름 붙인 폴더에 들어 있었어. 엄마는 지금보다 더 큰 인생을 원하는 것 같아."

"우리가 어떻게 해야 할까?"

자매는 칵테일을 홀짝이며 아이디어를 짜냈다. 네 번째로 받아든 향이 좋은 엘더플라워 진을 마시면서 둘은 그렉이 여전히 놀라울 정도로 잘생겼다고 선언했다.

"오해하진 마." 폴리는 자신이 하려는 말에 나쁜 뜻이 없음을 강조하려고 손가락으로 넬을 가리켰다.

"넌 그렉에게는 너무 변화무쌍해. 넌 돌체 앤 가바나고 그 애는 막스마라야." 넬이 혼란스러워하자 폴리는 비유를 더욱 확장했다. "네가 타이다이(원단을 실이나 고무줄 등으로 묶고 나서 염색하는 것-옮긴이)로 염색한 티셔츠라면 그 애는 리넨 바지야. 넌 모로코고 그는 모나코지. 네가 롤링스톤스라면 그 애는 비틀스고 네가……."

"알았어, 알았어. 알아들었다고." 넬이 웃으면서 대꾸했다. "그렉은 나보다 한참 세련됐지."

"세련미를 얘기하는 것이 아니야. 둘이 어울리기엔 너무 다르다는 거야."

"롤링스톤스와 비틀스가 함께 라이브하는 광경은 영원히 못 보는 거야?"

"볼 수 있어. 볼 수 있지. 하지만 어느 시점엔가 재거가 매카트니를 쳐다보고 힘 좀 빼라고 말할 거야. 그러면 매카트니가 재거에게 머리 좀 자르고 항상 그렇게 미친 듯이 춤추지 말라고 하겠지."

"언니가 톰을 만나봐야 하는데." 넬이 말했다. "그러면 그가 이 모든 조건에 맞는 사람인지 나한테 알려줄 수 있을 텐데."

"그는 어디에도 맞지 않아." 폴리가 의자에서 내려와 바텐더에게 계산서를 달라고 손짓했다. "아직 기혼인 상태잖아." 그녀가 화장실을 향해 열 걸음쯤 가다가 어깨 너머로 돌아보며 말했다. "그리고 발가락 양말 이야긴 정말 이상했어."

두 사람은 그렉의 집으로 돌아가 넬의 얼마 안 되는 짐을 챙긴 뒤 택시를 타고 주노의 집으로 향했다.

윌라와 윌리엄의 집 지하에 있는 원룸은 완벽했다. 빅토리아 시대 저택의 주방과 식품 저장고였을 곳을 꽤나 멋진 침실과 작은 주방, 욕실로 고친 듯했다. 넬은 곧장 그곳을 자신만의 공간으로 바꾸기 시작했다. 코코넛 껍질로 만든 과일 바구니를 작은 접이식 다이닝 테이블 가운데 놓고, 중앙아메리카에서 산 나무늘보 가죽 장식품은 맨틀피스(벽난로 윗면의 장식용 선반—옮긴이)에 올렸으며, 침실 창문에는 손으로 짠 드림캐처(아메리카 원주민의 공예품으로 창문 등 잠자리 근처에 달아두면 악몽을 잡아준다고 한다—옮긴이)를 매달았다.

넬과 폴리는 라운지의 작은 2인용 소파에 털썩 주저앉아 아주 넬다워진 집을 바라봤다.

"오늘 언니랑 같이 있어서 좋았어." 넬이 말했다. "와줘서 고마워."

"솔직히 말하면 오늘 어떻게 될지 몰랐어. 돌아가는 열차표 시간이 이미 몇 시간 지났어."

"언니가 그 표를 쓰지 않아서 기뻐."

"나도 그래."

"다 잘될 거야, 알지? 혼자라도."

폴리가 한숨을 쉬고는 소파 뒤편에 머리를 뉘였다. "알아. 너한테 정반대의 조언을 해줘도 될까?"

"어떻게?"

"잘될 거야, 알지? 혼자가 아니라도."

"무슨 뜻이야?"

"다른 사람의 인생에 네가 올라타도 된다고." 작은 소파에서 폴리의 어깨가 넬에게 부딪혔다. "얼마나 복잡하든 간에."

"하지만 언니가 바로 그 주장의 살아 있는 모순이잖아."

"꼭 그렇진 않아. 데미안과 나도 좋은 때가 있었어. 베아가 생겼을 때처럼."

"지금껏 내가 느낀 가장 큰 후회가 뭔지 알아? 베아의 인생에 끼어들지 않은 거야. 솔직히 내가 멀리 떨어져 있는 게 잘한 일이라고 생각했어. 스스로 너무 많이 합리화했지. 내가 죽은 뒤에 그 애가 슬퍼하지 않도록 보호하는 거라고. 모르는 대상을 그리워할 수는 없잖아? 그 애가 넬 이모는 왜 영상통화를 하지 않는지, 왜 집에 오지 않는지 이해하지 못할 거라고는 생각 못 했어. 내가 자기를 좋아하지 않거나 자신이 뭔가 잘못했을 거라고 여겼을 거라는 생각도."

"아주 외로운 인생을 사는 방법처럼 들리는데."

넬이 어깨를 으쓱였다. "난 친구도, 애인도 있었어. 단지 누구도 내 가운데 이름을 알 만큼 오래 곁에 두지 않은 거지."

"내가 네 가운데 이름이 애거서라고 말하면 가산점을 받겠네." 폴리가 미소를 지은 뒤에 넬의 어깨에 머리를 기댔다. "이제 네게 두 번째 인생이 주어졌는데 좀 변화를 줘봐. 호브에 더 자주 내려오고 베아의 인생에도, 내 인생에도, 엄마의 인생에도 들어와. 준비가 되면 누군가를 만날 생각도 하고. 네가 진짜로 깊게 관계를 구축할 수 있는 사람과."

"첫 부분은 당연히 그럴 거야. 난 항상 호브에 내려갈 거야. 하지만 두 번째 부분은 어떻게 해야 할지 모르겠어." 넬이 솔직하게 말했다.

폴리가 웃었다. "아주 사적인 질문을 해도 돼, 넬?"

"언니가 나한테 탐폰 넣는 법을 몸소 가르쳐줬잖아. 그보다 더 사적인 건 없어."

"사랑해본 적 있어?"

"일 년에 세 번 정도."

"진지하게."

"진지해. 내가 알기에 사랑이란 누군가를 계속 생각하고, 자신에게서 그 사람의 체취가 계속 나길 바라고, 그 사람이 웃길 바라고, 그 사람이 옆에 앉으면 손을 뻗어 계속 턱을 쓰다듬게 되고⋯⋯."

"그런 게 사랑이라면 난 느껴보지 못한 것 같아." 폴리가 웃었다. "난 사랑이란 상대에게 완전히 의지하고 다른 사람들이 보지 못하는 모습과 두려움과 불안함을 보여주고 상대가 그 점을 악용하지 않길 바라는 거라고 생각했어."

"난 그런 느낌은 받아본 적이 없어. 하지만 사랑이란 특정한 방식으로 정의할 수 없는 거잖아? 인간 사이의 교감은 아주 복잡하니까."

"네가 누군가와 순간을 보내면서 깊은 교감을 느끼지만 더는 상대의 수염을 쓰다듬고 싶지 않다면?"

넬은 언니가 무슨 말을 하는지 알았다. 연인의 몸이 옆에 있는데도 어느 부분에든 본의 아니게 손길이 가지 않는다면 늘 넬은 배낭을 쌀 때가 되었다고 여겼다.

폴리가 동생의 손을 잡았다. "넌 지금 네가 가질 거라고는 생각도 못 했던 인생을 마주하고 있어. 네가 항상 혼자일 필요는 없다는 사실을 알았으면 좋겠어."

"난 혼자인 게 좋은걸!"

"그럼 그러든지!"

"왜 소리는 질러?"

"네가 먼저 질렀잖아?"

"와인 더 있어?"

"부부가 환영의 의미로 냉장고에 넣어둔 프로세코를 봤어."

"그거면 되겠다."

넬이 주방에서 와인과 잔 두 개를 챙기다가 전화기를 확인했다. 톰과 그렉에게서 걸려온 부재중 전화가 있었다. 무시하고 전화를 내려놓다가 언니의 말이 기억났다. 그들은 괜찮은 남자다. 단지 그녀에게 맞지 않을 뿐.

안녕, 그렉. 천국에서 보내는 휴가는 어때? 피부를 태우면 더

날렵해 보일 거야.

나 새 직장 구했어! 집도 제공하는 곳이라서 오늘 아침에 너희 집에서 나왔어. 다음 주에 네가 돌아오면 집이 아주 깨끗할 거야. 화분을 하나 사서 윌버포스라는 이름을 붙였어. 그 애는 직사광선을 받아야 해. 일주일에 두 번 물을 주고 니나 시몬(미국의 재즈·블루스 가수-옮긴이) 노래를 들려줘. 너의 모든 도움에 감사해. 곧 만나자. 사랑을 담아, 넬.

안녕, 톰. 나예요. 그냥 와버려서 미안해요. 지금쯤 당신과 레아는 중요한 이야기를 하고 있겠죠. 난 당신이 알로를 위해 그녀와 다시 한번 노력해보는 게 최선이라고 생각해요. 난 사람들의 인생에 대혼란과 무질서만 가져와요. 당신은 대단한 사람이고 당신에게 침대를 판 걸 절대로 후회하지 않을 거예요. 넬.

2.

주노의 집에서 지낸 지 일주일 만에 넬에게도 일상이 생겼다. 매일 아침 9시 45분 넬은 계단을 통해 1층으로 올라갔다. 주노가 일어나기 1분 전인 9시 59분에 설탕 한 스푼을 넣은 차를 침대 옆에 놓았다. 주노가 30분간 욕실에서 향을 즐기는 동안 넬은 주노의 침대와 주변을 정돈했다. 그러고 나서 두 사람은 같이 차를 마시면서 오늘 뭘 할지 계획을 세운다. 수다 떨기, 근처 커피숍 가기, 도서관 방문, 점심 먹고 낮잠 자기, 오후에 카드 게임 하기는 꼭 들어간다.

첫 주의 마지막 날 그녀는 자신의 가벼운 일에 비해 엄청나게 무겁게 느껴지는 현금 봉투를 윌리엄에게 받았다. 윌리엄은 넬에게 돈을 받을 자격이 충분하다고 말했다.

그날 저녁 방으로 돌아온 넬은 봉투에서 돈을 꺼내 세 뭉치로 나누었다. 하나는 은행 계좌를 열 돈, 다른 하나는 도망쳤던 호텔에 일부 갚을 돈, 나머지 하나는 그렉에게 진 빚을 갚을 돈이었다. 그렉이 새집을 구경한다는 핑계로 와인 한 병을 가져와서 자고 가려고 했지만 넬은 아침 일찍 일어나야 한다는 핑계로 그를 돌려보냈다.

다음 날 아침, 넬이 주노와 차를 마시고 있는데 침대 옆의 테이블에서 휴대전화가 진동했다. 메시지를 읽는데 웃음이 터져 나왔다. 톰이 옛날 전보처럼 문자를 보냈다.

저기 마침표 중요한 이야기가 끝났어요 마침표 이혼 서류에 서명했어요 마침표 전처가 공동 양육에 동의했어요 마침표 넬 마침표 이상한 짓 그만하라고요 마침표 연락해요 마침표

"무슨 일인데 아침부터 싱글거리는 거야?" 넬이 협탁에 차를 내려놓자 주노가 그녀를 유심히 살피며 말했다.

"무슨 소리예요? 전 항상 웃는데."

"맞아. 하지만 이 미소는 달라."

"이 미소는 남자에 관한 거예요."

"그 코미디언 남자?"

"맞아요. 그 사람이 메시지를 보냈어요."

"놀랍지도 않네. 넌 근사해. 내가 40년만 젊었으면 너랑 결

혼했을 거야."

"오늘은 뭘 입을까요?" 넬은 옷이 빼곡한 주노의 옷장을 열었다. "청록색 아니면 보라색?"

"날이 화창해?"

"상관있나요? 스스로 햇살을 불러오시면서."

"그럼 청록으로 할게. 주황색 빈티지 퍼도 걸칠 거야. 그리고 깃털 달린 헤드 드레스(머리에 쓰는 장신구─옮긴이)랑."

"근사한 선택이에요. 오늘은 저랑 새로운 곳으로 가봐요. 우린 강을 따라 걷다가 보트 위의 작은 카페에 갈 거예요."

"잘됐어. 난 카페도 좋아하고 보트도 좋아해."

1월 마지막 주. 주중인데도 운하는 북적였다. 두 여자는 팔짱을 끼고 걸었다. 주노는 지나가는 모든 이의 시선을 받았고 넬은 그들을 흥미롭게 쳐다봤다. 일부는 재빨리 흘끔거리고는 불안하게 고개를 돌렸다. 전형적이지 않은 것이 어째서 사람들을 그렇게 불편하게 만드는 걸까? 세상에는 주노 같은 사람이 더 많이 필요하다.

넬은 끊임없이 눈을 움직이며 톰을 찾았다. 그의 동네에 와 있으니 길에서 그와 마주칠 확률이 높았다.

안드레아는 넬을 다시 만난 것에 아주 기뻐하면서 본능적으로 포옹을 했다. 모든 좌석이 비어 있기에 세 여자는 어디에 앉을까 잠시 고민하다가 한 곳에 자리를 잡았다.

"오늘은 조용한가요?" 넬이 물었다.

"매일 조용해요." 안드레아가 한숨을 쉬었다. "이제 그만둘까 생각 중인데 거래가 되지 않아요. 여기서 2분 거리인 중심가에 스타벅스, 코스타, 카페 네로가 있어요. 어째서 여기 와서 커피를 마시고 싶어 하는 사람이 없을까요?"

"여기가 너무 근사해서? 당신이 너무 근사해서? 우리 다 같이 머리 좀 굴려봐요. 종이 있어요? 좋았어요. 자, 주노, 정신 차리고 여길 보세요. 우린 당신의 천재적인 능력이 필요해요."

주노는 졸지 않았다고 시위하듯 눈을 부릅떴다.

"그러니까 문제는 사람들을 여기까지 오게 하는 거죠. 어떤 방법을 써봤나요?" 넬이 안드레아에게 물었다.

"한 잔을 마시면 다음 잔은 50퍼센트 할인, 아니면 샌드위치와 샐러드 점심 특선……."

"좋은 생각인데요." 넬이 전략적으로 말했다. "매일 오후 다른 활동을 하는 건 어때요? 둥근 창 옆에 이젤을 놓고 지역 아티스트를 초청하는 회화 수업은요? 글쓰기 워크숍을 열어 테이블마다 종이와 펜을 놔두고 당신은 커피와 케이크를 제공하면요? 작은 공간에서 식물 키우는 법을 강연할 수도 있어요. 그러면 샐러드용 채소를 직접 기를 수 있잖아요. 엄마들 모임은요? 방수 캐노피를 바깥쪽에 쳐놓으면 그 아래에 유모차를 둘 수 있어요. 아침 9~10시 사이에 아이를 학교에 보낸 부모를 위해 특별한 커피와 크루아상 세트를 내는 건 어떨까요? 10시부터 11시까지는 대화를 원하는 사람, 누구나 들를 수 있게 하는 거예요, 어때요? 혼자라도 다른 사람과 근사한 대화를 나눌 수 있다는 입소문이 나면 사람들이 찾아올 거예요."

"우리가 그렇게 만났어요." 주노가 말했다. "버스에서. 우리는 둘 다 혼자였고 함께 대화를 시작했죠. 그리고 지금 우리를 봐요. 난 여왕이고 저 애는 시녀 같죠."

"당신은 여왕이에요, 주노." 넬이 그녀의 손에 입을 맞췄다. "솔로의 밤을 열어도 좋아요." 넬이 말했다. "같은 생각을 하는 사람들이 와서 와인을 한잔하고 그러다 위대한 사랑을 만날지도 모르죠. 꿈꾸던 이상형을 만날 수도 있고요, 안드레아."

"안드레아는 남자에게 관심이 없어."

두 사람이 주노를 쳐다보니 그녀는 주황색 어깨를 으쓱이고는 차를 한 모금 마셨다. "뭐, 내가 틀릴 수도 있지만 난 그런 것 같지 않아, 안 그래요?"

안드레아가 웃었다. "맞아요, 주노. 당신은 틀리지 않았어요. 대단하세요."

"그냥 사람을 잘 알 뿐이지."

"사람을 안다는 말이 나와서 말인데요." 안드레아의 말에 넬은 무슨 이야기가 나올지 알아차렸다. "세상 참 좁다더니, 당신은 톰과 아는 사이더군요. 그가 연락했나요?"

넬이 고개를 끄덕였다. "네."

안드레아가 손뼉을 쳤다. "두 사람은 천생연분이에요. 내 유일한 두 고객이 함께라니. 톰은 엄청 괜찮은 사람이에요. 가끔 아들도 데려와요. 아이는 미니 핫초코를 마시고 아빠랑 백조를 구경해요."

"복잡하다는 게 그거야?" 주노가 넬에게 물었다. "아이?"

"뭐 그럴 수도 있어요. 전 엄마가 될 만한 사람은 아니니까요."

"그 애한텐 엄마가 필요 없어. 이미 엄마가 있잖아."

넬이 고개를 끄덕였다.

"그럼 됐네. 그냥 자길 좋아해주고 자기 아빠를 행복하게 해줄 사람이 필요한 거야. 나한텐 하나도 안 복잡해 보이는구먼."

"저도 그래요." 안드레아까지 가세했다.

"전 어린아이에게 안 좋은 롤모델이에요. 변덕이 심하고, 불안정하고, 문제나 갈등의 조짐만 보여도 달아나요. 본의 아니게 이상한 행동을 하게 만드는 데다 욕도 많이 해요."

"넌 거기에 하나도 해당하지 않는 것 같은데." 주노가 말했다. "욕을 많이 하지만 넌 엄청난 마음을 가지고 있어. 내가 만난 누구보다 긍정적이지."

"두 분 다 무료 리필해드릴까요?" 안드레아가 자리에서 일어났다.

"공짜로 주는 건 그만두세요!" 넬이 말했다. "그리고 저기 적힌 가격은 너무 낮아요."

"스타벅스의 반값 이하가 아니면 누구도 오지 않을 거예요."

"전 20년 전에 영국을 떠났어요. 그런데 그때도 차 한 잔 가격이 이렇게 싸지는 않았어요."

"하지만 그냥 티백에 뜨거운 물을 부어주는 거잖아요." 안드레아가 말했다.

"그래도 전기세와 정박세가 들어가잖아요. 거기에 근사한 풍경도 제공하는 데다 당신의 빛나는 친절에 공짜 비스킷도 주고요."

안드레아가 미심쩍은 표정을 지었다. "이 무시무시한 업계에서 살아남을 수 있을지 모르겠어요."

"무시무시하지 않아요. 그냥 당신이 계속 여기 머물면서 일을 할 수 있을 만큼의 수익을 내는 거예요. 이기적인 말이지만 전 당신이 다른 데 가는 걸 원치 않아요. 그러니 당신이 계속 머물 수 있도록 돕고 싶어요. 행사에 대한 제 아이디어를 어떻게 생각하세요?"

"좋은 아이디어 같아요."

"모자 만들기. 모자 만들기 수업을 할 수 있어요. 바구니 짜기도." 주노가 말했다. "그리고 12월에는 크리스마스 리스(문에 장식으로 거는 화환—옮긴이)를 만드는 거지. 이 동네 플로리스트를 데려와서 멀드 와인을 주고 한 사람당 5파운드씩 받는 거야."

"한 사람당 50파운드는 받아야죠. 하지만 좋은 제안이었어요, 주노. 계속 그렇게 해주세요. 안드레아, 당신은 너무 바빠서 시간이 없으니 우리가 돕게 해주세요."

"뭘 돕는다는 거죠?" 익숙한 목소리가 문에서 들리더니 톰이 안으로 들어왔다. 분명 알로로 보이는 어린 소년이 그의 손을 잡고 있었다. "넬이 지금 근사한 계획을 세우고 있는 건가요? 안녕하세요, 주노. 다시 뵙게 되어 기뻐요."

그가 주노의 이름을 기억하고 주먹을 부딪치는 인사를 건네는 걸 보며 넬은 톰이 더욱 마음에 들었다.

"넬." 그가 말했다.

"톰." 넬은 가슴이 콩닥거리는 것을 들키지 않으려고 애썼다. 그의 아들에게서 눈을 뗄 수 없었다. 톰을 많이 닮았다. 살짝 곱슬곱슬한 갈색 머리에 턱의 보조개가 눈에 띄었다. 아이는 부끄럼을 타서 자기 아빠 다리에 살짝 기댔지만 조그만 입에는 미소가 번졌다.

"잘 지냈어요?" 톰이 넬에게 물었다.

"아주 잘 지냈죠. 오늘은 주노를 산책시켜주러 나왔어요."

주노가 코웃음을 쳤다. "꼭 내가 스패니얼 강아지인 것처럼 말하기는."

"비숑 프리제에 가깝죠." 넬이 웃었다.

"넬이 우리 카페로 손님을 더 끌어올 전략을 알려주고 있었어요." 안드레아가 테이블 위에 놓인 화살표와 갈겨쓴 글씨로 가득한 종이를 가리켰다.

"와, 좋은 일이네요." 톰이 몸을 구부려서 아이의 코트 지퍼를 내리고 알로의 귀에 조용히 속삭였다. "가서 자리에 앉으렴,

친구.”

넬은 경외심과 흥미를 느끼면서 톰이 아들과 소통하는 그를 살폈다.

“내 문자 봤어요?” 알로가 자리에 앉아 색칠하기에 몰두하자 그가 넬에게 말했다.

“네.”

“아, 그러면 당신이 내게 직접 답을 주려고 여기에 온 거라고 생각하는 건 너무 큰 희망일까요?”

“순전히 우연이에요.”

“또 다른 우연의 일치라고요?”

“우연은 무슨.” 주노가 톰을 쳐다봤다. “난 버로우마켓에 가서 중동 음식인 팔라펠을 먹고 싶었다고. 저 애가 받아주지 않아서 못 갔지. 저 애는 자신이 원하는 게 있을 땐 날 쥐고 흔들어댄다니까.”

넬은 뺨이 달아올랐다. 알로가 재채기를 하자 톰이 코트 주머니에서 티슈를 꺼내 아들의 코를 닦아주었다.

“그럼, 우리는 슬슬 일어나요, 주노.” 넬이 뒤에 놓아둔 코트를 집으려고 팔을 뻗었다.

“이리 와서 알로랑 인사하지 않을래요?” 톰이 조용히 말했다.

넬은 당황했다. “뭐라고 해야 할지 모르겠어요.”

“그냥 ‘알로야, 안녕’ 하고 말하면 돼요.”

“하지만 저 앤 네 살이잖아요.”

"알로가 나라고 상상해봐." 주노가 도와줬다. "아이랑 노인
은 아주 비슷하거든."

"너무 일러요." 넬이 말했다.

"뭐가 너무 이른데요? 인사가요?" 톰이 물었다. "알로 친구,
이리 와서 아빠 친구 넬을 만나봐. 넬, 이쪽은 알로예요. 알로,
넬이야."

알로가 톰이 가르쳐준 대로 손을 들었다. "안녕, 넬. 카피바
라가 자기 똥을 먹는 거 알아요?"

톰이 끼어들었다. "요즘 우리가 똥에 좀 꽂혀서요. 우리, 아
니 우리 애가 똥에 꽂혔다는 말이에요."

넬은 고개를 저으며 대답했다. "난 몰랐어, 알로. 정말 놀라
운 사실인걸. 중국 자라는 입으로 오줌 싸는 거 아니?" 알로가
황금 같은 새 정보를 알게 된 것에 기뻐서 방방 뛰었다.

"와, 정말 놀랍군요." 톰이 휘파람을 불었다. "당신이 대단하
다는 건 알았지만 정말 천재 같군요."

넬이 미소 지었다. "자, 우린 정말로 가봐야겠어요. 만나서
반가웠어, 알로. 하이 파이브 하자. 안드레아, 저한테 뽀뽀해주
세요. 그리고 손님을 끄는 일에 제가 도울 일이 있다면 알려주
세요."

"나도 뽀뽀해주면 안 돼요?" 톰이 물었다.

"안 돼요. 당신은 주먹 인사죠."

"넬은 밸런타인데이에 한가해." 주노가 말했다.

톰이 고개를 한쪽으로 기울였다. "정말인가요? 좋은 정보네요." 톰이 웃었다. "밸런타인데이 밤에 근사한 재즈 밴드의 공연이 있는데 관심 있어요?"

"윌리엄과 윌라가 그날 저녁 외출할지 우선 알아봐야 해요." 넬이 말했다. "지금 난 그 집에 살면서 부부가 없을 때 주노를 돌봐주고 있거든요."

"그러니까 지금 전 남자친구 집에 안 산다는 거죠? 흥미롭군요."

"아빠……." 알로가 톰의 스웨터를 잡아당겼다. "넬한테 코알라에 대해 아는지 물어봐요."

넬이 무릎을 구부리고 알로와 눈높이를 맞췄다. "코알라에 대해 뭘 알아야 할까?"

"아기 코알라는 엄마의 똥을 먹어요."

"음, 맛있을 것 같진 않은데."

알로가 킥킥댔다.

"똥에 관한 새 소식이 없는지 다음에 알아올게." 넬이 말하고는 자리에서 일어섰다.

"다음에?" 톰이 재미있다는 듯 물었다.

넬이 미소를 지었다. "다음이 있다면요."

3.

오후 6시 30분이 되자 초인종이 울리더니 윌라가 넬의 원룸 문을 두드렸다. "넬, 썸남이 왔어요."

넬은 이상하다고 생각했다. 톰과는 9시에 바에서 만나기로 했는데.

"저 사람 근사하네요. 엄청난 미남이라는 말은 안 했잖아요!" 윌라가 넬과 함께 지하 계단을 오르며 속삭였다. 주방 한가운데에서 그렉이 윌리엄과 대화를 나누고 있었다. 아일랜드 식탁 위에는 화려한 포장지 여러 겹으로 꾸민 아름다운 꽃다발이 놓여 있었다.

"여긴 어쩐 일이야?"

"밸런타인데이를 너 혼자 보내게 할 수 없어서 저녁을 사주

278

러 왔지."

"근데, 있잖아……." 이 사태를 해결할 방법이 떠오르지 않아서 넬이 머뭇거렸다.

"7시 30분에 식당을 예약했어. 얼른 가서 예쁜 옷 입고 와. 우리가 가는 곳은……."

윌라와 윌리엄이 동시에 "우후"라고 외치자 그렉이 기뻐했다.

"아주 특별하게 차려입어요." 윌라가 말했다. "내 쉰 살 생일에 거기 갔었는데 엄청 좋았어요."

"하지만 전 특별한 옷이 없는걸요." 넬이 말했다. "그저 청바지와 사롱뿐이에요. 특별한 옷은 주로 빌려 입는 쪽이라."

"나랑 같이 위층으로 올라가요. 괜찮은 걸 찾아줄게요. 윌리엄, 톰과 같이 있어줘요."

"그렉. 제 이름은 그렉입니다."

순간 윌라가 혼란스러운 표정으로 넬을 봤다가 이내 해결에 나섰다. "아, 정말 미안해요. 맞아요, 그렉. 톰은 내 연극의 주인공 이름이라 입에 붙었나 봐요."

두 여자가 윌라의 드레스룸으로 들어갔을 때 넬이 말했다. "아무것도 묻지 마세요."

윌라가 드레스를 몇 벌 꺼냈다. 모두 예쁜 데다 아주 고급스럽고 우아해서 넬의 스타일과는 정반대였다. "다 너무 예뻐요." 넬이 손가락으로 실크 옷감을 쓸어내렸다.

"마음에 드는 걸 걸쳐봐요." 윌라가 말했다. "우린 사이즈가 같을 거예요.”

넬이 속옷을 벗자 윌라가 재빨리 몸을 돌리고 선반의 가방들을 똑바로 세우기 시작했다.

“무슨 일이야?” 주노가 문 앞에서 말했다.

“주노, 놀랐잖아요.” 넬이 카멜색 막스마라 이브닝드레스에 다리를 차례로 집어넣었다. “그렉이 갑자기 찾아와선 절 근사한 레스토랑에 데려간대요. 근데 전 톰이랑 두 시간 뒤에 만나서 밴드 공연을 보기로 했거든요. 톰에게 못 간다고 말해야겠어요.”

“안 돼! 그러지 마. 그렉한테 못 간다고 해.”

“그렉이 무슨 레스토랑을 예약했고, 게다가 너무 아름다운 꽃다발도 들고 왔어요.”

“톰이랑 가는 곳이 어딘데?” 주노가 물었다.

“호텔 아래층에 있는 재즈 바라고 했어요.”

“어느 호텔이요?” 윌라가 물었다.

“음, 더 스트랜드 근처에 있는 거요.”

“이 레스토랑도 거기 있어요. 그럼 둘 다 만나면 되겠네요. 저녁 식사를 하고 9시쯤 슬쩍 나와서 톰을 만나요. 그다음 잠시 실례한다고 하고는 레스토랑에 가서 커피를 마신 다음 그렉을 돌려보내는 거죠. 그리고 남은 저녁을 톰과 보내면 되죠.” 윌라가 실패할 걱정이 없는 계획을 내놓은 것에 뿌듯해하며 손뼉을 쳤다.

"극단에 너무 오래 계셨군요." 넬이 말했다. "현실에선 제가 그럴 방법이 없어요."

월라는 넬의 말을 무시하고 옷걸이를 뒤적였다. "그러면 우리는 미슐랭 레스토랑과 허름한 술집 모두에 어울리는 옷을 찾아야겠군요."

"레스토랑에 어울리는 옷은 여기서 찾고, 바에 어울리는 옷은 나한테서 가져가." 주노가 말했다. "딱 맞는 게 하나 있어."

"어째서 전 하나도 놀랍지 않을까요?" 넬이 웃으며 주노를 따라 계단을 올랐다. 몇 분 뒤에 월라의 검은색 점프 슈트를 걸치고 주노가 빌려준 액세서리로 꾸민 넬이 두 사람 앞에서 한 바퀴 빙 돌았다. "어때요?"

"아, 캐롤라인, 너무 근사해. 안 그래요, 어머니?" 주노가 말했다.

넬은 재빨리 월라를 쳐다봤고 월라는 다정하게 고개를 끄덕인 뒤 말했다. "정말 그렇구나, 주노. 즐거운 시간 보내고 오렴, 캐롤라인. 내일 우리한테 모든 이야기를 들려줄 거지? 자, 그만 가자. 이제 잘 시간이란다." 월라가 주노의 어깨에 팔을 두르고 노부인을 위층으로 데려갔다.

"왜 그렇게 큰 가방을 들었어?" 그렉이 집 밖에서 택시 문을 열어주며 물었다.

넬은 가방 안에 지금 신은 하이힐 대신 신을 캔버스 운동화

한 켤레, 검은색 벨벳 볼레로 대신 걸칠 청재킷이 들어 있다고 말할 수 없었다. 넬은 시간을 조정하려고 톰에게 연락했지만 휴대전화가 꺼져 있었다.

"와, 이걸 봐." 두 사람이 런던의 스카이라인이 내려다보이는, 촛불로 밝힌 2인용 테이블에 앉았을 때 그렉이 말했다. "일곱 가지 코스 시식 메뉴가 있어. 이거 꼭 먹어보자."

그걸 시킨다면 밤 12시까지 여기 있어야 할 것 같아서 넬은 심장이 내려앉았다. "한 사람당 200파운드나 하잖아!"

"와인도 포함된 가격인걸."

"그 돈이면 다음 주 점심과 한 달치 교통카드 비용과 맞먹어."

"쉬잇. 내가 널 초대한 거잖아. 돈은 내가 낼 거고 어쨌든 오늘은 특별한 날인걸."

"우리가 밸런타인데이를 챙긴 적은 없는데."

"십 대 땐 챙겼어. 기억 안 나? 고1 때는 연애편지가 가득 든 바구니를 헬륨 풍선에 달아서 네 방 창문까지 띄워 올리느라 얼마나 고생했는데."

넬이 웃었다. "그러다 풍선이 나뭇가지에 걸려서 편지가 정원에 흩어졌고 다음 날 아빠가 잔디를 깎다가 제일 노골적인 편지를 보셨지."

"그리고 고3 밸런타인데이에 우리 문신하지 않았어?"

테이블 위에 그렉이 집게손가락을 올리자 넬도 집게손가락을 올렸다. 두 사람이 손가락을 붙이자 작고 파란 하트 모양이 완성됐다. 둘 다 고개를 들고 미소를 지으며 서로를 바라봤다.

넬은 꼼지락거리며 메뉴를 살폈다. "그냥 메인이랑 디저트만 먹으면 어떨까?"

"아니, 내가 낸다니까."

넬이 코를 킁킁거렸다. 연기 냄새가 났다. 메뉴판 모퉁이가 촛불에 닿아 불이 붙었다.

"아, 젠장!"

그녀가 소리를 지르며 절박하게 바람을 불고 손을 휘젓자 회색 재가 흰 테이블보 위로 날렸다. 웨이터가 급하게 달려왔고 다른 테이블에 앉은 연인들이 쳐다봤다. 넬은 너무 웃긴 상황에 웃음이 터졌지만 그렉은 냉랭한 얼굴이었다.

"왜 그래, 웃기잖아."

"다들 우릴 쳐다보고 있어."

첫 세 코스를 맛봤지만 넬이 생각한 것과는 달리 한 입 거리였다. 와인 잔도 반만 채워줘서 좀 실망했다. 그녀가 다시 슬쩍 시계를 보니 9시 10분이었다. 톰이 늦길 바라는 수밖에.

웨이터가 라즈베리 그래니타(라즈베리에 설탕, 와인, 얼음 등을 넣고 얼린 이탈리아의 대표적 디저트—옮긴이)를 가져왔고 넬은 한 번에 마셔버렸다.

"저기, 잠시 화장실 좀 갔다 올게."

"가방은 왜 가져가?"

"그게, 여자와 관련된 부분이거든."

그녀는 레스토랑을 최대한 우아하고 빠르게 빠져나와서 엘리베이터가 있는 로비로 갔다. 그리고 엘리베이터 문이 열릴 때까지 계속 버튼을 눌렀다. 엘리베이터에 오른 다음 하이힐을 벗어 가방에 집어넣고 운동화를 꺼내 신었다. 머리를 풀어 헤치고, 스카프를 머리에 쓰고, 귀고리를 바꿔 끼웠다. 볼레로를 벗고 청재킷을 꺼내는데 때마침 엘리베이터 문이 열리고 시끄러운 바에 도착했다. 톰은 이미 바에 있었다.

"안녕." 넬이 그의 옆으로 다가갔다.

"어서 와요." 그가 넬의 뺨에 입을 맞췄다. "오늘 근사한데요. 술을 몇 잔 시켰어요."

"좋아요." 넬이 바에서 작은 잔을 들어 톰과 함께 건배를 한 다음 내려놓았다. "자리를 잡을까요?"

넬은 복잡한 바 옆에서 2인용 테이블을 찾았다. 밴드와는 좀 거리가 있는 자리였지만 엘리베이터가 있는 로비와 가까워서 왔다 갔다 하기 쉬울 듯했다.

"참, 알로하고 잘 놀아줬어요. 당신을 자라 오줌 아줌마라고 부르긴 하지만."

"난 더 끔찍한 명칭으로도 불려봤어요."

"그러니까 지금 주노와 함께 있는 거죠?"

"맞아요. 아주 잘 지내고 있어요. 그들의 집 지하의 원룸에 사는데 전부 유리와 이탈리아 대리석으로 되어 있어 정말 아름다워요."

"주노는 대단한 사람이에요. 하루 종일 그녀와 어울리면서 마릴린 먼로가 흰색 홀터넥 드레스를 입던 시절 이야기를 들으면 아주 근사하겠어요."

넬이 웃었다. 그는 주노를 두 번밖에 보지 못했지만 제대로 파악하고 있었다.

"맞아요. 그녀는 정말로 특별해요. 당신의 투어는 어떻게 되어가고 있어요?"

"잘되고 있어요. 직접 와서 쇼를 봐요. 당신이 한가한 시간에 맞춰서 표를 보내줄게요."

"내 이야기도 나오나요?"

"간접적으로."

"나랑 같이 잔 이야기도 하나요?"

"간접적으로."

"평생 최고의 섹스였다는 말도요?"

"난 웃기려고 무슨 말이든 하는 사람이에요."

넬이 그의 팔을 손가락으로 튕겼다.

"술 한 잔 더 가져올게요. 바가 너무 북적거리니 시간이 좀 걸리겠죠."

"가방은 왜 가져가요?"

"내 지갑이 들어 있으니까."

"지갑만 가져가도……."

넬은 말을 다 듣지 않은 채 지나가는 사람들을 가방으로 치며 엘리베이터가 있는 로비로 갔다. 운 좋게도 이미 엘리베이터가 지하에 대기 중이어서 넬은 신발을 바꿔 신고 재빨리 재킷과 귀고리도 바꾼 다음 길게 한숨을 쉬고 고요한 레스토랑 문을 열었다. 그녀가 주문한 생선 요리가 이미 테이블에서 기다리고 있었다. 그렉의 접시는 비었고 포크와 나이프도 가지런하게 치워졌다.

"어디 갔다 왔어?"

"아, 미안. 화장실이 수리 중이라 지하까지 내려가야 했어."

"아, 짜증났겠다. 스카프를 다른 데 맸구나."

넬이 손을 머리에 올렸다. 스카프가 목이 아닌 머리에 있었다.

"근사해."

넬은 농어를 반으로 자른 다음 한쪽의 절반을 입안에 넣었다. 아주 맛이 좋다고 인정한 뒤 나머지 반쪽도 얼른 입에 넣었다.

"우와, 천천히 먹어."

"미안. 허기가 져서."

"이 요리는 알바리뇨 화이트 와인이랑 즐기는 거야."

넬이 앞에 놓인 잔을 들어 벌컥벌컥 삼켰다. "그래, 정말 근사해. 이 사람들은 정말 요리에 일가견이 있는 것 같아."

"있잖아. 너한테 할 말이 있어."

그렉이 양복 재킷 주머니에 손을 넣었고 넬은 심장이 내려앉았다. 넬은 눈을 감고 그렉의 손이 반지 케이스가 아닌 휴지를 들고 있길 바랐다. 아직은 안 된다. 여기선 안 된다. 오늘 밤은 안 된다.

"넬, 눈을 떠." 그렉이 봉투 하나를 내밀었다. "열어봐."

봉투 안에는 비행기표처럼 보이는 종이 두 장이 들어 있었다. 하나에는 그렉의 이름이, 다른 하나에는 그녀의 이름이 적혔다.

"방콕행 편도 티켓이야."

"무슨 말이야?" 넬이 물었다.

"난 방콕을 기반으로 한 아시아 쪽 총괄 업무를 제안받았어. 5년 계약이고 지금 진지하게 고민 중이야. 그리고 네가 같이 가줬으면 해."

넬이 눈을 깜박였다.

"좀 충격적이겠지만 지난 한두 달간 일어난 모든 일을 통해 난 더 이상 이곳의 삶을 좋아하지 않는다는 걸 알았어. 남은 인생 동안 신나는 일을 해보고 싶은데 이런 기회가 주어졌지. 전에 제안이 들어왔을 땐 시기가 맞지 않았는데 지금은 딱 좋아. 그리고 정말로 이 모험을 너와 같이하고 싶어. 회사에서 시내에 아파트를 마련해줄 거고 주말에는 태국 여기저기를 가보는 거야. 뭐라고 말 좀 해봐, 넬."

"전에는 왜 시기가 맞지 않았어? 여기 묶일 이유가 아무것도 없었잖아?"

"용기 내서 기회를 잡으라고 네가 일깨워줬어."

"그곳이 네 마음에 들지 않으면 어쩌려고?"

"그럼 모두 네 탓이지. 농담이야!"

"가서 담배 한 대 피우고 올게."

"넌 담배 안 피우잖아."

"지금은 피워. 잠시 실례할게."

"나도 같이 갈래."

"아니, 난 잠시 생각을 좀 해봐야겠어. 육류 코스를 좀 늦게 내달라고 해줄래? 금방 올게."

"가방은 두고 가."

"안 돼. 필요해."

"지금 집에 가는 거야? 너무 벅차서?"

"아니, 늦어도 10분 안에는 올게. 약속해."

그녀는 톰이 있는 테이블로 가면서 깃털 귀고리를 꼈다.

"미안해요. 줄이 너무 길어서요."

"술은요?"

아, 젠장. "그게, 테이블에서 주문하래요."

"그렇게 줄을 섰는데 테이블에서 주문하라고요?"

"그러게요, 최악이야. 그건 그렇고 우리 어디까지 말했죠?"

"내 투어에 관해 이야기하던 중이었어요. 아, 저기요. 테킬라 두 잔이랑, 넬, 진토닉도 마실래요? 그래요. 테킬라 두 잔,

진토닉 두 잔, 아, 그리고 치즈 칩 큰 사이즈요.”

“물어볼 게 있어요.” 넬이 말했다. “코미디 일을 왜 그렇게 좋아하는 거예요?”

“난 나르시시스트라 사랑을 받아야 하니까. 그리고 다들 재밌는 사람을 좋아하잖아요. 나한테 눈썹을 치켜뜨지 말아요. 진심이라니까요!”

“잠시라도 진지해질 수 없어요?”

“노력은 해볼게요. 어디 보자, 진짜 케케묵은 이야기인데 난 사형제 중 셋째로 아주 시끄러운 집에서 자랐어요. 모두 유머 감각이 뛰어났고 내가 제일 떨어졌죠. 코미디언을 하고 있지만 과연 이 일이 맞는지 의문이었죠. 그러다가 당신을 만나서 깨달았어요. 인생은 짧으니 좋아하는 일을 해야 한다고. 그리고 생각해보니 내가 좋아했던 건 수많은 무표정한 얼굴을 웃는 얼굴로 만드는 것이었어요.”

“이 일로 먹고살 수 있나요?”

“현재는요. 그건 왜 물었어요?”

“다른 사람의 인생을 바꾸는 데는 엄청난 책임이 따르니까요.”

“사람들은 자기가 원치 않는 일은 하지 않아요. 당신은 스스로 할 수 있도록 엉덩이를 두드려준 것뿐이에요. 장담하건대 당신 탓은 없어요.” 톰이 씩 웃었다.

“그 말에 건배하죠.” 그녀가 테이블에 방금 놓은 술잔을 집어

들었다. "건배." 그리고 테킬라를 내려놨다. "당신은 정말 훌륭해요. 그리고 충분히 꿈을 꿨다면 그 꿈을 실현할 방법도 찾을 거예요."

"당신 꿈은 뭔데요?" 톰이 물었다.

"목적 있는 인생을 사는 것."

"무슨 말이죠? 당신 같은 사람이?"

"예전엔 행복이 목적 있는 삶이라고 생각했지만 아니었어요. 나쁜 일도 생기고, 사람들이 떠나기도, 죽기도 하죠."

"맞아요. 그래서 당신의 목적은 뭔가요?"

"내가 한자리에 가만히 서 있다고 느끼지 않는 거예요. 지리적으로 말고요. 항상 앞으로 나아가면서 선하고 유용한 일을 하는 거죠."

"당신이 지리적으로 움직이지 않는다니 정말 기쁘군요."

"그래요?"

"네. 왜냐면 난 아무 데도 안 가니까. 그럴 수가 없어요. 알로가 고작 네 살인걸요. 현실적으로 앞으로 14년 동안은 어디도 갈 수 없어요. 그 이후에도 그 애한테서 몇 시간 이상 떨어지고 싶지 않을 것 같아요. 한 장소에 그렇게 오래 머문다는 생각이 두렵나요?"

"뭘 묻는 거예요?"

"당신이 한곳에 진득하게 머물 수 있는지 묻는 거예요. 왜냐면 난 당신을 좋아하니까요, 넬. 정말 좋아해요. 그런데 난 여기 묶여 있는 상태라서 당신을 너무 많이 좋아하는 일이 두려워요. 당신은 한곳에 머무는 걸 싫어하잖아요."

"잠시만 실례해요. 전화 한 통만 하고 올게요."

다시 레스토랑에 갔을 때 그렉은 자리에 없었고 두 사람이 시킨 양갈비가 레드 와인 잔과 함께 놓여 있었다. 그녀는 테킬라 맛을 지우려고 얼른 와인을 마셨다. 자신의 주량보다 많은 술을 마셔서인지 눈앞이 자꾸 빙글빙글 도는 느낌이었다. 그래서 재빨리 물잔을 채우고 양갈비를 그렉의 접시에 놓았다.

"말해도 넌 못 믿을 거야." 그렉이 의자에 놓인 냅킨을 들어 올리고 자리에 앉았다. "방금 화장실에서 우리 회사 크리스마스 행사에 왔던 코미디언을 만났어! 세상 참 좁아!"

넬은 얼굴이 새파랗게 질리는 느낌이 들었다.

"너한테 우리 층 화장실이 고장 났다는 말을 듣고 지하 화장실에 갔는데 그가 내 옆의 소변기에 있었어. 그곳 바는 정말 재미있어 보였어. 식사를 마치고 거기로 술 마시러 가자. 참, 내가 휴가 때 전화했던 날 같이 있던 남자가 그 사람이었어? 네가 노부인을 데리고 있었잖아……. 이름이……."

"주노. 그녀의 이름은 주노야."

"그래, 주노, 그리고 윌라. 그런데 어쩌다가 그 코미디언도 와 있게 됐어?"

"그는 우버 기사야." 넬은 자기 입이 그렇게 말하는 것을 들었다. "윌라가 그 사람 차를 타고 주노를 데리러 왔더라고."

"그럼 이해가 가네. 그 사람은 꽤 웃겼었지. 하지만 그걸로는 절대 먹고살지 못해." 그렉이 웃었다. "그러니 밸런타인데이에 그 사람은 지하 펍에 있고 우리는 여기 있는 거지."

넬은 그를 따라 웃지 않고 오히려 그의 눈동자를 똑바로 들여다보았다. "넌 인생의 꿈이 뭐야, 그렉?"

"뭐라고?"

"네 꿈. 네가 아침에 일어나는 이유. 넌 뭘 위해 일하는데?"

"말했잖아. 난 너랑 방콕에 가고 싶다고."

"하지만 어째서? 동기가 뭔데?"

"난 내가 원하는 걸 가질 수 있는 사람인지 알고 싶어. 지금 네 귀에 달고 있는 건 깃털이야?"

"맞아. 깃털이야."

"귀에 왜 깃털을 달고 있어?"

"좋아하니까."

"어디서 났는데? 아까는 안 끼고 있었잖아? 어째서 한 짝뿐이야?"

"그냥 네 꿈에 대해서나 말해줘."

"자기 탐구 같은 이야기를 하며 저녁 식사를 망쳐야겠어? 이 양갈비는 정말 맛있어."

"꿈에 대한 이야기는 자기 탐구가 아니야, 그렉. 우리의 본질에 대한 거지. 너랑 같이 다른 나라로 갈지 고민해야 한다면 우리의 꿈이 같은 방향인지 알아야 하니까."

"목소리 좀 낮춰. 사람들이 쳐다보잖아." 그렉이 웃었다.

"방콕 이후에는? 그다음에는 뭘 하고 싶어?"

"아마도 이리 돌아와서 결혼하고 자녀를 갖겠지."

"하지만 내가 자녀를 원하는지 모르겠어. 결혼을 원하는지도."

"어째서 원하지 않는 거야?"

"왜 원해야 하는데?"

"다들 그렇게 사니까."

"그렇다고 우리도 그래야 한다는 법은 없어. 우리 인생은 우리가 원하는 방식이 되어야 해. 남의 길을 따라갈 필요가 없다는 말이야."

"하지만 인생의 어느 지점에선 한곳에 정착하고 싶지 않을까? 지금까지 네가 살던 방식대로 쭉 살 순 없다고."

"왜 안 되는데?"

"그건 진짜 삶이 아니니까?"

"그게 내 진짜 삶이야. 난 지금 내 일이 좋아. 이 일을 하지 못하게 되면 정말 슬플 거야."

"노부인 엉덩이나 닦아주면서 행복하다고, 그게 네 궁극적인 꿈이라고 말하는 건 솔직하지 않잖아?"

"다시 말하지만 그녀의 이름은 주노야. 그리고 그녀는 자기 엉덩이를 스스로 닦아. 맞아. 난 지금 거기서 일하면서 행복해. 오랜만에 처음으로 내가 있어야 할 곳에 있는 느낌이야."

그렉이 의자에 기대고 팔짱을 꼈다. "그럼 네 대답은 거절이야? 나랑 방콕에 가고 싶지 않다고?"

"담배를 한 대 더 피우고 와야겠어. 실례할게."

"가방은 안 가져가?" 그렉이 비꼬듯이 물었다.

"이번엔 안 가져갈 거야."

"내가 정말 술에 취했거나 당신이 갑자기 키가 커졌네요." 톰이 말했다.

"난 하이힐을 신고 있어요."

"전화하러 가서 구두를 샀어요? 대단한 멀티태스킹이네."

"실토하려고 왔어요." 넬이 자리에 앉았다. 갑자기 취기가 올라오고 거짓말했다는 죄책감이 커졌다. "오늘 밤 난 양다리 데이트를 하고 있어요. 위층의 잘난 척하는 레스토랑에서 한 명이랑, 또 여기서 당신이랑요." 그녀는 톰이 화를 내거나 심한 경우 자리를 박차고 떠날 걸 예상하며 숨을 죽였다.

톰은 벽에 머리를 기대고 눈을 감더니 웃음을 터뜨렸다. "맙소사, 넬. 당신은 모든 상황을 이상하게 만드는 능력자예요, 맞죠?"

"의도한 건 아니었어요. 정말이에요. 어쩌다 보니 그렇게 되었어요."

"어느 데이트가 더 좋나요?"

"뭐라고요?"

"나랑 여기서 보내는 시간이 더 좋아요, 아니면 위에서 전 남자친구랑 있는 시간이 더 좋아요? 다른 상대가 당신 전 남자친구가 맞죠?"

넬이 고개를 끄덕였다. "화나지 않아요?"

그가 잔을 만지작거리다가 그녀를 쳐다봤다. "약간 질투가 나지만 당신이 왜 자꾸 사라지는지 알겠어요."

"이런 일을 벌이려던 건 아니에요. 진짜로. 오늘 당신과의 만남을 정말 기대하고 있었는데 갑자기 그렉이 꽃을 들고 집에 나타나서 저녁 식사를 예약해놨다는 거예요. 거절할 수가 없어서 둘 다 만나기로 했는데 이제 더는 못하겠네요. 누가 엘리베이터에 구토를 해놔서 계속 계단으로 5층까지 오르락내리락할 수도 없고요."

"그 신발을 신고는 무리죠."

"난 정말 끔찍한 사람이에요."

"아니, 그렇지 않아요."

"날 싫어한다고 해도 이해해요."

"넬, 술에 취해 자기혐오를 늘어놓는 건가요?"

"약간은." 그녀가 인정했다.

"나랑 춤춰요."

"네?"

톰이 바 끄트머리에 자리한 댄스 플로어를 고개로 가리켰다. 넬은 테이블 아래에 신발을 벗어두고는 톰을 따라 맨발로 댄스 플로어로 나갔다. 그가 넬을 한 바퀴 돌리고는 자기 쪽으로 끌어당겼다가 등을 뒤로 젖혔다. 넬은 소리를 지르고 고개를 다시 들어 올리고는 웃었다. 두 사람은 댄스 플로어에서 춤을 추며 살아 있는 현재를 즐겼다.

"위에서 식사는 어디까지 진행됐어요?" 노래 한 곡이 끝나고 두 사람이 숨을 헐떡이며 테이블로 돌아왔을 때 톰이 물었다.

"이제 디저트가 나올 거예요."

"그럼 디저트를 먹고 근사한 식사를 대접해줘서 고맙다고 말한 다음 그의 뺨에 뽀뽀를 해줘요. 그리고 다시 여기로 내려와서 저녁을 마무리해요."

"왜 이렇게 착하게 굴어요?"

"난 착하니까. 양다리 데이트는 내가 동의한 것도 아니고 나라면 절대 안 하는 일이지만, 그래도 난 여기 있을 거고 당신이 돌아오면 우린 또 춤을 출 거예요. 만약 오늘 데이트한 두 사람이 모두 마음에 안 든다면 그 가여운 남자를 여기 데려와서 우리 둘에게 당신이 술을 사줘요. 절망을 달랠 수 있게요."

"이 에피소드를 쇼에 넣을 거예요?"

"아직 결정 안 했어요. 이건 승부니까."

"금방 올게요."

"신발을 안 신었네."

넬은 페디큐어를 한 자신의 발을 내려다봤다.

"하나도 재미없어, 넬. 여긴 아주 고상한 레스토랑이야. 왜 이렇게 취했어?"

넬이 딸꾹질을 하고 물잔을 들어 물을 마시려다가 턱과 테이블보 위로 다 쏟았다.

"맙소사, 넬. 정신 좀 차려. 그만 가는 편이 좋겠어."

"아니, 우린 아직 디저트를 안 먹었잖아." 톰은 디저트를 먹고 근사한 저녁을 사줘서 고맙다고 말한 다음 가방을 챙겨 바로 내려오라고 했었다.

그렉이 웨이터에게 계산서를 달라고 손짓했다. "집에 데려다 줄게."

"정말 근사한 저녁이었어." 넬이 말했다. "진짜 고마워. 하지만 난 이제 지하 바에 가서 춤을 출 거야."

"안 돼. 넌 취했어. 널 우리 집에 데려가서 재워야 할 것 같아."

"아니, 난 여기 있을 거야. 취하지 않았고 그저 좀 알딸딸한 거야. 내 몸도 제대로 움직일 수 있고 의사결정도 제대로 할 수 있어. 난 여기서 춤을 추고 싶어."

"알았어. 가서 한잔만 하자. 하지만 춤은 안 돼."

둘은 엘리베이터 로비에 섰다. 그렉의 오른편에 선 나이 지긋한 부부는 우아한 의상을 입었고 장소에 걸맞은 신발도 신었다. 반면에 그녀는 맨발에 귀에 깃털을 달았고, 머리는 땀에 젖어 헝클어졌으며, 여행 가방 크기의 핸드백까지 들고 있었다.

297

그렉은 엘리베이터 문에 비친 넬의 안색을 살폈다. "있잖아." 그가 말했다. "널 집에 데려다줄게."

"그렉." 넬이 차분하게 말했다. "사랑해. 정말이야. 그리고 넌 오늘 밤 내게 생각할 거리를 잔뜩 안겨줬어. 그래도 난 춤추러 가고 싶어. 그리고 술을 더 많이 마실 거야. 치즈 칩도 먹고."

"우리도 그러면 안 될까?" 그들 옆에 있던 노신사가 아내에게 농담을 던졌다. "코스 요리를 먹었는데도 허기가 지네."

"지하에서 재즈 밴드가 라이브로 연주를 해요." 넬이 몸을 굽히고는 그렉 너머의 그들에게 말했다. "연주가 정말 기막혀요."

"난 재즈를 정말 좋아해요." 여자가 말했다. "테드, 라이브 밴드 공연을 못 본 지도 한참 됐잖아요."

"가세요, 테드." 넬이 부추겼다. "아름다운 아내를 데리고 춤추러 가세요."

엘리베이터가 도착했고 네 사람이 탔다. 넬이 지하 1층 버튼을 누르고는 그들을 살폈다. 그들이 바라던 층이 맞는지 확인하려는 것이었다. 그들은 신나게 고갯짓을 하며 엄지를 들어 보였다. 하지만 그렉은 개의치 않고 로비 층을 눌렀다.

4.

"전 남자친구를 노부부와 맞바꿔 왔어요?" 넬이 테드와 마거 릿을 소개하자 톰이 물었고, 노부부는 곧바로 댄스 플로어로 향하며 손을 흔들었다.

"괜찮은 교환인 것 같아서요."

"어디서 만났어요?"

"엘리베이터에서요. 그들은 집에 가는 길이었는데 내가 밴드에 대해 말해줬어요. 왜 웃는 거죠?"

"당신은 어디를 가든 모험 거리를 찾는군요. 비 오는 날 버스에서 주노를 만나 새로운 일자리와 집까지 찾았죠. 순전히 비오는 날 버스에서. 방금은 집에 가서 코코아를 타 먹고 잠자리에 들려던 낯선 사람을 바에 데려와 춤추게 했고요. 정말 대단해요.”

시끄러운 음악 소리에 넬은 톰에게 몸을 숙이고 말했다. “나더러 런던에 머물라고 했죠? 난 내 감정을 모르겠어요.”

“무슨 뜻이에요?”

“내가 거기 만족할지 모르겠어요. 지루함에 당신을 괴롭힐까봐 걱정돼요. 그리고 알로도요.”

“당신은 이미 인생의 숭고함에 대해 제대로 알아냈어요.”

그의 말이 옳다. 넬은 늘 모험이란 집에서 멀리 있다고 생각했지만 그렇지 않을 수도 있다. 그녀는 테드와 마거릿이 댄스 플로어에서 서로를 끌어안고 웃으며 춤추는 모습을 보면서 그들이 어떤 인생을 함께해왔을지 궁금해졌다. 매년 밸런타인데이에 근사한 옷을 차려입고 비싼 레스토랑에 가고 재즈 바에서 마무리하는 그런 삶. 지금 넬이 서 있는 지점에서 보기에 그들의 인생은 젠장, 근사했다.

넬이 톰에게 다가가 코를 비볐다. “당신 집으로 갈까요?”

“오늘은 안 돼요. 알로가 있어요.”

그녀가 몸을 살짝 떼고는 그를 의아하게 쳐다보았다. “알로가 당신 집에 있다고요?”

톰이 고개를 끄덕였다. “안드레아가 봐주고 있어요. 자정까지 돌아가겠다고 했으니 이만 가봐야겠어요. 벌써 12시 15분 전이에요.”

“그녀한테 밤새 봐달라고 연락한 다음 우리 집에 가면 안 될까요?"

"밤새 아이를 맡겨둘 수는 없어요. 알로가 밤에 깨서 무서워할지도 모르니까."

"하지만 알로는 안드레아를 좋아하잖아요."

"맞아요. 핫초코 위에 마시멜로를 띄워줄 때만. 인간만큼 큰 비둘기에 대한 악몽을 꾸고 새벽 3시에 일어났을 때는 아니죠. 지난번 악몽이 그랬어요."

넬은 같이 자지 않을 거면 왜 하필 오늘 데이트 신청을 했는지 도통 이해되지 않았다.

"왜 표정이 바뀌었어요?" 톰이 손가락으로 그녀의 턱을 잡고 이리저리 돌려보았다. "나한테 화났어요?"

"난 우리가 같이 집에 갈 줄 알았거든요."

"오늘 저녁 데이트가 엄청나게 성공적이라는 것을 보여주려고 같이 집에 갈 필요는 없어요. 재미있었고 속 깊은 이야기도 나눴고 근사했어요. 정신은 없었지만. 난 정말 멋진 시간을 보냈어요."

"파티를 계속하면 더 좋을 텐데요."

"월요일에 아들을 레아의 집에 데려다줄 거예요. 그 이후에 약속을 잡아봐요."

"사흘 남았네요. 그사이 많은 일이 일어날 수 있는데."

"넬, 내 인생은 이런 식이에요. 당신이 이해한 줄 알았는데."

"이해해요."

"넬, 내 상황은 좀 복잡하지만 나 자체는 복잡하지 않아요. 난 언제든 당신을 기쁘게 기다릴 수 있어요. 그런데 당신은 현실적인 뭔가를 시작할 준비가 안 된 것 같아요."

"현실에 대해 대체 당신이 뭘 안다고 그래요? 이혼 중인 사람은 당신이고, 날 거절한 것도 당신이에요."

"와우, 알았어요. 오늘은 그만하죠. 내일 아침에 전화할게요. 그땐 우리 둘 다 진정하고 제대로 이야기할 수 있을 테니까. 같이 택시를 타고 가다가 당신 집에 내려줄게요."

넬이 고개를 저었다. "아니, 당신 먼저 가요. 난 테드와 마거릿이랑 더 놀 거예요."

노부부를 찾던 넬은 마침내 서로 입술을 맞대고 있는 그들을 보았다. 넬은 한숨을 쉬었다. 그들의 인생은 참으로 근사해 보였다.

양다리 데이트. 넬은 하룻밤에 데이트를 두 번 했는데도 밤이 끝날 즈음엔 완전히 혼자 남았다.

"술 한잔 사줄까요?"

넬이 웅크리고 있던 자리에서 고개를 들자 테이블 맞은편에 있던 남자가 미소를 지었다. "난 이선이라고 해요."

"안녕하세요, 이선. 전 넬이에요." 그녀가 악수를 청했다.

"당신처럼 아름다운 여자가 왜 밸런타인데이에 혼자인 거죠?"

술이 들어간 그녀의 뇌 어딘가에서 이건 우주의 잘못이 아니라 그녀의 잘못이라고 알려주었다. 넬은 미소를 지었다. "만나서 반가웠어요, 이선. 전 그만 가봐야 해요."

그의 침실 창문에서 부드러운 빛이 흘러나왔다. 그는 아직 깨어 있는 것이 분명하다. 넬은 문을 열어달라고 문자를 보냈다. 몇 초 뒤에 그가 티셔츠와 트렁크 팬티 차림으로 문을 열었다.

"여기서 뭐 해, 넬?"

"그렇게 끝내고 싶지는 않았어. 오늘 내가 정말 잘못했어. 들어가도 돼?"

그가 문을 더 활짝 열었다. "주전자에 물 올릴까?"

"침대에서 이야기를 나눌 수 있어?"

두 사람은 침실로 올라갔다. 넬은 그렉이 서랍에서 꺼내준 티셔츠로 갈아입은 뒤 아직도 따뜻한 그의 이불 속으로 들어갔다. 그리고 이불을 들고 그에게 들어오라고 했다.

"네가 와줘서 기뻐." 그렉이 그녀에게 입을 맞추려고 가까이 다가왔다.

넬은 고개를 뒤로 젖히며 말했다. "내가 널 헷갈리게 했다는 걸 깨달았어. 너랑 이야기하고 싶어. 좀 누워도 될까?" 넬이 길게 숨을 골랐다. "난 전에도, 앞으로도 미슐랭 레스토랑에 갈 수 있는 그런 사람은 되지 못할 거야. 비행기의 비즈니스석에 탈 수 있는 사람도, 5성급 호텔 리조트를 애용할 수 있는 사람도 아니야. 넌 캐러밴에서 휴가를 보내며 자라긴 했지만 항상 더 나은 쪽을 목표로 삼았어. 넌 점심 도시락에 샐러드드레싱도 따로 싸왔잖아."

"생양상추는 아무 맛이 안 나니까."

"내 말은, 넌 그런 걸 좋아한다고. 하지만 난 아니야. 내가 있을 곳이 아니라는 생각에 즐길 수가 없어. 그렇다고 날 위해 후진 곳에 가자고 하고 싶지도 않아. 내게 어울리지도 않는 곳에 맞추며 평생을 살고 싶지도 않고."

"무슨 말인지 알겠어. 하지만 이해가 안 가는 게 있어. 넌 왜 5성급 호텔을 죽음의 장소로 택했지? 게다가 스위트룸이었다고. 너도 인생의 마지막 순간을 호화롭게 보내고 싶어 했잖아. 그런데 왜 남은 인생은 그렇게 보내고 싶지 않은 건데?"

"5성급 호텔은 어이없는 일에도 잘 대응하잖아. 평범한 시체 정도는 그들이 간단히 처리할 거라고 생각했어."

"무슨 말을 하려는지 알겠어. 20년 전에 비해 우리 사이에는 엄청난 차이가 생겼지. 하지만 우리 둘이 노력하면 헤쳐 나갈 수 있어. 사랑해, 넬. 그리고 오늘 밤 엘리베이터에서 너도 사랑한다고 했잖아. 말도 안 되게 노부부한테 춤추러 가자고 하기 전에."

그 말에 너무 많은 것이 담겨 있었다.

"난 앞으로도 쭉 모르는 사람들과 이야기할 거야, 그렉. 그리고 난 늘 춤추러 가고 싶을 거고. 마찬가지로 늘 널 사랑할 거야. 하지만 너랑 연인이 된다면 지금처럼 잘 모르는 사람들과 이야기를 나눌 수 없겠지. 춤추러 가는 일도 절반으로 줄어들 거고. 그건 내가 원하는 삶이 아니야."

"넌 연예를 안 한 지가 너무 오래돼서 서로 양보와 타협이 필요하다는 걸 이해하지 못하고 있어. 너무 오랫동안 너한테만 집중해서 살았기 때문이야."

"맞아. 하지만 내게 양보와 타협이란 내 인생에 다른 사람의 인생이 스며들 공간을 내주고 나도 그 사람의 인생에 들어가는 거야. 두 사람의 인생을 절반으로 자른 다음 서로 연결해서 최선이 되길 바라는 것이 아니라고."

"방콕으로 가자. 어떻게 될지 보자고."

"다시 도망치라는 거야?"

"모험을 받아들이라는 거야. 한곳에 갇혀 있으면 인생이 선물하는 모든 성장과 경험을 얻지 못하게 돼. 밖에 넓은 세상이 있어, 넬. 가서 붙잡아보자."

"문 앞에서 즐거움을 얻을 수도 있잖아."

그렉이 등을 대고 누워서 천장을 쳐다봤다. "가끔 난 널 전혀 이해하지 못하겠어, 넬. 알겠어. 회사에 제안을 포기하겠다고 할게. 우리 여기 있자."

"안 돼!" 넬이 몸을 들었다. "내 말은 그런 뜻이 아니야. 난 이미 세상을 몇 차례 돌았고 그렇게 여기로 되돌아왔어. 그런데 네 여정은 이제 시작이야. 넌 이 일을 해야 해. 네 여정이 어디로 갈지 봐야 한다고."

"어째서 우린 매번 빗나갈까? 내가 안정을 원할 때 넌 모험을 택했어. 그리고 이제 내가 좀 더 새로운 곳에서 경험을 얻고 싶어 하니까 넌 안정을 찾으려고 해."

"우주가 우리에게 필요한 걸 원할 때 내어주는 거고 모든 일에는 이유가 있다고 생각하면 받아들이기 쉬울 거야."

그렉이 잠시 말을 멈췄다. "우리가 만났을 때 기억나?"

"당연히 기억나지. 중학교 첫 학기였잖아."

"아니, 우리가 만난 바로 그 순간 말이야."

"글쎄, 넌 항상 거기 있었으니까."

"난 1998년 9월 8일 아침 9시부터 널 사랑했어. 우리는 성이 둘 다 G로 시작하기 때문에 고1 첫날부터 쭉 나란히 있었지. 사물함도, 좌석도. 시험 칠 때도, 점심시간에 줄 설 때도. 네가 어디를 가든 나도 거기 있었어. 난 낯을 너무 가린 반면 넌 다른 애들과 말도 트고 함께 웃기도 했지. 첫 일주일이 끝날 무렵에 넌 급식 담당자들, 청소 이모님들, 같은 학년 애들과 한 학년 위 애들의 이름까지 모두 알았어. 넌 아주 쉽게 적응했고 나도 함께하게 했어. 네가 날 학교 안으로 끌어들여서 사람들과 이야기하는 법을 보여줬지. 난 너를 보고 그대로 따라했어. 4년 뒤에 너도 날 좋아해줬을 때 정말 행운이라고 느꼈어."

넬은 완전히 다르게 기억하고 있었다. 그는 고1 때도 수수께끼 같은 애였다. 무엇과도, 누구와도 잘 어울릴 수 있다는 무언의 자신감을 잔뜩 풍겼다. 그렉이 있을 때면 어떤 상황도 즉시 부드러워지고 불안하거나 불편한 주장도 사그라들었다. 수능이 끝난 뒤에 그가 세계 여행을 하자고 했을 때 넬은 늘 그의 보호를 받을 거란 사실을 알고 단 1초도 망설이지 않았다.

"내가 운이 좋았어." 넬이 말했다. "학교에 다니고 여행을 하던 그 모든 시간에 늘 네가 거기 있다는 이유만으로 난 무엇에든 자신감을 느꼈어. 너의 절친한 친구이자 여자친구라서 아주 뿌듯했거든."

"난 아직 널 놓아줄 준비가 되지 않았어." 그가 눈가의 눈물을 손등으로 닦았다.

넬이 그의 눈물을 닦아주었다.

"넌 날 놓아주는 게 아니야." 갑자기 자신의 말에 확신이 생긴 넬이 말했다. "지금 우린 서로에게 시간을 주며 무엇이 우리에게 옳은지 알려는 거야. 넌 방콕으로 가야 해. 거기가 마음에 안 들어 결국 돌아올 수도 있지만 그래도 괜찮아. 아니면 그곳이 마음에 들어서 네 안에 오랫동안 숨어 있던 무언가가 튀어나올 수도 있지. 내 말 듣고 있어?" 넬은 자신의 눈에 흐르는 눈물을 닦았다. "그리고 분명히 말할게. 네가 학교에 다닐 수 있게 해준 건 내가 아니야. 우리는 서로를 끌어준 거지."

"사랑해, 넬."

"나도 사랑해. 자 이제 불을 끄고 뒤에서 껴안아줘."

5.

보통 넬은 토요일엔 일하지 않았다. 하지만 오늘은 윌리엄이 어딘가로 일찍 나가고 넬은 주말에 주노를 도서관에 데려가겠다고 약속했다. 지난주 도서관에서 주노는 에로틱 스릴러와 파충류 관련 책을 골라 넬을 놀라게 했다. 이번 주에는 무슨 책을 고를지 알 수 없었다.

그렉은 넬보다 일찍 출근하면서 그녀를 포옹했다. 그러고는 방콕에서 일하라는 제안을 받아들일 거라고 약속했다. 넬은 시계를 봤다. 빨리 샤워를 하고 집에 가서 옷을 갈아입고 주노를 산책시켜야 한다.

윌리엄의 집이 있는 길모퉁이를 돌았을 때 넬은 걸음을 멈추었다. 경찰이 테이프로 길을 막아놓았다. 넬은 숨이 가빠왔다.

길 한가운데 소방차 두 대가 서 있었다. 생각할 틈도 없이 넬은 테이프를 들어 올리고 밑으로 기어들어갔다. 그리고 눈물을 삼키려고 애쓰면서 소방차들 사이를 질주했다. 그리고 절박하게 윌리엄, 윌라, 주노를 찾았다. 집을 올려다보니 2층까지는 손상 없이 깔끔한 흰색이었지만 지붕으로는 하릴없이 연기가 올라왔다. 주노의 방인 다락 창문 주변의 흰 회반죽이 까맣게 탔다.

넬은 입을 막았고 숨이 턱 막혔다. 넬은 미친 듯이 사방을 둘러보며 소방관, 경찰, 누구든 도와줄 사람을 찾았다. 아직 이른 시간이라 주노는 자고 있을 테니까.

"도와주세요!" 넬이 소리쳤다. "아무도 없어요? 제발 도와주세요!"

"저기, 괜찮아요?"

여자 소방관이 넬을 소방차 뒤쪽으로 데려갔다. 넬이 숨을 헐떡거리며 말했다.

"집 안에 누가 있나요? 노부인은요?"

"다들 안전합니다. 병원에 있어요. 런던 로열 프리 병원으로 이송된 것 같아요."

넬의 휴대전화가 울렸다. 윌라였다. 넬은 소방관에게 고맙다고 인사한 다음 서둘러 전화를 받고는 재빨리 집에서 떨어져 택시를 잡을 수 있는 주도로로 걸어갔다.

"다들 무사해요?"

"우린 괜찮아요. 좀 충격을 받았지만 괜찮아요."

"주노는요?"

"정신이 들다가 말다가 해요. 지금 온갖 기계를 달고 계세요. 심장박동과 호흡을 모니터링 중인데 살아 계세요."

"아, 맙소사. 정말 무서우셨을 텐데."

"이리 오면 다 말해줄게요. 그전에 어머님 속옷 좀 사다 줄래요. 어머니가 좋아하는 건……."

"뭔지 알아요. 파자마나 카디건이나 가운은요?"

"네, 그것도요. 우리가 여기서 나갈 때 입을 옷도요."

"또 필요한 건요?"

"갈아입을 옷이면 충분해요. 내 옷에선 바비큐 냄새가 나요."

"윌리엄 옷도 사야겠죠?"

"그이는 지금 비행기 안에 있어요. 메시지를 남겼으니 곧장 돌아올 비행기를 탈 수 있길 바라야죠."

"그럼 상점에 들렀다가 곧바로 갈게요."

공포가 안도로 바뀌면서 넬은 멍해졌다. 엄마가 넬이 죽은 줄로만 알고 영국으로 돌아올 때도 이런 감정을 느꼈을까?

택시 승강장을 향해 반쯤 걷고 반쯤 달리면서 넬은 엄마에게 전화를 걸었다. 한두 번 신호가 가더니 엄마가 전화를 받았다. "여보세요"라는 말이 나오기도 전에 넬은 말을 쏟아냈다.

"엄마? 나예요, 넬. 정말 사랑해요. 그 말 하려고 전화했어요. 엄마한테 사랑한다는 말을 제대로 안 한 것 같아서요. 하지만 사랑해요. 그리고 너무 미안해요. 내가 죽었다고 생각하게 만든 것도, 자주 집에 가지 않은 것도, 몇 주 동안 연락을 안 해서 걱정 끼친 것도, 엄마의 이메일이나 문자에 답장하지 않았던 것도요. 엄마는 나한테 끔찍한 일이 벌어졌을 거라고 걱정했을 텐데, 난 아무런 설명도 없이 다시 나타났어요. 엄마가 느낄 두려움은 안중에도 없이 말이죠. 그래서 정말 정말 미안해요. 정말이에요."

"넬, 진정해. 무슨 일이니?"

"그 말을 하고 싶었어요. 엄마도 다 안다는 걸 알지만 가끔은 자기 감정을 표현해야 하잖아요. 안 그러면 잊어버리니까. 그리고 말하지 않아도 안다고 생각하겠지만 말을 안 하는데 어떻게 알겠어요?"

"넬, 무슨 일이니?"

"지금은 다 괜찮아요. 집에 불이 났고 주노가 병원에 있어요. 무사하대요. 지금 그리로 가고 있어요. 하지만 오늘 아침에는 엄청 겁이 났어요. 그러다가 내가 엄마에게 무슨 짓을 했는지 깨달았어요. 정말 미안해요."

"부인도 안전하고 너도 안전하면 됐어."

"사랑해요, 엄마."

"사랑한다, 넬. 언제든 엄마 도움이 필요하면 말하렴. 기차 타면 금방 가니까."

넬은 전화를 끊은 뒤 엄마의 말을 되새겨보았다. '기차 타면 금방 가니까.' 오랫동안 엄마는 넬과 다른 반구에 있었고 어떤 상황에서도 엄마의 도움은 선택지에 없었다. 그런데 지금은 언제든 엄마의 도움을 받을 수 있다. 게다가 전화 한 통이면 폴리 언니도 자신을 도와줄 수 있었다. 그 생각을 하니 넬은 미소가 저절로 지어졌고 긴장한 어깨도 스르르 풀렸다. 그때 그녀 옆으로 빈 택시가 나타났다.

윌라가 두 팔로 그녀를 포옹하며 맞아주었다. 넬은 커튼이 드리워진 주노의 침대로 고개를 내밀었다.

"상태는 어떤가요?" 넬이 조용히 속삭였다.

연청색 병원복을 입은 주노에게서는 생동감이 전혀 느껴지지 않았다.

"주무시고 계세요."

"오다가 커피숍을 봤어요." 넬이 윌라의 팔짱을 꼈다. "어서요. 가서 카푸치노 마셔요. 지쳐 보여요."

커피를 들고 자리에 앉았을 때 윌라가 상황을 설명했다. 주노가 새벽에 일어나 추위를 느끼고 침실 벽난로에 불을 피우려고 했다는 것이었다. 그런데 그 벽난로는 몇 년 전에 막아둔 상태였다.

"어머니가 어릴 때 쓰던 방에 벽난로가 있었고 아침마다 장작을 땠었나 봐요." 윌라가 부스스한 머리를 쓸어내렸다. "화재경보기가 작동했고 난 위층으로 올라갔어요. 어머니는 잠들어 있었고 불은 이미 침구와 커튼으로 번진 상태였어요. 우리가 집

밖으로 나왔을 때 지붕에도 불길이 옮겨 붙었어요. 구급차를 타고 나올 때도 계속 불길이 올라오고 있었어요."

"지금은 불길이 잡혔어요. 그래도 연기는 좀 올라오고 있어요."

윌라가 손으로 머리를 짚었다. "아, 맙소사."

"어디에 머물 생각이세요?"

윌라가 고개를 저었다. "모르겠어요. 몇 주 동안 호텔에 가 있어야 할 것 같아요. 하지만 제일 걱정되는 건 어머니예요. 어머니를 어떻게 해야 할지. 혼자서 호텔 방에 계시게 할 수도 없고 그렇다고 가둬둘 수도 없고요."

"한 번에 하나씩 해요. 오늘과 내일 상태를 지켜보고 그다음에 계획을 세워요. 제가 방을 같이 쓰면서 어머니를 지켜볼게요." 넬이 말을 멈추고 작게 미소 지었다. "그러면 적어도 우리가 계획하지 않은 일은 벌어지지 않을 거예요."

"윌리엄은 어머니를 요양원에 보내자고 할 거예요. 하지만 어머니가 요양원을 너무 싫어하시는 데다 죽을 날만 기다리며 거기 갇혀 계실 것을 생각하면 견디기가 힘들어요."

주노가 요양원 구석의 흔들의자에 앉아 있는 모습을 상상하는 것만으로도 넬의 눈에 눈물이 차올랐다.

"다 해결될 거예요."

"어머니가 당신을 만나서 정말 행운이에요." 윌라가 말했다. "우리 모두 다요."

"제가 행운이죠. 그날 어머니가 제 버스 요금을 내주셔서 비를 피할 수 있었고, 두 분에게 집과 일자리까지 얻었잖아요. 전 인생을 어떻게 살아야 할지 감이 오지 않았어요. 그러다가 주노를 만나고 모든 게 자리 잡기 시작했죠."

"당신은 늘 열려 있으니까요." 윌라가 미소를 지었다. "난 어머니를 사랑해요. 하지만 어머니가 모르는 사람이었다면 버스에서 그 옆에 앉을 수 있었을지 모르겠어요. 윌리엄이 처음 어머니를 소개해주던 날, 집으로 가면서 일장 연설을 했어요. 어머니는 그때 첼시 중심부에 살고 계셨는데 아주 괴짜고, 특이하고, 관습적이지 않다고 해서 전 엄청 주눅이 들었죠."

윌라는 박제 동물이 가득하던 복도, 책과 영화 포스터가 가득하던 거실, 어느 프랑스 가수의 노래가 흘러나오던 레코드판을 추억하며 웃었다. 그러고는 말을 이었다.

"아침 11시에 어머니는 핌스 칵테일을 내놓으셨어요. 난 어머니와 윌리엄을 차례로 쳐다보면서 어떻게 이런 여자에게서 아주 이성적이고 평범한 남자가 태어났는지 궁금해했어요. 우린 몇 주에 한 번씩 어머니 집에 가서 점심을 먹었어요. 식사에는 늘 다양한 사람이 참석했죠. 예술가, 시인, 정원사, 동네 슈퍼에서 일하는 젊은이. 다들 흥미로운 얼굴이나 사연을 가진 사람들이었어요. 어머니는 다른 사람들이 동전이나 엽서를 모으듯 사람을 수집하셨어요. 어머니한테서 뭐가 나올지 늘 알지 못했기에 어머니가 더욱 신비로웠고요."

"정말로 어머니를 사랑하시는군요."

"맞아요. 하지만 시간이 좀 걸렸어요. 그래서 죄책감이 들어요. 어머니는 함께하기 쉽지 않은 사람이니까요. 우리한테 아이가 없어서 다행이었다는 생각이 들어요. 지금은 어머니만으로도 정신이 없으니." 윌라가 말했다. "종종 이런 생각이 들어요. 내 인생이 얼마나 달라졌을까. 윌리엄에게 '평범한 어머니'가 있었다면. 우리랑 같이 살지 않고 크리스마스와 부활절, 가끔 일요일에 점심만 같이 먹는 그런 어머니 말이에요. 그랬다면 확실히 더 쉬웠겠죠. 하지만 재미와는 거리가 멀었을 거예요."

"그래도 아직 지붕은 남아 있잖아요." 넬이 농담을 던졌다.

윌라가 웃었다. "지붕은 아직 남아 있군요. 그런데 그거 알아요? 덕분에 난 윌리엄을 더 사랑하게 됐어요. 그가 얼마나 신사적이고 인내심이 강한지 알게 되었거든요. 어머니를 만나지 못했다면 그의 그런 면모를 절대 알아보지 못했을 거예요."

톰이 쪼그리고 앉아 알로의 지퍼를 내려주던 모습이 넬의 머릿속에 떠올랐다. 그가 아이의 머리를 헝클이고 의자에 앉히는 모습. 아들을 '친구'라고 부르고 아들에게 원숭이 인형이 얼마나 중요한지 아는 것까지.

"극장에 출근하시죠? 전 하루 종일 여기 있을 수 있어요."

윌라가 고개를 저었다. "감독에게 연락했어요. 내 대역이 며칠 무대에 오를 거예요. 그 애는 좋아할 거예요. 2년 동안 공연한 〈레미제라블〉에서 나는 팡틴(장발장의 양녀인 코제트의 친모―옮

315

긴이)의 대역이었어요. 그런데 주인공이던 여자가 한 번도 병가를 내지 않아서 기회가 없었죠." 윌라가 양손으로 테이블을 쳤다. "자, 그만 병실로 돌아가요. 어머니가 깨어나서 여기가 어딘지 당황하실 수도 있으니까요."

"집에 가서 정리를 좀 할 수 있게 제가 주노 옆에 있을까요?"

윌라가 고개를 저었다. "아뇨, 어머니 곁을 떠나고 싶지 않아요. 휴대전화로 호텔 방을 몇 개 잡으면 돼요. 당신은 지하에 있는 방을 그대로 써도 될 거예요. 괜찮으면 집에 가서 상황을 좀 살펴봐줄래요? 집 안에 들어갈 수 있다면 주방 서랍에서 녹색 폴더를 가져다줘요. 모든 보험 서류와 연락처가 거기 들어 있거든요."

"걱정 마세요. 제가 가보고 바로 연락드릴게요."

"당신은 천사예요." 두 여자는 다시 포옹했다. "진심이에요." 윌라가 말했다. "우리 인생에서 당신을 만나 정말 행운이에요. 당신이 어디서 나타났고 누가 혹은 무엇이 당신을 우리한테 보냈는지 모르지만 당신을 만나서 정말 기쁘답니다."

넬은 지하철에서 내린 다음 운하로 걸어갔다. 그리고 눈물을 참고 안드레아의 보트에 자리한 침대에 앉았다(카페는 사람들로 너무 북적였다). 그러자 눈물이 쏟아지더니 멈추지 않았다. 손님들을 방해하고 싶지 않았다. 다들 야생 사진에 관한 대화를 듣고 있기에 그녀는 대성통곡하고 싶었음에도 무릎을 껴안고 조용히 흐느끼는 쪽을 택했다. 안드레아가 문 앞에서 환한 미소로 넬을 맞이했지만 아무 반응이 없는 그녀를 보고는 곧바로 안 좋은 일이 생긴 걸 알아차렸다.

"넬." 톰이 객실 안으로 머리를 들이밀었다. "안드레아가 날 데리러 왔어요. 무슨 일이에요?"

그가 침대 옆에 앉았고 넬은 그의 스웨터에 얼굴을 묻었다. 그는 흐느낌이 사그라질 때까지 말없이 그녀의 머리를 쓰다듬어주었다.

"주노가 병원에 있어요. 집에 불이 났고요."

"세상에."

"그녀는 괜찮아요. 아니, 병원에서 괜찮을 거라고 했어요. 그런데 상태가 안 좋아졌어요, 톰. 그녀에게 무슨 일이 일어날지 몰라요."

"괜찮다는 게 중요하죠. 집은 무사하고요?"

"모르겠어요. 윌라는 꼭대기 층과 지붕에만 불이 났다고 생각하는데 지금 가서 알아봐야 해요."

"같이 가줄게요."

"당신은 알로를 봐야죠."

"그 애는 오후 3시까지 학교에 있을 거고 이제 1시인걸요. 자, 눈물부터 닦아요." 톰이 그녀를 안아주었다. "다 괜찮을 거예요."

넬은 톰과 함께 주노의 집에 갔다. 집은 괜찮지 않았다. 주노의 영역, 그녀가 보물을 숨겨놓은 그녀만의 알라딘 동굴인 꼭대기 층은 완전히 훼손됐다. 평생 모은 까치 모양의 자석부터 숭고한 장식물까지 모든 수집품이 불길에 타버렸다.

"주노는 절대로 이 일을 극복하지 못할 거예요." 넬이 슬프게 말하고는 주노의 삶이 남긴 잔해를 살폈다. "성한 게 없어요. 하나도."

"그냥 물건일 뿐이잖아요." 톰이 말했다. "가장 중요한 사실은 그녀가 무사히 빠져나왔다는 거예요."

"주노에게는 그냥 물건이 아니에요. 특히나 지금처럼 기억이 사라지고 있는 때에는. 그녀를 과거와 연결해 그녀가 누구였고 무슨 일을 했는지를 대변해주는 거라고요. 여기서 그녀는 노부인이 아니라 맹렬하게 사랑하고 욕망했던 저돌적인 탐험가라고요. 당신도 봤다면 이해했을 거예요. 방 안의 모든 부분이 아주 그녀다웠어요." 넬이 손으로 입을 막았다. "믿을 수가 없어요."

넬은 조심스럽게 그슬림이 덜한 바닥으로 다가갔다. 타버린 소파 아래에서 무언가가 반짝였다. 몸을 구부리고 살펴보던 그녀는 비명을 질렀다. 주노의 티아라였다. 티아라는 얼룩을 씻어내면 괜찮을 듯했다. 넬은 티아라를 주머니에 넣으며 미소 지었다.

"자, 이제 다른 부분도 둘러봐요."

2층은 엄청난 피해는 면했다. 매캐한 연기 냄새에 벽의 검은 자국만 눈에 띄었다. 윌라가 주노를 불길 속에서 끌고 내려올 때 생긴 자국이었다. 소방서장은 넬에게 지하는 안전하다면서 윌라와 윌리엄은 지붕을 수리한 뒤에 돌아오는 것이 낫겠다고 했다. 꼭대기 층은 더는 사람이 거주할 수 없었다.

넬은 윌라와 윌리엄의 소지품을 챙겨서 스포츠 가방에 넣고 주방에서 녹색 폴더도 찾았다.

"얼른 내 집에 가서 옷을 몇 벌 챙겨올게요."

이 말을 하자마자 넬은 가슴이 철렁했다. 아직도 어젯밤 옷을 입고 있다는 사실을 들키고 싶지 않았는데. 다행히 톰은 아무 생각이 없는지 그녀를 따라 주방 계단을 내려갔다.

"난 얼른 샤워 좀 할게요."

10분 뒤 옷을 갈아입은 넬이 거실로 나왔다.

"근사한 꽃이군요." 톰은 테이블 위의 꽃병에 꽂혀 있는 풍성한 꽃들을 가리켰다. 그렉이 가져온 것이었다. "엄청 비싸겠는데요."

"아마도."

"준비됐어요?"

현관문을 잠그던 넬은 문에 끼어 있는 메모를 보았다. 톰이 문의 페인트가 떨어지지 않게 조심하면서 메모를 떼어냈다.

넬, 집에 돌아오지 않은 것을 보니 데이트가 잘되었나 봐요. 우린 병원에 있어요. 위층에 불이 났거든요. 그러니 집 안에 들어가지 말아요. 전화 줘요. 윌라.

톰이 메모를 건넸다. "어떤 데이트를 말하는 걸까요? 아, 아니, 대답하지 말아요. 난 네 살짜리랑 12시 반에 자러 갔으니 내 쪽은 아니군요."

"톰, 난⋯⋯."

"내가 어젯밤에 말한 게 이런 거예요, 넬. 당신은 나보다 해결할 일이 더 많아요. 아직도 시간에 쫓기는 사람처럼 살잖아요. 하지만 앞날은 결코 모르는 거예요. 넬, 당신은 주노의 나이까지 살 수도 있어요. 삶의 방식을 바꾸지 않으면 당신은 정말로 호텔 방에서 혼자 죽을지도 몰라요. 아니면 조금 물러나 가만히 있으면서 누군가가 당신을 사랑해주기까지 기다려도 되고요."

"그건 내가 원하는 게 아니⋯⋯."

"이제 알로를 데리러 가야 해요. 주노에게 안부 전해주세요."

6.

"저건 왜 쓰고 있어요?" 산소 호흡기를 달고 생기 없이 누워 있는 주노를 보고 넬은 겁에 질렸다.

"한 시간 전부터 호흡이 나빠졌어요." 윌라가 말했다. "링거 도 맞았어요."

"이게 정상인가요? 의사는 뭐래요?"

"연기 흡입은 증상이 나타나기까지 시간이 좀 걸린대요. 어 머니가 연기를 너무 많이 마셨다는 징조죠."

"하지만 괜찮은 거죠?"

"아직 몰라대요. 우리는 기다려야 해요. 소방서에서는 뭐라 던가요?"

"생각만큼 나쁘진 않지만 꼭대기 층은 완전히 소실됐어요."

"쉬잇, 어머니가 들으실지 몰라요."

두 사람은 주노를 쳐다봤다. 그녀가 대화를 듣고 있다거나 생각을 한다거나 하는 조짐은 전혀 보이지 않았다.

"주노의 티아라를 찾았어요." 넬이 말했다. "내일 닦아서 가져올게요."

"병원에선 필요 없을 텐데."

"윌라, 어머니는 도서관 가는 버스 안에서도 티아라를 쓰고 계셨어요. 당연히 병원에서도 필요할 거예요."

"그렇겠죠." 윌라가 살짝 미소를 지었다. "아, 넬, 어머니가 털고 일어나는 모습을 정말 보고 싶어요."

넬은 무거운 여행 가방을 내려놓고 침대 옆의 플라스틱 의자에 윌라와 함께 앉았다. 두 사람은 이승과 저승 사이를 오락가락하는 노부인을 바라보았다.

한 시간쯤 지난 뒤에 윌리엄이 허겁지겁 병실로 들어왔다. 그는 북아일랜드에 도착한 즉시 윌라의 문자를 보고 곧바로 돌아오는 비행기에 올랐던 것이다. 남편과 아내가 서로 포옹하고 눈물을 흘리는 모습을 보면서 넬은 자리를 피했다.

넬은 병원 밖으로 나왔다. 이래서 한곳에 오래 머물고 싶지 않다. 사랑하는 사람을 잃을지도 모른다는 두려움이 밀려드니까. 엄마가 위독하다는 연락을 해외에서 받았다면 이 정도로 가슴이 짓눌리지는 않았을 것이다.

톰의 말이 옳았다는 점도 싫었다. 그녀는 여전히 모래시계에 맞춰 살고 있었다. 모래알이 하나하나 아래로 빠져나갈 때마다 기회를 잃는 것 같았다. 넬은 아까 윌라가 했던 말을 떠올렸다. '여기 있는 지금이 특별한 거예요.' 그녀는 윌리엄의 어머니와 쭉 같이 살게 될지 모르는 상태에서 윌리엄과 함께하기로 했고 그렇게 지금까지 잘 해왔다. 톰도 같은 제안을 했다. 가진 것으로 행복하기.

넬은 병원을 들락거리는 사람들을 지켜보았다. 대부분은 나이가 들어 지팡이나 보행 보조 기구의 도움을 받아야 했지만 혼자인 사람은 거의 없었다. 저들 중 몇 사람이나 후회 없는 인생을 살았을까? 후회란 그들이 저지른 일에 대한 것일까, 아니면 그들이 갖지 못한 기회에 대한 것일까?

넬은 죽음으로 평화를 찾으려고 했다. 관계의 주변부에 서 있기만 했을 뿐, 제대로 헌신한 적은 없었다. 톰은 그녀에게 사랑과 행복을 찾을 진정한 기회를 제안했지만 그녀는 그를 밀어내기만 했다.

넬은 일요일 내내 윌리엄이랑 윌라와 교대로 주노를 병간호했다. 주노의 손을 잡고 얼토당토않은 이야기를 하고 손가락에 물을 묻혀 그녀의 입술을 적셔주었다. 주노가 깨어나 미소 짓는 그 순간에 느낄 행복만을 생각하면서.

월요일 아침 병원에 가는 길에 넬은 카페에 들러 윌라와 윌리엄에게 줄 커피와 페이스트리를 샀다. 넬은 자신의 뒤에 줄

서 있던 노부인에게 모자가 예쁘다고 칭찬했고 노부인은 얼굴이 환해져서 바리스타에게 1파운드를 팁으로 줬다. 넬은 오늘부터 가족과의 문제도 제대로 풀어나가기로 했다.

병실에 들어갔을 때 주노는 자고 있었다. 산소 수치는 여전히 걱정스러웠지만 의사는 심장이 힘차게 뛰고 있는 한 조심스레 희망을 걸어볼 수 있다고 했다. 넬은 희망 앞에 붙은 수식어는 듣지 않고 희망만 붙들기로 했다.

"두 분이 괜찮으시면 전 하루 이틀 집에 좀 갔다 올까 해요. 여기서 조금 방해가 되는 기분이기도 하고요. 하룻밤 집에 가서 가족들하고 같이 있고 싶은데 그래도 될까요?"

"당신은 전혀 방해되지 않아요." 윌리엄이 말했다. "하지만 집에 다녀와도 괜찮아요."

"혹시 변화가 있으면 연락할게요." 윌라가 이렇게 말하고는 자리에서 일어나 넬을 안아주었다.

"이러지 마세요. 좋든 안 좋든 금방 돌아올 거니까."

"그만 가요. 가서 사랑하는 사람들 옆에 있어요."

넬은 기차에 올라서야 엄마에게 전화해 집에 가는 길이라고 말했다.

"아주 멋진 깜짝 선물이구나." 엄마가 말했다. "냉동실에서 고기를 꺼내둬야겠다. 저녁 식사로 볼로네제를 해 먹어야지."

"외식하면 어떨까요?" 넬이 물었다.

"어디로 가려고?"

"동네 레스토랑이나 아니면 브라이튼으로 갈까요?"

"브라이튼으로 가자!" 브라이튼은 차로 10분 거리였다.

"몇 군데 전화해 자리가 있는지 알아볼게요. 폴리 언니랑 베아도 같이 갈 수 있어요?"

"몇 시에 도착하니? 베아는 8시면 자야 하거든."

넬은 어린아이들이 일찍 잠자리에 든다는 걸 까맣게 잊고 있었다. 알로가 학교에 간다는 것도 생각하지 못한 것처럼.

"5시에 호브에 도착하니 6시로 잡을까요? 역에서 집까지 걸어간 다음 같이 출발하면 되죠? 레이 아저씨는요? 같이 가려고 할까요?"

엄마가 머뭇거렸다. "폴리와 베아가 들어온 직후에 레이가 이사를 나갔어."

"그래요?"

"서로 동의한 일이란다."

넬은 다른 사람에게도 전화를 걸었다. 전화하고 싶지 않았지만 반드시 전화해야 했다.

"아빠? 저예요, 넬."

"넬! 무슨 일이니?"

"아무 일도 없어요. 그냥 오늘 저녁에 같이 식사할 수 있을까요? 케이티와……." 맙소사, 그녀는 배다른 여동생의 이름을 완전히 까먹었다. "루비!" 마침내 넬이 득의양양하게 덧붙였다.

"저녁 식사를? 오늘 밤에?"

"네." 넬이 대꾸했다.

"우리 다 같이?"

"네. 루비가 일찍 잠자리에 들어야 하는 건 알아요." 넬은 새로운 지식을 써먹으면서 뿌듯했다. "그래서 브라이튼에 있는 레스토랑을 예약하려고 하는데. 6시쯤 괜찮겠어요?"

"케이티가 오늘 밤에 먹으려고 다진 고기를 해동했을 텐데."

"그건 좀 놔두면 안 될까요?"

"글쎄다, 잠시만. 가서 확인해보마."

넬은 복도를 가로지르는 아빠의 발소리를 들었다. 한 번도 아빠의 새집에 가보지 못했지만 걸음이 멈추기까지의 시간을 보니 엄마의 집에 비해 대궐처럼 큰 것 같았다. 아빠와 케이티 사이에 어떤 대화가 오갔는지 알 수 없지만 그 내용은 짐작이 갔다.

1분쯤 지난 뒤 아빠가 전화에 대고 말했다. "다진 고기는 내일 먹어도 된다는구나."

"자리가 있는 곳을 찾으면 문자로 알려줄게요."

"월요일이니 그리 어렵진 않을 거야." 아빠가 말했다.

호브까지 20분 정도 남았을 때 넬은 겁이 나기 시작했다. 엄마는 남편을 빼앗아간 여자와 같은 테이블에 앉고 싶지 않을 수도 있고, 어쩌면 아빠도 마찬가지일 것이다. 폴리 언니는 이 광경을 보자마자 곧바로 자리를 박차고 나갈 수도 있다. 어린 두 소녀는 배고프고 지쳐서 울음을 터뜨릴지도 모른다. 그리고 케이티는 모욕감을 느낄 것이다.

"내가 아빠랑 케이티 그리고 어린 딸도 저녁 식사에 초대했어." 언니가 엄마 집의 문을 열자마자 넬이 말했다.

"안녕, 넬. 잘 지냈어? 좋아 보이네." 언니가 비아냥댔다.

넬은 집 안으로 들어가 매트에 발을 닦았다. "안녕, 폴리 언니. 잘 지냈어? 좋아 보이네. 내가 엄청난 실수를 저지른 걸까?"

"아니, 전혀 그렇지 않아. 학교에 베아를 데려다주고 데려올 때마다 자주 보는걸. 루비는 베아보다 한 학년 아래야."

"그 사람들을 알아?"

"호브는 작은 동네야, 넬."

"엄마가 신경 쓰실까?"

"엄마가 뭘 신경 쓴다는 거야? 안녕, 얘야." 엄마가 딸에게 입을 맞췄다.

"넬이 아빠와 케이티도 저녁 식사에 초대했대요."

"잘됐다. 케이티가 두고 간 파이 접시를 돌려줘야 하는데."

"엄마 부츠 안에 루비의 장화도 들어 있어요, 알죠?" 폴리가 말했다.

"아, 그래, 잠시만. 쇼핑백을 찾아다 거기 넣어야겠다. 너희 아버지 쌍안경은 돌려줬니, 아니면 아직 가지고 있니?"

"베아랑 제가 몇 주 전에 갖다줬어요."

넬은 엄마와 언니를 번갈아 보느라 목이 빠질 것 같았다. 아무것도 말이 되지 않는 평행 우주에 들어선 것 같았다.

"잠시만, 잠시만. 엄마도 그들을 알아요?"

"누구를?"

"아빠와 케이티요."

"당연히 너희 아빠를 알지. 나랑 30년 전에 결혼했는데."

"하지만 그들이 그러니까…… 부부인 것도요?" 넬은 이 말을 하면서 목구멍에 신맛이 올라오는 걸 느꼈다.

"우린 그들과 1.5킬로미터도 떨어지지 않은 곳에 살고 있어, 넬."

"하지만 두 사람한테 화나지 않아요?"

"무엇 때문에?"

"가족을 갈라놓았잖아요!"

"오래전 일이야, 넬. 그리고 가족을 갈라놓은 건 그들이 아니야. 넌 이미 해외에 나갔고 폴리도 데미안과 결혼했었잖아."

"그래도 아빠가 엄마를 그 여자로 대체했잖아요."

"아니, 그렇지 않아. 너희 아빠가 그녀를 위해 날 떠난 거지 날 대체한 게 아니란다."

"케이티는 사실 꽤 다정해." 폴리가 말했다. "그녀에게 기회를 줘, 넬. 너도 좋아하게 될 거야."

"내가 저녁 식사에 초대했잖아?"

"그녀는 널 정말 무서워하고 있어."

넬이 언니를 쳐다봤다. "날 무서워한다고?"

"그래. 널 한 번도 본 적이 없잖니? 편지에서 넌 상당히 당돌했지. 전 세계를 돌아다니는 신비주의 딸이 결혼식에 불참을 선언했으니."

"불참을 선언하지 않았어. 난 바빴다고."

"넬 이모!" 베아가 계단을 내려와 넬의 품에 안겼다. "식당에서 제 옆에 앉을래요?"

"당연하지! 너와 루비에게 줄 스티커 북을 샀으니 우리 같이 해보자."

"네가?" 폴리가 놀랐다.

"응. 구글에서 어린아이를 레스토랑에서 조용히 있게 하는 법을 검색하니까 맨 위에 스티커 북이 나오더라고. 그래서 두 권 샀어."

넬은 사실 세 권을 샀지만 알로의 것은 쇼핑백 채로 집에 두었다. 그 책이 아이한테 전해질 수 있을지는 전혀 알 수 없지만.

"루비한테 새 토끼가 생겼대요, 엄마." 브라이튼으로 가는 짧은 여정에서 베아가 신나게 소리쳤다. "토끼도 데려올까요?"

"그러지 않을 거야." 폴리가 도로를 바라보며 말했다. "레스토랑 여기저기에 똥을 눌 테니까." 베아가 똥이라는 말에 까르륵 웃었고 넬은 좋은 생각이 났다.

"베아, 코알라가 엄마의 똥을 먹는 거 알고 있니?" 그 말에 베아는 손뼉을 치며 좋아했지만 어른들은 역겨워하며 고개를 저었다. "사실이야. 그리고 중국 자라는 입으로 오줌을 눈단다."

"넬 이모는 정말 웃겨요."

"더럽게 웃기지." 폴리가 운전대를 꽉 잡으며 말했다.

"어머, 이렇게 반가울 수가." 케이티가 제니, 폴리, 베아에게 말했다. "여러분이 같이 오실 줄 알았다면 자전거펌프도 가져오는 건데. 안녕하세요. 넬이죠? 전 케이티예요."

"안녕하세요, 케이티."

엄마와 폴리 언니가 알려준 대로 넬은 그녀를 곧바로 포용했다. 그 바람에 악수를 하려고 내밀었던 케이티의 손이 넬의 왼쪽 가슴에서 뭉그러지면서 케이티는 깜짝 놀랐다. 아주 우아하지는 않지만 넬다운 인사였다.

"아빠, 왔어요?" 넬은 아빠도 포용했다. 아빠는 포용이 불편한지 몸이 살짝 굳었다.

"네가 루비구나." 넬이 소녀의 키에 맞춰 몸을 구부렸다. "난 넬이라고 해. 너 주려고 스티커 북을 사 왔어."

"루비한테 코알라 이야기를 해줘요!" 베아가 소리쳤다. "루비! 넬 이모는 응가와 쉬야에 대해 많은 걸 알아."

넬은 아빠와 케이티에게 부끄러워 얼굴을 조금 찡그렸다.

"제 이모예요?" 루비가 부끄럼을 타며 물었다.

"아니, 난 네 언니야. 너도 베아의 이모란다."

다른 어른들이 당황해서 기침을 했다.

"사실 둘은 사촌이야." 토니가 말했다.

넬은 혼란스러운 표정이 되었다. "아니에요. 루비가 베아의 이모잖아요."

이 말에 루비도 당황했다. "제가 베아 언니의 이모라고요? 전 1학년이고 언니는 2학년인데."

"맞아."

"이 저녁 식사는 하지 않는 편이 나을 거라고 했잖아." 토니가 케이티에게 투덜댔다. "자, 우린 그만 가자."

"저기, 잠시만요. 제가 뭘 잘못 말했는지 모르겠어요." 넬이 말했다.

"저 애는 몰라요, 토니." 제니가 넬의 편을 들어줬다.

"뭘 모른다는 거예요?"

폴리가 나지막이 말했다. "루비가 베아의 이모라는 사실이 알려지면 사람들이 루비를 놀릴 거라는 게 아빠 생각이야."

'쉰여덟 살에 서른다섯 살짜리 여자와 아이를 가지기 전에 그런 생각을 했었어야지'라는 말이 튀어나오지 않게 넬은 자신의 입을 막았다.

"우리는 나중에 얘기해줄 생각이었어요." 케이티가 말했다. "다들 앉을까요? 테이블이 있어서 정말 다행이죠? 우리 더 자주 주중에 외식해야겠어요."

어쩌면 케이티는 그렇게 나쁜 사람이 아닐지도 모르겠다. 넬은 휴대전화를 살폈다. 윌라의 문자가 와 있었다. 주노에게 아무런 변화가 없다는 내용이었다. 나쁘다는 의미는 아니었다.

넬은 부모가 된 언니를 살폈다. 테이블 가장자리에 놓인 유리잔을 치우고 포크가 바닥에 떨어지기 전에 붙잡고 베아의 음식을 잘라주면서도 어른들끼리의 대화에 능숙하게 참여하고 있었다. 테이블 맞은편에서는 케이티가 루비에게 똑같이 해주고 있었다. 저런 걸 어디서 배웠지? 넬은 궁금했다.

"저기, 넬, 이번에는 얼마나 머물 건가요?" 케이티가 물었다. "그리고 다음 행선지는요?"

"더 이상 행선지는 없어요. 지금은 런던에 있어요." 넬은 어째서 '지금은'이라는 말을 덧붙였는지 이해되지 않았다. 그냥 습관일 거라고 생각했다.

폴리가 몸을 앞으로 숙이고 토니에게 소리쳤다. "넬이 그렉과 재회했어요, 아빠. 그렉 기억나요?"

"당연히 기억하지. 괜찮은 애야."

"아니에요. 그렉은 방콕에서 일자리를 얻었어요."

"왜 같이 안 갔어?" 폴리가 물었다. "딱 네 취향인데."

"가고 싶지 않았어. 난 좀 더 있고 싶었어……."

"넬, 인생은 짧단다. 꽉 붙잡으렴." 토니가 그렇게 말하고는 케이티에게 팔을 둘렀다.

넬은 엄마의 몸이 살짝 굳는 걸 보았다. 파이 접시, 아이들의 장화, 쌍안경, 자전거펌프가 두 집 사이를 오갔음에도 여전히 아픈 부분이 있었다. 케이티는 넬과 똑같이 생각했는지 어깨를 움츠리며 남편에게서 팔을 뺐다.

"말이 나와서 말인데요." 케이티가 말했다. "정말로 당신이 거기 가게 될 거라고, 그러니까 세상에 오래 머물지 못할 거라고 생각했을 때 원하는 것을 모두 해봤다는 생각이 들었나요?"

넬이 어깨를 으쓱였다. "거의 그랬던 것 같아요. 특정한 날이 오기 전까지 난 죽지 않을 거란 사실을 알면 확실히 자유롭거든요. 그렇지 않았다면 난 버킷리스트를 절반도 채우지 못했을 거예요. 번지 점프, 동굴 탐험, 암벽 등반 같은 것들 말이죠."

"무슨 말인지 알 것 같아요. 루비를 갖기 전에 패러글라이딩을 못 해본 게 정말 후회되더라고요." 케이티가 말했다. "지금은 할 수 없어요. 자식이 있으니 혹시나 해서. 하지만 내가 앞으로 30년은 죽지 않을 거라는 사실을 안다면 한번 해볼 거예요."

"나라면 뭘 할지 알아? 회를 먹어보는 것 말고?" 엄마가 말했다. "난 늘 지붕에서 경치를 보고 싶었어. 우린 바다에서 세 골목 밖에 떨어져 있지 않잖아. 지붕에서 보면 분명 아름다울 거야."

"아, 그거 좋은 생각인데요." 폴리가 말했다. "크리스마스에 지붕을 꼬마전구로 장식해야겠다는 생각을 자주 했는데 너무 무서워서 올라가지 못했어요. 안 좋은 일이 절대로 일어나지 않을 거라고 생각했다면 지붕에 꼬마전구는 물론 순록까지 장식했을 거예요."

"아빠? 절대 안 죽는다는 사실을 알게 되면 뭘 하고 싶으세요?" 넬은 아빠를 대화에 끌어들였다.

그가 코웃음을 쳤다. "그렇다고 달라질 건 없을 것 같아. 난 어쨌든 하고 싶은 건 다 하니까."

아빠의 대답에 넬과 폴리는 휘둥그레진 눈으로 서로를 쳐다봤다. 토니는 이런 반응을 의식하지 못한 듯이 손을 뻗어 프렌치프라이를 한 움큼 집었다.

"케이티." 넬이 밝은 목소리로 재빨리 주제를 바꾸었다. "아직도 법률 보조로 일해요?"

케이티가 대답하기 전에 잠깐 토니를 쳐다봤다. "아뇨, 루비를 가졌을 때 일을 그만뒀어요. 비전공자를 위한 법학 학위 과정을 들은 다음 다시 일할까도 생각했는데……."

"그러기엔 시간이 부족했지, 안 그래?" 토니가 대신 말했다.

"흥미롭네요, 케이티. 특별히 생각해둔 코스가 있어요?"

케이티가 넬을 보며 말했다. "특별히 생각해둔 건 없어요. 아마 안 할 것 같아요."

"해봐요!" 넬이 말했다. "그러면 루비에게도 얼마나 좋겠어요. 어릴 때 형편이 안 좋아져서 엄마가 투잡 뛰는 모습을 보면서 엄청난 영감을 받았거든요. 안 그래, 폴리 언니?"

폴리는 넬에게 눈살을 찌푸렸다. 넬이 무슨 말을 하려는지 알지만 거기에 참여할지 말지 아직 결정을 못 했다는 뜻이었다.

"특히 어떤 분야의 법에 관심이 있어요?" 넬이 계속 질문을 이었다. "예전에는 부동산 관련 법이었죠?"

"맞아요. 하지만 전 가족법에 꽤 관심이 있어요."

"그 공부를 해요." 폴리가 웃으며 말했다. "그래서 데미안이랑 이혼할 때 제 변호를 맡아줘요."

"정말 이혼할 거니?" 토니가 물었다. "그냥 실수였잖니."

"다시 받아줄 수 없는 실수죠."

"정말 근사할 것 같아요, 케이티. 열심히 해봐요." 엄마가 말했다. "토니와 내가 이혼할 때 여자 변호사가 날 담당했다면 훨씬 공정한 판결을 얻어냈을 거예요."

테이블에 침묵이 흘렀다. 엄마의 말에는 악의가 없었다. 그저 멜로 와인을 마시면서 흘러나온 진심만이 있었을 뿐. 어쩌면 엄마는 아빠가 이 테이블에 앉아 있다는 사실조차 잊어버렸을 거라고 넬은 생각했다.

넬이 주위를 살폈다. 저녁 식사가 재앙으로 변하고 있었다. 어서 멈춰야 한다. 넬은 마음속으로 다른 주제를 찾았다.

"해삼이 똥구멍으로 숨 쉬는 거 아는 사람?"

넬은 그 말을 하고 나서야 폴리가 고개를 젓는 것을 보았다. 넬은 자신이 어린아이와 너무 많이 어울렸다고 생각했다. 그러나 베아와 루비는 여태껏 만난 어른 중에 넬이 최고라고 생각했다.

집으로 가는 길에 넬은 톰과 알로가 오늘 저녁 자리에 잘 어울렸을 거라고 생각했다. 그녀는 톰을 여러 상황에 놓으면서 그러면 뭐라고 했을지 생각해보기 시작했다.

"케이티에 대해 어떻게 생각해?" 폴리가 백미러로 넬을 쳐다보았다.

"괜찮은 사람 같아. 확실히 나이가 들면서 더 밥맛이 된 아빠랑 엮인 걸 후회하고 있어."

"왜 그런 말을 하니?" 엄마가 넬을 돌아보며 물었다.

"무슨 말이요? 그녀가 백만장자 고객에게 빠진 거요? 아니면 아빠가 엄청난 등신이라는 거요?"

"나 그거 쓸 줄 알아요." 베아가 말했다.

"너희 아빠는 그런 사람이 아니야." 제니가 말했다. "그냥 자기 방식에 좀 갇혔을 뿐이지."

"아빠는 이기적이고 가부장적이에요. 차버리길 잘했어요, 엄마."

"차에 누가 타고 있는지 다들 기억하고 있죠?" 폴리가 단조로운 목소리로 말했다.

베아가 넬 쪽으로 몸을 기울였다. "날 말하는 거예요."

"그렇구나."

"루비가 진짜 내 이모예요?"

"어머, 저길 봐." 넬이 창밖을 가리키며 말했다. "새가 있어. 베아, 새가 빨간 차에 응가를 가장 많이 하는 건 알고 있니? 진짜야."

336

"맙소사, 넬." 폴리가 앞좌석에서 탄식했다.

"쉬잇, 난 지금 조카랑 친해지는 중이거든."

7.

넬은 엄마의 소파에서 자는 내내 휴대전화를 옆에 두었다.
폴리가 베아랑 같이 자고 방을 내주겠다고 했지만 넬은 어디서
든 잘 잘 수 있었기에 2인용 소파에 누웠다. 아침 7시 무렵 넬
은 알림 소리에 잠을 깼다. 윌라였다. 넬은 떨리는 손으로 문자
를 열어보았다.

어머니가 고비를 넘겼어요. 산소 수치가 높아졌고 혈압도 정
상이에요. 이제 깨셔서 이야기도 해요. 무슨 말인지 모르겠지
만 재미있는 아빠를 선택하라고 전해달래요.

넬은 다시 머리를 눕히고 눈을 감은 다음 씨익 웃었다. 이처

럼 엄청난 두려움 뒤에 엄청난 안도감이 찾아올 거라고는 상상
도 못 했다. 그녀의 본능이 톰에게 문자를 보내라고 했고 그녀
는 본능을 따랐다.

안녕. 방금 윌라에게 연락받았어요. 주노는 괜찮대요! 당신도
다 좋길 바라요, 넬.

그가 곧장 답장을 보냈다.

좋은 소식이네요!

넬은 그가 추가 메시지를 보내기를 몇 분간 기다렸지만 더는
메시지가 오지 않았다.

엄마에게 금방 다시 오겠다고, 런던 집이 수리를 마치는 대
로 초대하겠다고 약속한 뒤 그녀는 폴리 언니와 함께 걸어서 베
아를 학교에 데려다주고 기차역에 가기로 했다.

"그래, 어제저녁은 네 기대에 잘 들어맞았니?" 폴리가 물었
다. 두 사람은 베아를 몇 미터 앞세운 채 걷고 있었다.

"사실 내가 뭘 기대했는지 모르겠어."

"거짓말 마. 넌 케이티가 소중한 걸 가로챈 나쁜 년이길 바랐
잖아. 그래야 계속 그녀를 미워하고 모든 걸 그녀 탓으로 돌릴
수 있으니까."

"베아도 있는데 욕을 하면 어떡해?"

"저 애한테는 안 들려."

"그럴지도. 잘 모르겠어. 수천 킬로미터 밖에 있으면 퍼즐을 맞추기가 힘들거든. 내가 아는 거라고는 내 또래 여자가 꼬드기니까 아빠가 두 번 생각도 안 하고 부모 자리를 내팽개쳤다는 거였어."

"그런데 지금은? 지금도 그렇게 생각해?"

"아빠에 대해서는 그래. 하지만 케이티는 아빠를 진심으로 좋아하는 것 같아. 사랑하나 봐. 아빠가 무슨 사탕발림을 했는지 우리는 모르잖아?"

"아빠가 사탕발림을 해야 하는 거야? 그냥 공통점이 더 많은 누군가를 만난 게 아닐까? 엄마보다 더 사랑하는? 우리가 베아처럼 어릴 때도 아니고 아빠가 우리를 아빠 없는 자식으로 만든 것도 아니잖아? 우린 성인이야."

그 말을 들으면서 톰이 레아와 헤어진 이유에 대해 들려준 말을 떠올렸다. '사랑했죠. 그러다가 사랑이 식었어요.' 사람은 변하고 가끔은 결혼이 모든 힘든 순간을 잠재운다는 의미가 아니었다.

"그러니까 언닌 내가 일어나지도 않은 일을 진짜처럼 만들어 놓았다는 거야?"

"그럴 수도. 하지만 어쩌면 넌 당시에 네가 보고 싶은 대로 상황을 해석했을 수도 있어. 네 상상대로 읽어낸 부분이 잘못되었다는 말은 아니야. 하지만 무조건 이쪽은 좋고 반대쪽은 나쁘다고 단정 지을 수는 없잖아? 어떤 일이든 그 사이에는 백만 가지의 중간 지대가 있으니까.”

“그래도 아빠는 엄마를 정말 심하게 대했어. 기본적으로 아무것도 남기지 않았잖아.”

“그것도 케이티의 잘못이 아니야. 그녀는 법적인 부분에 전혀 관여하지 않았어. 그리고 아빠는 엄마에게 집을 남겼고.”

“참 대단하시지. 아빠는 망할 대저택에 살고 있는데.”

“대저택이 아니야. 골프 코스에 있는 방 다섯 개짜리 고급 주택이지.”

“엄마 집의 전체 면적이 아빠 집의 현관과 맞먹을걸?”

“아마도.”

“언닌 케이티의 가방을 봤어?”

“그래.”

“그 점선들을 연결해봐, 언니. 그럼 내가 보는 걸 언니도 볼 수 있겠지.”

“무슨 말인지 알겠어. 하지만 같은 동네에 살면 계속 얼굴 붉히며 지낼 수가 없어. 그냥 넘어가는 수밖에. 그런 부분에서 엄마는 정말 고상하게 대처해왔어.”

“엄마는 고상한 사람이니까.”

“맞아. 난 아빠가 머저리라는 부분에도 동의해.”

“나 들었어요!” 베아가 앞에서 소리쳤다.

넬이 런던에 돌아왔을 때 공사 감독이 넬에게 말했다.

"앞으로 몇 주 안에 지붕을 완전히 복구할 순 없어요. 하지만 방수 작업은 끝내서 저층에서는 지낼 수 있게 할 거예요."

넬은 다행이라고 생각했다. 물론 집을 수리하는 동안 주노가 어디서 살지는 정해지지 않았지만. 인부들이 하루 일을 마치고 돌아가면 넬은 한두 시간 주노의 방에 가서 더 건질 게 없는지 찾아보기로 했다. 하지만 그전에 주노 먼저 살피고 싶었다.

병원 가는 길에 꽃 노점에서 극락조화 몇 줄기를 샀다. 주노는 카네이션이나 국화보다 화려한 꽃이 어울리는 사람이니까.

넬은 주노의 침대를 가린 커튼을 열었다.

"안드레아! 어머 이렇게 반가울 수가."

넬은 커튼 안에서 친구를 발견하고 반가움에 소리쳤다.

"주노, 잘 있었어요? 사고 좀 치지 말아줄래요?"

넬은 주노의 뺨에 입을 맞췄다.

"캐롤라인! 안드레아한테 네가 올 거라고 말했는데 널 모른다고 하더라고! 안드레아, 얘가 캐롤라인이에요. 바보 같긴!"

안드레아가 근심 어린 얼굴로 넬을 쳐다보았다. 넬은 아주 미세하게 고개를 저으며 눈빛으로 안드레아에게 걱정 말라고 말했다.

"몸은 좀 어때요, 주노?"

"제대로 멍청이가 된 것 같아. 엄마가 늘 우리한테 불장난을 하지 말라고 하셨잖아. 기억나지, 캐롤라인?"

넬이 주노의 머리를 쓰다듬었다.

"엄마가 그랬었죠."

"안드레아가 방금 카페를 팔 거라는 이야기를 했어. 그리고 나한테 주려고 과일 바구니를 사 왔지 뭐야."

이제 넬이 걱정스러운 표정을 지었다.

"뭐라고요?"

"그냥 생각 중이에요. 사실 최근에 누굴 만났거든요. 런던 운하에 관한 역사 수업을 듣다가 바네사를 알게 됐어요. 그리고 그녀를 한동안 만났지요. 그런데 그녀가 곧 유럽으로 투어를 간 대요. 나더러 같이 가자더군요."

"하지만 그냥 이렇게 가면 안 돼요!"

"사실 나한테 용기를 준 사람이 바로 당신이에요, 넬. 이건 당신이 삶을 사는 방식이죠. 내년이면 나 환갑이에요. 그런데 영국 운하만 왔다 갔다 했을 뿐, 제대로 모험을 해본 적이 없어 요. 해외에 나가본 적조차 없고요."

"하지만 아주 가까운 곳에서도 모험은 할 수 있어요. 굳이 멀리 가지 않아도 된다고요."

"엄청 재미있을 것 같아!" 주노가 말했다. "크로아티아의 스플리트에는 꼭 가봐요. 다들 파리나 로마를 꼽지만 내 생각엔 아니거든."

"사실 보트 일로 당신한테 연락하려고 했어요. 부동산에 내 놓기 전에 당신이 관심 있는지 물어보고 싶었어요."

"정말 다정하세요. 전 당연히 좋다고 말하고 싶지만 돈이 없어요."

"얼만데?" 침대에서 주노가 물었다.

"주노, 배 가격이 4000파운드든 40만 파운드든 상관없어요. 난 돈이 없으니까요. 하지만 당신이 없는 동안 배를 기꺼이 봐줄 수는 있어요. 어때요, 안드레아? 돌아와서 다시 카페를 운영할 거잖아요? 나랑 같이 보트에서 노는 것도 좋죠, 주노?"

보트에서 날마다 손님을 맞이하고 신선한 커피와 케이크를 대접하는 것, 동네 사람들의 사랑방 역할을 하고 지붕에서 채소와 허브를 직접 키우는 것, 닻은 내려져 있지만 언제든 달릴 수 있다는 것. 생각만 해도 넬은 가슴이 두근거렸다.

"아뇨." 안드레아가 한마디로 넬의 꿈을 산산조각 냈다. "그만 팔고 싶어요. 전 재산을 털어 배를 샀기 때문에 여행을 가려면 돈이 필요해요. 바네사는 보트 위에서 살 수 있는 사람은 아니거든요."

"나도 보트에서는 살 수 없을 것 같아." 주노가 복숭아를 먹다 말고 끼어들었다. "엄청나게 속이 메슥거릴 것 같아."

안드레아는 넬에게 보트를 판다면 7만 파운드를 받고 싶어했다. 넬은 보트를 매물로 내놓으면 그보다 훨씬 높은 금액을 붙일 거라는 사실을 알았다. 넬은 6주 동안 주노를 봐주면서 2000파운드 정도를 모았지만 그중 일부를 그렉과 호텔에 대한 빚을 갚는 데 썼다. 따라서 물가상승은 고려하지 않고 현재의 수입을 기준으로 하면 7만 파운드를 마련하기까지 4~5년은 걸릴 것이다. 그래도 그런 상상을 하던 2분 30초 동안 기분은 좋았다.

그날 저녁 넬은 일주일간 일어난 일에 너무 지쳐서 요리할 힘도 없었다. 넬은 깡통에 담긴 수프를 데우다가 좋은 아이디어가 떠올랐다. 그래서 휴대전화를 집어 들고 몇 단어를 검색 창에 입력한 다음 가스를 끄고 코트를 집어 들었다.

지난번보다 큰 규모였다. 넬은 큰 원형 공간에 자리를 잡았다. 주위의 빈 좌석들이 맥주와 와인을 든 사람들로 빠르게 채워졌다. 무대에는 마이크와 테이블이 있었다. 테이블 위의 생수 한 병이 눈에 띄었다. 오늘 밤 그가 무대를 어떻게 진행할지 넬은 전혀 감을 잡을 수 없었다.

그를 소개하는 목소리가 무대 밖에서 들려왔다. 그가 나타났다. 청바지 차림에 곱슬곱슬한 머리를 단정하게 다듬은 그는 평소처럼 편안하고 따뜻한 태도로 무대에 걸어 나왔다. 한 손은 주머니에 넣고 다른 손은 관객들을 향해 흔들면서. 내 모습이 보일까? 넬은 궁금했다. 하지만 좌석이 너무 어두운 데다 그녀는 좌석에 아주 푹 기대 있었다.

"안녕하세요, 런던 시민 여러분! 2월의 혹한을 뚫고 오늘 밤 와주셔서 너무 감사합니다. 전 톰 래들리라고 합니다. 오늘 밤 여러분을 마음껏 웃게 해드리는 동시에 존재 이유를 다시 곰곰이 생각하게 만들어드릴 테니 정신 똑바로 차리세요.

제 쇼의 제목은 '버킷리스트'입니다. 제목처럼 제가 좋아하는 것들을 적어둔 목록이 아닙니다. 그렇다면 형편없는 쇼가 되겠죠. 이 '버킷리스트'는 우리가 죽기 전에 하고 싶은 일에 관한 이야깁니다. 죽음. 인생에 찾아오는 참 웃긴 단계지 않나요? 우리 모두가 가진 유일한 공통점이기도 합니다. 예를 들어볼게요. 안녕하세요. 성함이 어떻게 되시죠?"

톰이 앞줄 맨 마지막 자리로 걸어갔다.

"톰이라고요? 세상에. 아, 당신이 방금 내 쇼를 망쳤어요. 좋았어. 다시 한번 해볼게요. 안녕하세요. 성함이 어떻게 되시죠?"

이번에 톰은 복도 근처에 앉은 대머리 남자에게 질문했다. 톰은 관객을 향해 고개를 들었다.

"이분의 이름은 데이브랍니다. 자, 지금까진 아무런 공통점이 없어요. 무슨 일을 하세요, 데이브? 전기 기사라. 두 개째네요. 좋았어요. 이 여자분이 아내인가요, 데이브? 네? 아내분 성함이? 에밀리요? 좋았어요. 에밀리는 제 아내가 아니니 세 개째네요. 결혼 생활이 행복한가요, 데이브?"

남자가 고개를 끄덕였다.

"아주 좋아요. 현재까지 우리는 네 가지 모두 공통점이 없군요."

관객들이 모두 웃었다.

"이제 전 데이브가 좋습니다. 데이브에게 어떤 나쁜 일도 일어나지 않길 바라요. 우리 모두 같은 마음이죠. 왜냐면 그는 좋은 사람이니까. 하지만 언젠가 나쁜 일이 벌어질 겁니다. 데이브가 죽겠죠. 유감이네요, 데이브."

데이브는 괜찮다는 듯 손을 들어 보였다.

"그런데 데이브의 죽음을 비극에서 구해줄 한 가지가 있습니다. 아, 두 가지네요. 하나는 미끄러지지 않도록 고무 밑창을 댄 신발을 신는 겁니다. 내 말이 맞죠, 에밀리? 두 번째는 죽기 전에 인생을 충만하게 사는 거죠. 대충 산 인생보다 슬픈 건 없으니까요. 전 이 사실을 한때 굉장한 섹스를 나눴던 굉장한 여자에게서 배웠답니다. 호응 감사합니다. 굉장한 섹스는 확실히 축하받을 일이죠. 다시 이 근사한 여자의 이야기를 해볼게요. 그녀를 멜이라고 부를게요……."

넬은 얼굴이 달아올랐다. 조명이 어두워서 다행이었다.

"멜은 자신이 죽을 날짜를 안다고 생각했어요. 그래서 늘 신나거나 즐겁거나 목표 의식을 채워주는 일들만 해왔습니다. 여러분에게 예시를 드리죠. 우리는 화요일 오후 3시에 근사한 섹스를 했어요. 오후 3시, 화요일이요. 입에 담기 민망한 그 순간이 인생을 붙잡는 완벽한 순간이 아니라면 대체 뭐가 그런 건지 모르겠네요. 사람들은 주중에 외식도 하지 않아요. 우린 그랬지만요."

관객들이 환호하며 손뼉을 치자 넬은 좌석 등받이가 거의 수

평이 될 때까지 몸을 아래로 내렸다.

"멜을 만나고 그녀의 삶의 방식에서 영감을 얻은 저는 셰어 아파트에서 나와 지금은 보트 하우스에서 삽니다. 그리고 이혼 소송 중이죠. 덧붙이자면 아내와 별거 중이던 화요일 오후에 일이 벌어진 겁니다. 전 쓰레기는 아니니까요. 근데 제가 잘하고 있나요? 잘하고 있다면 와~ 하고 두 번 환호를, 학생들 가르치는 일을 다시 해야 한다고 생각하시면 우~를 두 번 해주세요."

관객들이 모두 환호를 보냈다.

"좋습니다. 반반이네요."

톰이 농담을 던졌다.

"이제 전 가끔 아침 식사로 케이크를 먹습니다. 어른인데 안 그럴 이유가 없지 않나요? 아침에는 시리얼이나 토스트를 먹으라는 법을 누가 만들었나요? 아침 8시에 당근 케이크를 먹고 싶으면 당근 케이크를 먹을 겁니다. 당신은 어떤 케이크를 드실래요, 데이브?"

톰이 마이크 줄을 당기며 관객들을 향해 얼굴을 찌푸렸다.

"각자 취향이 있으니까요, 데이브."

넬은 극이 마무리될 때까지 내내 웃으며 자신이 그에게 영향을 미쳤다는 사실에 자부심을 느꼈다. 넬은 이제야 완전히 이해가 갔다.

톰의 쇼가 이어지는 동안 관객들은 웃음을 멈추지 않았다. 넬은 그들과 함께 손뼉을 치며 웃느라 흐르는 눈물을 닦을 생각조차 하지 않았다.

공연이 끝나고 밖으로 나가는 인파를 피해 넬은 무대 뒤편으로 갔다. 안전 요원이 한 명 있었다. 그녀는 톰에게 멜이 왔다고 전해달라고 했다. 안전 요원이 잠시 사라졌다가 나타나더니 그녀가 겨우 지나갈 정도로만 문을 열어주었다.

"위로 올라가서 왼쪽 두 번째 문입니다."

그의 대기실 문은 닫혀 있었다. 넬은 또다시 인생의 교차로에 서서 삶의 방향을 고민했다. 그녀는 손을 들어 소심하게 노크한 뒤에 손잡이를 돌렸다.

톰이 화장대 거울을 보고 앉아 있었다. 그는 문이 열리자 뒤를 돌아보더니 벌떡 일어났다.

"내 쇼에 와줬군요."

"네."

"그래서요?"

"그래서 당신은 정말 웃긴 사람이에요."

"내 코미디가 재밌었던 거죠."

"네, 그것도 맞아요."

"주노는 좀 어때요?"

"괜찮아요. 아직도 날 죽은 여동생으로, 윌라를 엄마로 생각하지만 그거 말곤 다 좋아요."

"잘됐네요."

"알로는 잘 있나요? 그 애한테 알려줄 응가 이야기가 몇 개 있는데."

"녀석이 참 좋아하겠네요. 내가 전해줄까요, 아니면 직접 얘기해줄래요?"

"제가 말해주고 싶어요. 그래도 괜찮겠어요?"

톰이 고개를 끄덕였다. "괜찮고말고요."

넬이 발을 꼼지락거렸다. "그리고 당신 말이 옳았어요. 그걸 알려주려고 온 거예요."

"어느 부분이요?"

"전부 다."

넬이 이 말을 하며 사방을 둘러보고는 반짝이는 거울 앞에 있는 바퀴 달린 의자 두 개를 가리켰다.

"잠시 앉아도 될까요?"

"네."

"저기." 넬이 살짝 자신없어하며 입을 열었다.

톰이 의자를 넬 쪽으로 돌려서 두 사람의 무릎이 거의 닿을 정도가 되었다.

"내 삶이 의식적인 선택이었는지, 아니면 그저 내 성향이었는지를 얼마나 깊게 살폈는지는 모르겠지만 난 절대로 그런 사람이 될 순 없을 것 같아요······." 넬은 적당한 말을 고민했다.

"지극히 평범한?" 톰이 웃으며 말했다.

"맞아요. 지극히 평범한. 하지만 내가 당신을 많이 좋아한다는 점은 알아요. 단순히 '당신 수염이나 쓰다듬고 싶은' 건 아니에요."

"난 수염이 없어요."

"알아요."

"수염이 좋아요?"

"좋아요. 물론 수염이 있든 없든 당신이 좋아요. 처음 우리가 만났을 때부터 난 당신이 나를 알아보고 이해한다는 느낌을 받았어요. 난 평생 도망치면서 살았고 이제 더는 못 하겠어요. 남은 생이 며칠, 몇 달, 몇 년이든 죽음으로 인해 나나 상대가 아플까 봐 두려워서 누구도 만나지 않고 인생을 허비하고 싶지 않아요." 넬은 쉬지 않고 말을 이었다. "내가 언제 죽는지를 안다는 건 만사에 유효기간을 붙이는 거나 다름없었어요. 그래서 난 감정을 아주 신중하게 받아들이게 되었어요. 누군가가 나와 가까워진다는 느낌이 들면 바로 짐을 쌌죠. 상대와 나를 위해서. 하지만 이제는 한곳에 머물고 싶어요. 그리고 그곳이 당신과 아주 가깝길 정말로 바라고요."

"그럼 알로는요?"

"아, 알로요. 우리 같이 아침으로 케이크를 먹어요."

"당근 케이크?"

"당연하죠. 난 데이브가 아니거든요."

"당신을 위한 자리는 당연히 있어요, 넬." 톰이 그녀를 당겨서 팔로 감쌌다. "우리 화요일마다 섹스할까요?"

넬이 웃었다. "그래요. 월요일마다 외식할 수 있다면."

"당신이 수염을 기르라면 기를게요."

"그것도 생각해볼게요."

8.

런던에만 대략 1500개의 호텔이 있다. 그런데 우주는 넬이 6000파운드를 내지 않고 주방을 통해 도망쳤던 그 호텔을 다시 넬의 인생에 불러냈다.

윌라는 집수리가 진행되는 3주간 머물 장소로 바로 그 호텔을 골랐다. 그리고 자신과 윌리엄이 묵을 더블룸과 넬과 주노가 묵을 트윈룸을 예약했다. 한 달 동안 집이나 아파트를 빌릴 생각도 했지만 주노를 사람 많은 곳에 두는 편이 그녀가 사라질 경우 훨씬 안전하다고 판단했다. 거기에 다른 사람이 빨래와 요리를 한동안 대신해주는 점도 이점이었다.

넬은 자신이 나온 흐린 CCTV 사진이 호텔 여기저기에 걸려 있거나 자신이 회전문으로 들어가는 순간 경보가 울릴 거라고 예상했지만 컨시어지(호텔에서 고객을 맞이하며 객실 서비스를 총괄하는 사람—옮긴이)는 그녀를 다른 손님들과 마찬가지로 무관심으로 대했다. 혹시나 하는 생각에 넬은 옷깃을 세우고 고개를 푹 숙이고 다녔지만 아무 일도 없었다.

넬은 주로 방에서 시간을 보내기로 했지만 주노와 함께 방 안에만 있는 것은 거의 불가능한 일이었다. 주노는 로비에 가서 차를 달라고 하고, 빈 연회장에 들어가 왈츠를 추고, 청소 직원과 서빙 직원에게 고마움을 표현하기 위해 직원 전용문을 통해 호텔 뒤편으로 몰래 들어가기까지 했다. 실크 기모노에 티아라를 쓰고 카우보이 부츠를 신어서 그 모든 것이 가능한 듯했다.

넬이 안내대를 등지고 로비에 앉아 있는데 휴대전화가 울렸다. 엄마에게서 걸려온 영상통화였다. 넬은 본능적으로 종료 버튼을 누르려다가 이제 그럴 필요가 없다는 것을 기억해냈다.

"들으면 깜짝 놀랄 거야." 엄마가 말했다. "방금 너희 아빠한테 연락을 받았어. 케이트가 자신의 이혼 조건을 보여주면서 나한테 줘야 하는 돈을 주지 않으면 그를 떠나겠다고 했다는구나."

"뭐라고요?"

"내 말이! 분명 며칠 전 저녁 식사 자리에서 그녀에게 한 말이 마음에 걸렸나 봐. 그때 이미 와인 반병을 마셔서 뭐라고 했는지 기억도 나지 않는데. 어쨌든 케이트는 토니가 나한테 지불한 위자료가 터무니없이 적다는 걸 알고는 엄청 화를 냈대."

"아빠가 그렇게 말했어요?"

"그래. 너희 아빠가 사과했어. 케이티 덕분에 자신이 아주 불공평하게 굴었다는 걸 알았대. 30년 넘게 결혼 생활을 하면서 두 아이를 키워낸 나는 비가 새는 작은 다세대 주택 그 이상을 받을 자격이 있다면서."

"아, 세상에, 엄마. 믿기지 않아요. 정말 잘됐어요."

"자, 이제 잘 들어보렴, 넬. 난 폴리가 베아와 살 집을 구하도록 5만 파운드를 줄 거야. 그리고 너한테도 똑같이 줄 거고."

"5만 파운드를요? 말도 안 돼. 그건 엄마 돈이에요."

"너희 아빠는 넘치게 줬고 난 너희에게 나눠주고 싶어."

안드레아의 보트가 넬의 머릿속에 떠올랐다. 그래도 2만 파운드가 모자라지만 어쩌면 나머지는 할부로 갚을 수 있을지도 모른다.

"엄마, 정말 그렇게 할 거예요?"

"응. 너희에게 이런 걸 해줄 수 있을 거란 생각은 한 번도 못했어. 네가 행복한 일을 하는 모습을 보는 것만큼 내게 행복한 일은 없을 거야."

"이제 어쩔 거예요?"

"음, 난 집을 팔진 않을 거야. 여긴 내 집이니까. 하지만 지붕은 고칠 거야. 뒤쪽에 근사한 온실을 만들어도 좋고. 폴리는 날이 풀리면 나더러 60세 이상을 위한 도보 여행을 떠나라고 하더구나. 아일랜드로. 하지만 아직 마음을 정하진 않았어."

넬은 엄마의 파일을 몰래 엿본 것을 들킬까 봐 조마조마해하며 말했다.

"그런데 다들 가고 싶은 곳이나 하고 싶은 일이 따로 있지 않나요?"

"그러니?"

"네, 전 스코틀랜드에 가본 적이 없어요. 바위투성이지만 아름다워 보였어요. 프린지 페스티벌에도 가보고 싶고요. 엄마는 어디 가고 싶으세요?"

엄마가 어깨를 으쓱했다.

"글쎄 모르겠구나. 일할 필요가 없고 어디든 갈 수 있는 돈이 있다면....... 아, 맙소사. 생각이 안 나. 본머스?"

"본머스요? 거긴 두 시간 거리고 지금 당장 갔다가 저녁에 돌아올 수 있잖아요."

"너한테 이국적이지 않다면 미안하구나."

"그런 말이 아니라...... 죄송해요. 본머스는 근사하지만 전 어린 시절 캐러밴에서 보낸 근사한 휴일이 떠올랐어요."

"그래서 다시 가고 싶다는 거야. 엄마는 원하는 걸 반이라도 이루기엔 너무 나이가 많은 것 같아."

주노가 자기를 좀 바꿔달라고 넬에게 손짓했다. 넬이 몸을 기울여서 주노에게도 전화 화면을 보여주었다. 주노는 화면 가까이 다가와서 들여다봤다.

"안녕하세요?"

"아, 안녕하세요. 주노시죠? 전 제니라고 해요."

"안녕, 제니. 어쩌다 보니 대화를 들었어요. 이해해주세요. 일부러 그런 건 아니니까."

"아, 신경 쓰지 마세요."

"나이가 어떻게 되죠?"

"63세예요."

"아직 아기네! 예순셋에 난 항해하는 법을 독학하고 잔지바르에서 다우배(삼각형의 큰 돛을 단 아랍의 배-옮긴이) 임대 사업을 했어요. 당신은 당연히 본머스에 갈 수 있어요. 근데 내 생각엔 그보다 더 멀리 가도 될 것 같아요. 싱글들의 여행 어쩌고 하는 소릴 들었는데 아주 좋은 생각 같아요. 그리고 온실 지붕에는 새가 똥을 싸서 다 망쳐놓으니까. 아무튼 내가 하고 싶은 말은 세상은 넓으니 신나고 경이로워서 감탄스러운 그런 곳으로 가라는 거예요. 늙다리들하고만 시간을 보내지 말아요. 그들은 자기가 앓고 있는 병이나 죽은 친구에 대해서만 이야기할 테니까. 젊은이들과 어울리면 당신도 계속 젊을 거고 아주 많은 걸 배울 거예요."

제니는 카메라를 보고 눈을 깜박이며 낯선 팔십 대 부인과 완벽한 대화를 나누려고 노력했다.

"휴가에 대해 더 생각해볼게요. 만나서 반가웠어요, 주노. 넬 좀 바꿔주실래요?"

"넬이라니? 넬이 누군데?"

"제가 받을게요, 주노." 넬이 주노의 손에서 조심스럽게 휴대전화를 받아들었다.

"엄마, 제대로 알아보고 정말 원하는 곳에 가세요."

넬은 엄마가 마침내 누릴 자격이 있는 삶을 살게 되었다는 생각에 눈가가 촉촉해졌다.

"수작 부리는 남자들에 대비해서 후추 스프레이를 갖고 가세요. 지금 엄마는 돈이 있으니 좋은 먹잇감이 될지도 몰라요."

"터무니없는 소리 하지 마. 지금 송금해줄게. 사랑한다."

몇 분 뒤 넬의 은행 앱으로 알림이 왔다. 계좌에는 넬이 한 번도 본 적이 없는 거금이 찍혔다.

"전화 한 통만 하고 올게요, 괜찮죠?"

"물론이지. 잼이랑 라이스 푸딩을 시켜도 될까?"

"브런치 메뉴에서 못 본 것 같은데요……."

"조르주에게 부탁할 거야. 그라면 날 위해 구해주겠지."

주노가 손짓으로 웨이터를 불렀다. 그러고는 특이한 오전 간식을 주문했다.

넬은 전화번호를 눌렀다.

"여보세요? 저예요, 넬."

"안녕, 넬."

"방금 엄마랑 통화했는데 돈 이야기를 하더라고요."

"네."

"그럴 필요는 없었어요, 케이티."

"아뇨, 있었어요. 토니가 이혼할 때 합의가 잘 이루어졌다고 해서 전 아무것도 묻지 않았어요." 케이티의 목소리가 흔들렸다. "어쨌든 이제야 알았고 그래서 몇 가지 잘못된 것을 고쳤으면 했어요. 돈이 모든 상처를 치유해줄 수는 없겠지만 적어도 여러분의 삶을 조금이나마 편하게 해줄 테니까요. 정말 미안해요."

"저기, 무슨 말인지 알겠어요. 진심으로요. 당신은 사랑에 빠졌고 난 그걸 원망하지 않아요. 아빠는 딸을 골칫덩어리라고 부르지 않을 땐 아주 매력적인 사람이니까요. 그러니 움츠러들지 말아요. 법대 수업을 들으세요. 모든 여자 고객이 원하는 그런 잘나가는 변호사가 되세요."

"고마워요, 넬. 그리고 당신은 골칫덩어리가 아니에요. 어떤 덩어리도 아니죠."

주노의 라이스 푸딩이 나왔다. 주노는 웨이터에게 팁을 주고 감사의 인사를 하며 푸딩을 먹기 시작했다. 주노의 티아라가 한쪽으로 살짝 미끄러졌다. 넬은 그 모습을 보면서 미소 지었다. 그녀는 전화를 끊고 주노를 빤히 쳐다봤다.

"여기 잠시만 가만히 있겠다고 약속해줄래요? 절대 아무 데도 가면 안 돼요, 알겠죠?" 넬은 자리에서 일어났다. "정말 털끝 하나 움직이지 말아요."

넬은 곧바로 안내 데스크로 갔다.

"매니저를 좀 만나고 싶어요. 네, 기다릴게요."

넬은 주노를 향해 몸을 돌렸다. 그리고 두 손가락으로 자신의 눈을 가리켰다가 주노의 눈을 가리켰다. '지켜보고 있어요'라는 의미였다. 주노도 같은 몸짓으로 대답했다. 그런데 예상치 못하게 가운뎃손가락만 사용해서 넬이 웃음을 터뜨렸다.

"손님, 찾으셨습니까?"

"아, 안녕하세요. 넬 그레이엄이라고 해요. 객실 청소 담당인 크리스티나에게 50파운드를 팁으로 드리고 제 객실 요금도 정산하려고요. 시간이 좀 지나긴 했지만요."

이후 넬은 주노를 방으로 데려가서 낮잠을 자게 해준 다음 휴대전화를 들고 복도로 나왔다. 두 달 전에 자신이 드레스 차림으로 도망쳤던 곳과 층만 다를 뿐, 모든 것이 똑같았다. 그녀는 복도 끝으로 갔다. 시내가 내려다보이는 창문 앞에 화분과 함께 팔걸이의자가 있었다. 그녀는 의자에 앉아 자신의 인생을 바꿀지도 모를 전화를 걸었다.

"안드레아? 안녕하세요. 넬이에요. 당신 보트를 사고 싶어요. 돈은 절반밖에 준비하지 못했지만 나머지는 할부 형식으로 낼 수 있다면……."

안드레아가 이미 팔렸다면서 미안하다고 했을 때 넬의 가슴이 철렁 내려앉았다. 넬은 괜찮다고 했다. 그냥 생각이지 사실 무리였다면서. 안드레아의 안도하는 목소리가 들렸다.

넬은 아무 말도 나오지 않았다. 정말 처참한 기분이 들었다. 케이티에게 연락하고 로비에서 방으로 엘리베이터를 타고 오는 내내, 그리고 주노의 신발을 벗기고 침대에 눕히는 내내 그녀는 보트 지붕에 어떤 채소를 심을지 생각하고 있었다. 그리고 샐러드용 채소와 비트루트와 파를 심을 작정이었다.

넬은 주노가 자고 일어나면 자신이 어딘가 달라졌음을 알아차릴 거라고 생각했다. 그래서 평소처럼 웃으려고 노력했지만 소용없었다. 주노는 웃기는 이야기로 넬의 기분을 풀어주려고 했지만 넬은 미소조차 지을 수 없었다.

"좋았어." 주노가 말했다. "우리한테 약속이 있어."

"어딜 가는데요?"

"가면서 말해줄게. 내 티아라 좀 줘."

두 사람은 호텔 밖으로 나가서 택시를 탔다. 넬은 혹시 주노가 자신을 위해 몰래 배를 산 것이 아닌가 하는 희망을 살짝 품었지만 차는 운하가 아닌 다른 방향으로 갔다. 버킹엄 궁전과 웨스트민스터 사원을 지나 첼시로 갔다. 상당히 웅장한 건물 밖에 택시가 멈추자 넬은 주노를 부축해 택시에서 내렸다.

"여기가 어디예요?" 넬이 물었다.

주노가 벽에 달린 작은 황동 명판을 가리켰다.

웨이페어러 요양원

"여긴 왜 왔어요?"

"둘러보려고."

정문이 열리자 넬 또래의 여자가 친절한 표정으로 계단을 내려왔다.

"맥퍼슨 부인이시죠?"

"주노라고 불러요. 이쪽은 내 좋은 친구 넬이랍니다."

넬은 화들짝 놀랐다. 주노가 몇 주 만에 처음으로 그녀를 넬이라고 불렀다. 그것도 자신이 살게 될지도 모를 요양원 계단 앞에서.

넬은 주노와 스텔라라는 여자를 몇 걸음 뒤에서 따라가면서 각 방을 흥미로운 눈으로 살폈다. 일부 방에서는 노인들이 팔걸이의자에 앉아 있거나 텔레비전을 보거나 음악을 듣고 있었다. 몇몇 방에는 친구와 친척들이 찾아와 노인들과 함께 있었다. 하지만 대부분의 방은 비어 있었다.

모퉁이를 돌아 라운지로 갔을 때 넬은 방들이 비어 있던 이유를 알게 되었다. 방 크기의 거대한 통창이 달린 라운지에서는 커다란 정원이 제대로 보였다. 아름답게 장식된 높은 천장과 통창으로 들어오는 자연광에 넬은 이곳을 벗어나고 싶지 않았다. 거주자들은 이 으리으리한 공간에 띄엄띄엄 모여 있었다. 카드놀이를 하는 사람도 있고, 차 앞에서 대화를 나누는 이들도 있었다.

스텔라가 오늘은 꽤 조용한 날이라고 했다. 일부 거주자가 직원들과 함께 킹스 로드로 쇼핑하러 갔고 다른 거주자들은 〈더 저지 보이스〉 공연을 보러 갔다는 것이다.

"궁금한 거 있으세요, 주노?" 다시 로비로 돌아가서 정원이 보이는 자기 사무실로 가는 길에 스텔라가 물었다.

"오늘 저녁 메뉴는 뭐죠?"

스텔라는 주노의 질문이 특이하다고 생각했을지 모른다. 하지만 아무런 내색도 하지 않았다.

"매일 밤 한두 가지 메뉴에서 고를 수 있어요. 오늘 저녁에는 셰퍼드 파이(고기와 채소에 으깬 감자를 올리고 오븐에 구운 요리―옮긴이)가 나올 거예요. 그리고 인도식 채소 덮밥인 비리아니, 아니면 베트남 쌀국수 중에 선택할 수 있습니다."

"난 쌀국수로 해줄래요?" 주노가 말했다.

"주노, 윌리엄과 상의하고 결정해야죠."

"아니, 그럴 필요 없어. 내가 살 곳은 내가 정할 거야. 그리고 내가 집에 있으면 모두가 너무 힘들어진다는 것도 알아."

"전혀 그렇지 않아요." 넬이 스텔라에게 몸을 돌렸다. "죄송해요, 스텔라. 당신은 좋은 분 같고 이곳도 정말 근사해요. 지린내도 전혀 안 나고요……."

"감사합니다."

"하지만 우린 그만 가봐야겠어요. 주노의 아드님과 상의도 해야 하고요."

"아니, 그럴 필요 없어." 주노가 넬의 손을 꼭 잡았다. "내가 좀 알아봤어. 그래서 여기로 온 거야. 난 끝내주게 좋은 인생을 즐겼지. 매 순간을 재미와 별난 선택으로 가득 채웠어. 내 몸의

세포가 맹렬하게 전부 깨어나는 느낌을 사랑했어. 산에도 올라
갔고 거친 바다도 항해했으니 내가 해야 할 일은 아무것도 남지
않았어. 그리고 난 이제 늙고 지쳤어, 넬. 내가 할 수 있는 모든
모험을 다 해낸 것 같아. 그러니 내 여정의 마지막 단계를 내가
원하는 대로 결정하게 해줘."

넬이 고개를 끄덕였다. 주노가 최종 임대 계약을 체결하는
모습을 보며 넬의 눈에 눈물이 가득 고였다.

모든 서명을 마친 뒤 스텔라가 주노의 방이 준비되었는지 확
인하고 오겠다고 했다. 넬은 윌리엄과 윌라에게 호텔로 혼자 돌
아온 이유를 어떻게 설명해야 할지 감이 오지 않았다. 하지만
주노의 마음을 바꿀 수는 없다는 생각이 들었다. 그러기 위해
노력하는 것이 옳지 않다는 생각도 들었다.

"자주 들를게요." 넬은 목이 메었다. "제 얼굴 보기가 지루할
정도로요."

"미리 전화하고 와. 로비에 붙어 있는 여행 모집 공고를 봤
어. 좀 있으면 거기 내 이름이 올라갈 거야. 아, 한 가지 더,
넬." 주노가 핸드백에 손을 넣더니 열쇠 꾸러미를 꺼냈다. "나
대신 봐줄 것이 있어. 어제 아침에 보트를 한 척 샀거든. 그런데
이제부터 난 여기 살게 되었으니 가지 못할 것 같아. 네가 대신
살아볼래?"

충격에 빠진 넬은 입을 벌린 채 주노의 손가락에서 달랑거리
는 열쇠를 멍하니 쳐다봤다.

"안드레아의 보트를 사셨어요?"

주노가 고개를 끄덕였다. "어제 유언장을 수정했어. 이 보트를 너한테 준다고 추가해뒀지. 윌리엄과 윌라도 아는 일이야."

"진심이세요?"

"당연하지."

"주노, 무슨 말을 해야 할지……."

"처음 보는 사람한테도 늘 인사를 건네겠다고 약속해."

"그럴게요."

"제대로 약속해."

넬이 웃었고 다시 눈물이 고였다. "처음 보는 사람한테 늘 인사를 건네겠다고 약속합니다."

"그리고 뭐든 최고를 위해 아껴두지 마. 그럼 늘 제일 좋은 수정 물을 마실 수 있을 거야."

"저한테 수정이 있다면 날마다 수정 물을 마실 거예요."

"좋았어. 이제 그만 가서 네 인생을 살아."

에필로그

18개월 뒤.

"저기 화병에 담긴 녹색 잎사귀는 당근 잎이야?"

"맞아."

"테이블 장식치고는 흥미로운데."

넬은 언니를 똑바로 바라봤다. "예쁜데 늘 버려지니까. 저 잎사귀들도 한 번쯤은 빛날 자격이 있잖아."

"물어봐서 미안."

"그리고 언니가 물어보기 전에 미리 알려줄게. 물잔은 잼 병을 재활용한 거고, 책장은 공사장의 사다리였어. 머그잔 거치대는 낡은 숟가락으로 만든 거고."

폴리는 항복한다는 듯 양손을 들었다. "알았어, 알았다고. 사실 난 그냥 넘어가려고 했다고."

넬은 의심쩍은 표정으로 눈썹을 들썩였다.

"진짜야! 정말 근사해, 넬. 너 자신을 자랑스럽게 여겨도 돼."

넬은 언니의 눈으로, 오늘 찾아올 손님들의 눈으로 보트를 살펴보았다. 벼룩시장과 중고품 가게에서 하나씩 사들인 짝이 안 맞는 그릇들로 시선을 옮겼다. 돈이 부족해서가 아니라 각자의 다양성과 사연에 끌렸을 뿐이었다. 영국 전역의 주방을 거쳐 온 식기들이다.

벽의 아래쪽 절반은 정오의 햇살이 비칠 때 운하의 색과 거의 같은 파랑과 녹색의 중간인 연청색으로 칠했다. 코르크판에 꽂힌 빛바랜 빈티지 엽서들이 넬의 인생의 한순간을 대변해주었다. 전 세계에 흩어져 있는 친구와 지인에게 자신이 보낸 엽서들을 돌려받으면서 그녀는 세상과 다시 만나는 발견을 했다.

넬은 계속 보트 안을 둘러보았다. 열 살짜리 시베리아허스키가 목에 연청색 리본을 달고 팔걸이의자에 누워 있었다. 팔걸이의자는 쓰레기통 앞에 버려졌던 것을 주워다가 새로 쿠션을 넣은 것이고 시베리아허스키는 몇 달 전에 임시 보호소에서 데려온 것이다. 넬은 임시 보호소에서 가장 나이 많은 개를 찾았었다. 그리고 직원이 암컷 허스키를 데리고 나오는 순간 둘은 첫눈에 서로에게 반해 코를 서로 비벼댔다.

"음식은 어디에 차릴 거예요, 넬?" 케이티가 고물 쪽의 문에서 고개를 삐쭉 내밀었다. "사람들이 뭘 가져오고 있어요."

"가판 위에요." 넬이 대답했다. "사람들이 지나가다가 먹을 수 있게요."

"알았어요. 어머니가 접시랑 잔도 가져오라는데요."

"다 닦은 다음에 바로 가지고 갈게요."

"무슨 의식이라고 했었지?" 넬이 막 던져놓은 행주를 잡으며 폴리가 물었다. "우리가 그리스 신을 소환하는 거야?"

"아니, 그냥 포세이돈에게 술을 바치고 '배가 가라앉지 않게 해주세요'라는 말을 외우는 거야. 그다음 물에 녹는 잉크로 배의 옛 이름을 적어서 운하에 떨어뜨리고, 샴페인 절반을 붓고는……."

"포세이돈, 복을 주세요'라고 하는 거지."

"맞아. 그러면 그가 내게 더는 불행을 보내지 않을 거야. 난 이제 보트 이름도 바꿨으니까."

"나머지 샴페인은?"

"우리가 마셔야지. 윌리엄과 윌라가 보내준 다른 샴페인과 같이."

"그 부부도 와?"

"응. 하지만 윌라가 공연을 끝내고 올 테니 늦을 거야. 솔직히 다들 들를 거라고 해서 오히려 놀랐어. 오늘 아침에는 잘되길 바란다는 그렉의 이메일도 받았다니까."

"그 애는 잘 있대?"

"응. 아직 태국이 좋은가 봐." 넬이 잠시 말을 멈췄다. "런던 사무실에서 같이 일하던 데이지가 6개월 전에 그리로 발령이 났고 두 사람은 약혼했어."

"아, 우와. 참…… 빠르네."

넬이 웃었다. "이제 그렉에게는 기다릴 여유가 없잖아. 인생이 짧을지도 모르니까."

"그래서 말인데, 나도 만나는 사람 있어. 왜? 그런 표정으로 쳐다보지 마. 아직 시작하는 단계니까. 베아의 가라테 선생님이야. 잘되길 바라고 있어. 베아가 가라테를 워낙 좋아하기도 하고 다른 학원은 차로 20분을 더 가야 하거든."

"잘됐어, 언니. 언니와 미야기 씨가 정말 행복하길 바라."

"대런 선생님이거든."

"아니잖아."

"맞아. 왜 그러는데?"

"무술 선생님 이름이 뭐 그래."

"입 다물어."

"아름다운 자매의 시간을 방해해서 미안한데 잔은 준비됐나요? 사람들이 다 도착했어요. 난 목이 말라 샴페인에 빨대를 꽂기 직전이고요."

"어서 와요." 폴리가 톰과 포옹했다. "알로는 베아랑 루비와 같이 위층에 있어요."

"네, 다 같이 놀던데요."

"전 그만 잔을 들고 나갈게요. 둘이 얘기 나눠요."

폴리는 제각각인 유리잔을 쟁반에 담아 자리를 뜨면서 넬과 톰에게 의미심장하게 미소를 지었다.

한두 달 전 톰은 주인에게서 보트를 사들이고 넬의 카페 바로 뒤에 정박했다. 두 사람은 보트를 연결하는 작은 판자를 달았다. 뿌리는 서로 얽혀 있지만 가지는 자유롭게. 넬이 좋아하는 방식대로.

톰이 슬금슬금 옆으로 와서 그녀의 허리에 팔을 둘렀다.

"당신이 자랑스럽다고 하면 잘난 척한다고 구박할 거예요?"

"잘난 척하는 말투만 쓰지 않으면 구박 안 하겠죠."

"전혀 아니에요. 그냥 파트너가 너무 자랑스럽다는 식이니까."

"그러면 괜찮아요."

"당신은 스스로가 자랑스럽나요?"

넬은 스스로 만든 집, 열심히 가꾸어서 깊어지게 한 인간관계 등 자신이 이룩한 것들을 둘러보았다.

"네."

"가서 당신 사람들을 만날 준비가 됐어요?"

"내 사람들요?"

"밖에 운하길 한가득 사람이 모였어요. 한자리에 저렇게 다양한 사람들이 모인 건 처음 봤어요. 당신만이 그럴 수 있으니까요. 당신이 그들의 인생을 어떤 식으로든 변화시켰으니 저들이 모인 거겠죠. 나를 포함해서."

"당신은 더 좋은 쪽이에요, 아니면 더 미치는 쪽이에요?"

톰이 잠시 고민하는 척했다. "양쪽 다. 사랑해요, 넬."

"나도 사랑해요." 넬이 까치발로 서서 그에게 키스했다.

"준비됐어요?"

"그전에 당신 턱수염을 한 번만 쓰다듬어도 돼요?"

톰은 수염이 풍성해진 턱을 내밀었고 넬은 혓바닥으로 수염을 핥았다. 두 사람은 웃음을 터뜨렸다. 얼굴을 닦은 톰은 그녀를 끌어당겨 이마에 입을 맞췄다.

잠시 뒤에 넬이 햇살로 나오자 환호가 터졌다. 이 강줄기에 사는 다른 사람들도 있었고 그녀의 새 단골들도 함께였다. 안드레아와 바네사도 케이티와 함께 서서 웃었다. 토니는 골프 치는 주말을 '그저 놓칠 수 없어서' 아침에 다녀갔다.

넬이 풀이 자란 길가에 간이 테이블을 놓아 아이들의 놀잇감을 챙겨둔 덕분에 루비, 알로, 베아는 크레파스로 색칠 공부를 하고 있었다. 그 옆의 잔디에 넬의 엄마가 담요를 깔고 앉아 있었다. 최근 아르데슈에서 카누를 타고 돌아온 덕분에 얼굴에 혈색이 돌았다. 이달 말에 발렌시아로 떠날 예정이라 그을린 얼굴이 다시 하얘질 기회는 없을 것이다.

"행복해요?" 톰이 넬에게 잔을 건네며 물었다.

"아주 많이요."

"주노는 참 아름답네요."

넬은 그의 시선을 따라 새로 칠한 배와 반짝이는 황동 난간을 살폈다.

"맞아요. 하지만 당신에겐 여왕 주노예요."

"그분도 당신을 아주 자랑스럽게 생각할 거예요."

"저도 알아요."

두 사람이 버스에서 처음 만난 날의 기억이 따뜻하게 밀려들었다. 방랑자 두 사람이 만난 덕분에 넬의 인생이 여기까지 오게 되었다. '처음 보는 사람한테도 늘 인사를 건네겠다고 약속해.'

"그녀가 직접 당신한테 말해주겠군요. 저기 오네요."

주노가 양팔에 근사한 노신사들을 끼고 운하길로 내려왔다. 배 이름이 된 자신에게 걸맞게 진녹색 원피스에 머리는 터번으로 감쌌다. 주노는 한 남자의 팔을 풀고 넬에게 손 키스를 날렸다. 넬은 두 손으로 하트를 만들었다.

유쾌하고 떠들썩하던 오후가 초저녁으로 접어들면서 손님들은 마지막 술을 마시고 집으로 돌아갔다. 넬은 보트 꼭대기에 다리를 꼬고 앉아 담요를 덮고 하느님과 다른 신들과 우주에 감사 인사를 보냈다. 그녀가 갔던 모든 장소, 그녀가 만난 모든 사람이 그녀를 지금 이곳으로 한 발 한 발 걸어오게 했다.

넬은 해가 뜰 때 무슨 일이 닥칠지, 자신이 얼마나 많은 새벽을 보게 될지 장담할 수 없음을 알았다. 하지만 자신의 새집에 앉아서 저녁노을을 바라보며 생각했다. 누가 그런 걸 세고 있담?

작가의 말

몇 년 전에 전설과도 같은 내 아버지 팀 버터필드가 펍에서 본 코미디극에 대해 이야기해주셨다.

"모두가 죽는 날을 알고 있는 상황에서 신이 '시간이 되었다'고 외치자 대소동이 벌어졌다. 한 남자가 외쳤다. '아니, 아닙니다. 전 아직 22년이 남았어요!' 그러자 다른 남자가 말했다. '입 다물어요. 난 아직 7분이나 남았으니까.'"

이 말이 내게 남아 있다가 차츰 커져서 지금 여러분이 읽고 있는 소설이 되었다.

이 책을 쓰는 동안 사랑하는 아버지가 누구도 원하지 않는 질병과 싸우고 있었기에 더욱 가슴이 아팠다. 아버지는 누구보다 큰 인생을 사셨다. 지상에서 보낸 마지막 몇 달 동안 제일 좋아하는 화이트 와인인 피노 그리지오를 마시면서 정원에서 가족들과 함께 웃고 떠들며 세계 당구 챔피언십 경기를 즐겼다.

자신에게 남은 시간은 새로운 주제가 아니다. 사실 우리 대부분이 날마다 고심하는 주제다. 충만한 인생이란 사실 그리 거창하고 비쌀 필요가 없다. 지금 이 순간 이곳에서 이미 가지고 있는 것들로도 충분히 누릴 수 있다.

사랑하는 사람의 죽음이란 자신의 죽음을 보는 것과도 같아서 봄맞이 대청소를 하듯 깨끗하게 정리하고 싶은 유혹을 불러온다. 하지만 필요한 건 그저 가볍게 먼지를 터는 것이다. 우리 중 누구도 언제 우리의 '때'가 올지 모른다. 그날이 오기까지 난 날마다 근사한 머그잔으로 커피를 마실 것을 알기에 사랑하는 독자 여러분도 나와 함께해주길 바란다.

저는 38세에
죽을 예정입니다만

초판 1쇄 발행 2025년 5월 8일

지은이 샬럿 버터필드
옮긴이 공민희
펴낸이 최지연
마케팅 윤여준, 김나영, 김경민
경영지원 강미연
디자인 수오
표지그림 고봄
교정교열 윤정숙

펴낸곳 라곰
출판신고 2018년 7월 11일 제 2018-000068호
주소 서울시 마포구 큰우물로 75 성지빌딩 1406호
전화 02-6949-6014 **팩스** 02-6919-9058
이메일 book@lagombook.co.kr

한국어 출판권 ⓒ(주)타인의취향, 2025

ISBN 979-11-93939-27-7 03840